GAMBITO LUNAR

LOS NUEVES SALVAJES
LIBRO 6

A.R. KNIGHT

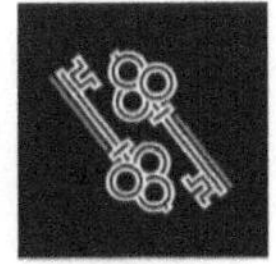

CAPÍTULO 1
ENFRENTAMIENTO LUNAR

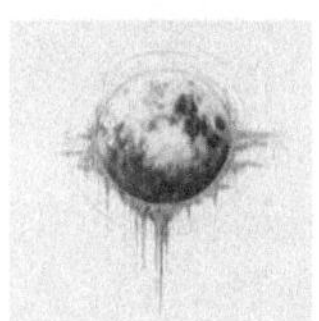

Sigue la luz. Bastante sencillo.

Davin siguió el brillo carmesí con ambas manos, envolviendo el punto luminoso mientras flotaba arriba y abajo, a izquierda y derecha. Giros y caídas repentinas, el capitán los dominaba todos. Al menos hasta que un largo descenso obligó a Davin a dar una voltereta sobre sí mismo, flotando como estaba en la bahía central del *Jumper*.

Un viejo carguero modificado con su buena ración de historias, el *Jumper* proporcionaba un planeo equilibrado desde el dominio rojizo-dorado de Júpiter hasta donde se encontraban ahora, a una distancia interestelar tan cercana a Luna, a la Tierra, que casi podían besarse.

Su héroe se vería un poco diferente esta vez.

Davin completó la voltereta, hizo una reverencia burlona a su fisioterapeuta, un orbe negro y plateado llamado Puk. El bot, no mucho más grande que un balón de baloncesto, apagó la luz roja.

—Estás progresando —dijo Puk, inyectando algo de ese entusiasmo típico de la IA—. Calculo que estás al...

—Nada de cálculos —dijo Davin, abalanzándose hacia uno de los asideros distribuidos por toda la nave. Los paneles grisáceos y verdosos del *Jumper*, algo grasientos, abrazaban el argumento de función sobre forma, como debería hacerlo cualquier cosa construida para viajar por el espacio—. Estaré lo suficientemente bien.

—¿Lo suficientemente bien para qué? —Phyla, la piloto principal del *Jumper* y el más apretado de los abrazos de Davin; un término que, si lo dijera en voz alta en su presencia, le ganaría una buena bofetada.

—Para la aventura —dijo Davin, impulsándose desde la pared para dirigirse hacia Phyla.

El impulso vino con una nueva sensación, un pliegue y presión adicional mientras las órtesis de sus piernas lo propulsaban. La sacudida llegó como un recordatorio desconcertante. Davin había logrado, durante las varias semanas de viaje desde Júpiter a la Tierra, ignorar sus soportes. Su presión constante ya no lo desestabilizaba, sino que añadía masa a su movimiento, ayudando a sus músculos fritos y fracturados a saltar, patear y mantener la forma como solían hacerlo.

—¿Para siempre? —le había preguntado Davin a Riley cuando el mecánico se las colocó por primera vez—. ¿Tengo que llevar estas cosas toda mi vida?

—No lo sé, Davin —respondió Riley. El tipo todavía enviaba sus ojos a todas partes, chocándose con las cosas mientras aprendía a moverse en gravedad cero—. No soy médico.

—¿Pero tú las construiste?

—Porque Fournine dijo que deberíamos —Riley levantó las manos cuando un ceño fruncido se deslizó por el rostro de Davin—. Mira, la IA tiene razón. Es lo que todos los vídeos recomiendan hacer cuando te estás recuperando de golpes como los que recibiste.

El argumento tenía casi tanta sustancia como la papilla nutritiva que se revolcaba en los congeladores del Jumper, pero Davin lo aceptó por una razón: Phyla le dijo que dejara de comportarse como un bebé.

Menos fácil de superar eran los parches endurecidos a lo largo de su pecho y costado. Sellos que reparaban lentamente la piel marcada por láser y metralla de las últimas horas terribles en Ganímedes. Esos vendajes eventualmente se volverían verdes y se caerían.

Hasta entonces, cualquiera lo suficientemente afortunado como para ver a Davin desnudo vería a un hombre hecho de retazos.

Afortunadamente, la única persona con esa suerte estaba justo frente a él, extendiendo los brazos para detener su aproximación flotante.

—Creo que deberíamos intentarlo de nuevo —dijo Phyla cuando sus manos se agarraron. Ella estaba de pie tanto como cualquiera podría estarlo sin gravedad, en la pasarela mientras Davin flotaba sobre el espacio.

—Estamos un poco mayores para tener hijos, Phy.

Ella suspiró, pero sonrió de esa manera especial que reservaba para Davin.

—Alyssa. —Phyla abandonó la alegría—. Eden está por toda la Tierra. No quiero quedarme aquí ni un segundo más de lo necesario.

—Solo estás nerviosa —dijo Davin—. Una vez que muestre esta sonrisa, todo el planeta estará suplicando por mi tiempo.

—Dice el hombre actualmente marcado como el principal terrorista del sistema solar.

Davin silbó.

—¿El primer puesto es mío?

—Desde que quitaron a Alyssa, sí.

Ahí estaba la cuestión. Ninguna retransmisión importante que los Nueves hubieran captado durante su viaje mencionaba la captura, muerte u otro horrible destino de Alyssa. Simplemente había desaparecido de la lista, una transmisión que se emitía a través de las frecuencias de comunicación estándar cada vez que cambiaba una clasificación. La única explicación que Davin había encontrado era, bueno, que ella no había hecho nada terrible por un tiempo y Eden tenía prioridades mayores.

Porque Eden ahora lo controlaba casi todo. No hace mucho tiempo, la empresa solo era grande. Una mega-corporación haciendo su parte para poseer a la humanidad. Ahora, con su control sobre lo militar, el espacio y la mayoría de las colonias fuera de la propia Tierra, Eden era el gobernante de facto de la civilización moderna.

Lo cual los convertía, naturalmente, en los malos.

No todos recibieron la gran expansión con flores y besos. Alyssa Reinhart, ya una luchadora valiente por las colonias exteriores, recogió el descontento y lo transformó en una resistencia real. Resistencia armada contra las manos codiciosas de Eden.

Las historias de David contra Goliat tienden a no funcionar como funcionó la primera. La gente de Alyssa tenía valor, demonios, tenía algunos Nueves trabajando para ella, pero el coraje no podía disparar láseres, no podía construir naves de batalla. Superados, con menos armamento y engañados —a Davin le gustaba olvidar la parte que había jugado en todo eso—, la rebelión de Alyssa se encontró hecha pedazos.

¿Y la propia Alyssa? ¿La estrella brillante destinada a guiar a miles de millones hacia la libertad de la mierda corporativa? Se había convertido en un fantasma, mientras sus lugartenientes adoptaban tácticas de guerrilla y hacían miserable la vida de Eden.

Tan miserable que el pez gordo quería hablar de tregua.

Pero Alyssa seguía sin aparecer. Eden no aceptaría la firma de nadie más en la proverbial línea de puntos, lo que llevó a un lento deslizamiento de vuelta a las peleas a navaja en las lunas alrededor de Júpiter y Saturno.

Y, finalmente, el equipo de Davin quedó atrapado con la tarea de encontrar a la líder desaparecida. Encontrarla, conseguir que firmara el acuerdo de paz, devolver las cosas a la cordura. Un trabajo pan comido para un grupo de mercenarios convertidos en transportistas de carga convertidos, ahora, en criminales marcados.

Al menos habían demostrado que Alyssa seguía viva. Incluso hablaron con ella antes de marcharse a toda velocidad de Júpiter. Allí, después de realizar algunas truhanerías en nombre de Alyssa, los Nueves usaron sus buenos contactos para extraer una promesa: llegarían a la Tierra y Alyssa se reuniría con ellos, explicaría toda la canción y el baile.

Excepto que la Tierra no era, ya sabes, una dirección exacta. El planeta estaba repleto de ciudades, y esas ciudades de gente. Davin no iba a ir de un centro comercial decrépito a otro esperando ver a Alyssa haciendo cola para un café.

Pero si ella no respondía, ¿qué otras opciones tenían?

—No puedes echarte atrás —dijo Phyla mientras la pareja flotaba hacia la cabina de cuatro asientos del Jumper. El diseño de dos por dos tenía esa comodidad de lo vivido, asientos acolchados empapados en sudor, estrés y algunas celebraciones—. Opal te dispararía.

La francotiradora a la antigua podría hacerlo. Opal cargaba con más equipaje que Davin en esta lucha, habiendo realizado algunos tratos mortales perversos durante su empleo en Eden. Había saltado a un papel de liderazgo en la rebelión de Alyssa, solo para encontrar sus naves disparadas bajo su mando. Difícil recuperarse de un giro tan malo, pero Opal se alimentaba de venganza como Davin se alimentaba de huevos revueltos. Estaría bien mientras Davin ayudara a poner a algunos matones de Eden en su punto de mira.

La forma más sencilla de hacerlo sería conseguir que Alyssa se comunicara. Dondequiera que estuviera, los lacayos de Eden también estarían.

Una llamada desde la cabina trajo el mismo silencio que

antes. Un silbido estático. Davin y Phyla miraron fijamente la consola, deseando que cambiara. Más allá, a través del escudo de vidrio inclinado, la forma azul de la Tierra giraba, del tamaño de un pulgar. En ese momento, el Sol yacía a la izquierda, su luz cegadora era una molestia constante en esta dirección.

Como intentar volar con una linterna apuntando a tus pupilas.

—Si no responde, ¿qué hacemos? —preguntó Phyla—. Con tu amigo persiguiéndonos, dar la vuelta no será fácil.

—Podríamos esquivarlo.

El capitán Heath Swane, un apologista de los androides y un canalla de Eden. A pesar de ser destinado a misiones de pacotilla después de que Davin y los Nueves demostraran que los androides eran más peligrosos de mantener que de tirar al montón de chatarra, Swane alimentó un rencor hasta convertirlo en una venganza. Cuando se encontraron fuera de Júpiter, Swane intentó usar la ejecución de Davin por un nuevo androide como un truco de relaciones públicas, para rescatar su propia carrera y librar sus pesadillas —Davin lo asumía, de todos modos— del capitán de los Nueves de un solo disparo.

Las cosas no habían salido exactamente como Swane quería, y ahora perseguía a los Nueves a la velocidad de una vieja fragata estropeada.

—No volví a esta vida para ser cazada de nuevo —respondió Phyla—. Si Alyssa no puede darnos una manera de detener a Swane, digo que lo tomemos en nuestras propias manos.

—Me encanta cuando te pones agresiva.

—Y a mí me encanta cuando mantienes la compostura, porque necesitaremos lo mejor de ti, crack, si vamos a enfrentarnos cara a cara con una fragata de Eden.

Una misión suicida, eso era, y ambos lo sabían, salvo por un pequeño código trampa en la bodega de carga. Los

Nueves tenían una versión funcional del juguete secreto de Viola a bordo, un dispositivo milagroso para deshabilitar naves con un simple contador. Si Swane no conocía la forma de evitarlo, los Nueves podrían ser capaces de conseguir una victoria astuta.

Pero si el capitán de Eden leía su correo, los Nueves serían historia.

—Reunión de equipo —dijo Davin—. Juntamos al grupo, como siempre hemos hecho, y elegimos un camino.

—Esto era más fácil cuando solo éramos tú y yo.

—Sí, pero nuestras decisiones generalmente se referían a qué paquetes de papilla nutritiva comer.

—Tampoco había una buena opción entonces.

Davin hizo la llamada y un total de siete, ocho con Puk y nueve si contabas a Fournine, la IA androide convertida del *Jumper*, se dirigieron al centro de la nave. Como Davin, Viola —Vi— flotaba tentativamente, su torso y brazo izquierdo aún envueltos en vendajes pesados, empapados en ungüento. Sus ojos tenían la hinchazón borrosa que viene de los medicamentos para el dolor.

Riley no estaba mucho mejor. Ambos habían sido alcanzados por láseres —como Davin— durante la incursión en la hacienda de Vi. Riley al menos mantuvo las heridas en sus extremidades, y en las piernas además, dos de las partes menos importantes de un humano en gravedad cero. Si Vi apenas podía sostenerse, Riley arrastraba una caja de herramientas con él, como si esto explicara su lugar en la tripulación.

Merc y Opal descendieron juntos desde el comedor, donde habían estado disfrutando de una comida que nadie envidiaba. Los dos habían acelerado su romance, intensificándolo gracias a los constantes días cercanos a la muerte. Davin respetaba su diálogo de ida y vuelta, y la forma en que ambos podían convertir a un enemigo en cenizas y reírse de ello después.

Objetivos de relación.

Mox ya estaba en el centro cuando Davin convocó la reunión, trabajando las articulaciones de su exoesqueleto. Toda la fibra de carbono tejida en sus músculos parecía genial hasta que te dabas cuenta de cuánto trabajo requería mantenerla funcionando.

Una bisagra grasienta era una cosa, un brazo que no se movía era otra muy distinta.

—Esa es la situación —concluyó Phyla, manteniendo el turno con los pulmones de Davin aún irritados—. O le damos su merecido a Eden, o vamos a cazar a Alyssa.

—¿Tenemos alguna pista? —preguntó Riley—. En Ganímedes, teníamos grandes ideas todo el tiempo y nos dábamos cuenta de que no sabíamos por dónde empezar.

—La frecuencia. Podemos rastrear dónde nos conectamos la última vez. No es exacto, y Alyssa podría haberse movido en las, oh, tres semanas desde que hablamos por última vez. Pero eso es lo que tenemos.

—Estoy totalmente a favor de tumbar algunos dientes de Eden —dijo Merc, soltándose del agarre de Opal para rascarse la parte posterior de la cabeza—, pero incluso yo creo que vamos a morir rápido si nos enfrentamos a la nave de Swane.

—Secundo la moción —añadió Opal—. Dices que dirige un equipo desastroso, pero nos superará en armas veinte a uno. Si vuelves volando hacia él, nos dejas caer primero.

Un comienzo duro, pero para eso existían las reuniones de equipo. Davin no dirigía una dictadura. Los Nueves siempre habían sido de ir y venir a tu antojo y según tu beneficio.

—Entonces eso nos deja la Tierra —dijo Phyla—. Intentamos llegar al suelo donde Swane no pueda encontrarnos, luego excavamos la última ubicación conocida de Alyssa.

—Y rezamos —refunfuñó Mox.

—Y rezamos —estuvo de acuerdo Phyla.

Vi tosió, se estremeció.

—¿Sabemos si sigue viva?

Silencio. Ojos encontrándose, mirando al suelo. Davin intentó pensar en algo inspirador que decir, pero nada floreció. Culpó a sus propios analgésicos.

—No seáis tontos. —La voz de Fournine venía de todas partes, saliendo de los altavoces del Jumper con un tono sardónico que solo un robot sin cuerpo podía proporcionar—. Vuestras probabilidades contra la fragata de Eden son básicamente cero. Vuestras probabilidades de encontrar a Alyssa, aunque no mucho más altas, no son cero. La respuesta es obvia. Pero quizás no para los humanos, que parecen tan incapaces de tomar decisiones inteligentes.

Davin señaló con un solo dedo hacia el techo.

—Habéis oído al androide. ¿Objeciones?

—Estoy aquí para terminar esta guerra —dijo Mox—. Que nos mate una nave de Eden no va a conseguir eso.

Asentimientos, murmullos de acuerdo siguieron.

—Hecho —dijo Phyla—. Intentaré llevarnos a la Tierra. Todos pensad en planes de respaldo en caso de que eso no funcione.

No funcionó. De vuelta en la cabina con Phyla, Davin observó cómo ella enviaba una solicitud de permiso. El control de vuelo de la Tierra la rechazó inmediatamente, respondiendo que el *Jumper* y su tripulación eran buscados por todo tipo de porquerías nefastas y deberían entregarse en la estación de Eden más cercana.

Phyla hizo que Fournine dibujara un dedo medio digital y lo enviara de vuelta.

Reduciendo la velocidad del *Jumper*, realmente solo girando la nave para que sus motores ralentizaran su llegada, Phyla puso sus manos detrás de la cabeza y miró hacia Davin.

—Te lo dije —dijo.

—Así que lo obvio queda descartado —respondió Davin—. Podemos ser astutos.

—Si *astutos* significa volar a través de la fuerza de defensa de la Tierra, entonces creo que estás usando la definición incorrecta.

—Creo que hay más de una manera de bajar ahí, es lo que quiero decir.

Cuando Davin conoció a Mox por primera vez, el gigante acababa de adquirir su maquinación metálica. Impulsado por la venganza, Mox había roto las reglas y hecho algunos movimientos arriesgados, que Davin tomó como una señal de que Mox encajaba con el temperamento de los Nueves. Parte del trato para incluir a Mox en el grupo, sin embargo, implicaba realizar esa venganza.

Y el objetivo se había colado en la Luna a través de algunos canales más sutiles.

—No va a funcionar —dijo Mox, todavía en el centro del *Jumper*, todavía engrasando su equipo.

Phyla eligió quedarse en la cabina, vigilando cualquier patrulla acosadora. Desde que contactaron con la Tierra, el espacio local probablemente sabría tarde o temprano que el *Jumper* y su tripulación buscada estaban cerca. La necesidad de largarse o contraatacar podría ser inminente.

—Estás a punto de decirme que la Luna ha modificado sus procedimientos, ¿verdad? —preguntó Davin. Estaba tumbado de espaldas, flotando a aproximadamente un metro del suelo. Casi como si estuviera en su cama—. Que son tan buenos monitoreando el tráfico ahora, que cualquier jugada furtiva es una tontería.

—Exacto.

—¿Tan tonta que ni siquiera un Centurión podría conseguirlo?

Mox lanzó una mirada entrecerrada hacia Davin.

—Quiero tener una vida a la que volver, Davin. No voy a sacrificar eso.

—Si no lo haces, entonces tenemos que sumergirnos en la Tierra. Sabes que esas probabilidades no son buenas.

—Me estás acorralando.

—Es lo que mejor hago.

Mox refunfuñó. Exprimió algo de aceite en un paño y lo frotó a lo largo de su pierna izquierda.

—Tienes suerte de tener amigos como yo —dijo mientras terminaba.

—¿Suerte o diseño?

—Voy a diseñar una nueva forma para tus huesos si no flotas tu culo lejos de aquí.

—Te aprecio, Mox.

El antiguo Centurión más destacado de Luna se presentó con una serie de llamadas de banda estrecha a la Luna. Afortunadamente, si había una cosa que la gente lunar despreciaba más que cualquier otra, era Eden. La compañía había devastado la economía lunar, eliminando sus llanuras grises como el punto de partida para los viajes espaciales al construir estaciones orbitales por todas partes.

Todo porque Luna no permitiría que Eden comprara vastas extensiones de su polvoriento regolito.

Mox mantuvo las conversaciones en privado, negándose a revelar nombres y detalles a nadie. Phyla y Davin esperaron fuera de la cabina, con la puerta corredera cerrada, a que Mox apareciera con las coordenadas, los códigos de atraque y un nuevo nombre.

—*Stardust Swill* —dijo Mox—. Así es como llamaremos a la *Jumper* mientras estemos en Luna.

—No es un cambio muy grande —respondió Phyla.

—Será suficiente —dijo Mox—. Aterrizamos, nos vamos, y ellos la mantendrán sellada.

Phyla lanzó una de sus patentadas miradas de sospecha.

—¿Sellada cómo?

—Como prueba —dijo Mox, con una lenta sonrisa—. Somos criminales, ¿no? Luna mantendrá nuestras cosas bajo llave hasta que nos atrapen o nos presentemos a un juicio.

—¿Y si queremos irnos?

—Primero tendremos que limpiar nuestros nombres. Ese

es nuestro billete de entrada y salida —respondió Mox—. O eso, o causarle a Eden suficientes problemas para que Luna piense que nos lo hemos ganado.

—Phyla —susurró Davin—, es el único trato que tenemos. Lo aceptamos.

—Me estás diciendo que abandone mi nave. Más me vale recuperarla.

Las palabras de la piloto adquirieron un tono más cortante cuando las repitió dos días después, cuando Phyla y Davin fueron los dos últimos en bajar por la rampa de la *Jumper* a una bahía de atraque polvorienta y casi abandonada en el lado oscuro de la Luna.

Un variopinto grupo de robots esperaba para recibirles, una tripulación esquelética supervisada a distancia destinada a mantener los dos amarres disponibles para aterrizajes de emergencia. Óvalos estrechos excavados en la arena gris, los amarres se iluminaron en naranja para la aproximación de la *Jumper*, y ahora cambiaron su espectro a un agradable blanco azulado mientras los Nueves se adentraban en la bahía.

Davin le dijo a la tripulación que prepararan equipaje ligero —como si alguien a bordo tuviera suficientes cosas para hacer lo contrario— y el desgarbado grupo parecía más un conjunto de turistas extraviados que una curtida compañía de mercenarios.

Al menos si ignorabas las fundas ocultas, las mochilas alargadas justo lo suficientemente grandes para guardar un rifle o, en el caso de Davin, una particular escopeta lanzadora de energía.

El subterfugio de Mox con los Centuriones sirvió no solo para que los Nueves llegaran a Luna, sino también para asegurarles transporte. El róver cerrado vendría a recogerlos en breve, y luego llevaría a los Nueves a una de las pocas ciudades de Luna. Desde allí, encontrarían la manera de falsificar algunas identificaciones y colarse en la Tierra.

Sencillo.

Tan sencillo que Davin incluso echó una siesta mientras esperaban en la pequeña terminal de la bahía. Las máquinas expendedoras aquí, tan aisladas, solo contenían agua y, sí, papilla de nutrientes. Una decepción tan profunda que Davin no pudo hacer otra cosa que encontrar uno de los bancos de plástico blando y estirarse. El resto parecía más interesado en estirar músculos que llevaban tanto tiempo sin ni siquiera un atisbo de gravedad.

Cada uno a lo suyo.

La mano de Phyla apretando su hombro sacó a Davin del olvido. Había sido un buen olvido además, libre de preocupaciones, dolor, sueños, cualquier cosa. La expresión en el rostro de Phyla indicaba que habría mucho estrés, al menos, en el mundo consciente.

—Nuestro transporte está cerca —dijo Phyla mientras Davin parpadeaba para quitarse el sueño de los ojos—. Han traído amigos.

Cuando era Davin quien hacía cambios repentinos en los planes, las cosas iban bien. Cuando lo hacía otra persona, bueno, Davin abrió su bolsa de golpe y sacó a Melody.

—¿Hay café en este lugar? —preguntó Davin mientras Phyla comprobaba la batería de su rifle.

—En polvo —respondió Phyla.

—Me vale.

—Entonces sírvete tú mismo, capitán —Phyla señaló con la cabeza hacia las puertas de la bahía de la *Jumper*—. Voy a volver a bordo para tenerla lista. Tengo la sensación de que podríamos necesitar una salida rápida.

Los otros Nueves también se apresuraron, preparándose para una pelea que, con suerte, no sería necesaria. Aunque, de nuevo, la historia de Davin tendía a estar llena de peleas innecesarias.

Esta se volvió mucho peor cuando, con el café activado en la mano, Davin vio a Phyla regresar a zancadas desde la bahía de la Jumper, con líneas de pura ira grabadas en su rostro.

Davin llamó a los Nueves con un silbido y Phyla dio la desafortunada actualización: las puertas de la bahía de atraque estaban cerradas, la *Jumper* sellada.

—¿No podemos abrirnos paso a tiros? —dijo Merc.

—No son finas —Phyla negó con la cabeza—. Necesitaríamos artillería.

—¿Entonces asumimos que esas motos que vienen no son amistosas? —preguntó Opal, dirigiendo su mirada hacia Mox—. Pensaba que eran tus contactos.

—Son mis contactos —respondió Mox—. También son gente de Luna.

—Entonces son cobardes —dijo Riley—. Los únicos que nos persiguen son los de Eden, lo que significa que se están sometiendo por...

—Por sus vidas y las de todos en la Luna —terminó Davin, poniendo una mano en el hombro de Riley para calmar al chico—. Es una mala decisión, pero entiendo por qué podrían tomarla —Su tripulación se inclinó un poco para escuchar las palabras susurradas, lo que provocó que Davin se aclarara la garganta antes de empezar de nuevo.

Se suponía que esto debía ser inspirador, y un capitán jadeando durante una charla motivacional no era precisamente eso.

—Lo organizaremos bien —dijo Davin—. Posiciones. Asegurémonos de que estos Centuriones sepan que una pelea les va a costar, y mientras lo piensan, yo les golpearé donde duele.

—No les dispararás —dijo Mox, con un tono que no admitía discusión.

—No te preocupes, grandullón —respondió Davin—. Disparar no es lo que tengo en mente.

Los Centuriones llegaron en sus motos, rodeando la bahía de atraque. Todos los deslizadores lunares tenían un par de torrecillas endebles en la parte superior, con capacidad para cinco personas y un piloto. Veinte Centuriones en total se apearon, equipados para el vacío, sus capas carmesí flotando mientras entraban por la única esclusa de aire de la instalación.

Allí de pie, con un aspecto decididamente menos llamativo con su abrigo quemado, vendajes y pelo chamuscado e irregular, estaba Davin. Mox permanecía junto a él, con su exoesqueleto ilegal totalmente visible. Claro, los Centuriones habían concedido a Mox una exención cuando jugaba en su equipo, pero ahora...

Diez de ellos se desplegaron ante Davin y Mox, la otra mitad llevando las motos a posiciones alrededor de las instalaciones. Davin solo lo sabía porque Vi le transmitía los detalles al oído. Con la ayuda de Mox para forzar puertas, la ingeniera tenía la única oficina de la base y sus sistemas correspondientes a su disposición, incluidos los escáneres de la zona.

Realmente era una bendición tener una maga técnica en el equipo.

La líder de los Centuriones, distinguida por los flecos dorados en su capa y alrededor de su uniforme carmesí, avanzó. Rifles colgaban de un lado, lanzas cortas del otro. Un aspecto impactante, aunque un poco grandioso.

No es que Davin fuera a decir tal cosa en voz alta.

La Centurión tocó el lateral de su casco con dedos enguantados de negro, desapareciendo el visor para revelar el rostro serio tan a menudo llevado por personas que valoraban el deber por encima de todo.

Davin quería preguntarle si se despertaba cada mañana creyendo que el destino del universo estaba en juego, pero se contuvo.

A las figuras de autoridad les gustaba abrir las conversaciones a su manera.

—Davin Masters —habló la Centurión con firme certeza, como un juez dictando sentencia—, quedas arrestado, como un...

Davin suspiró, ruidosamente.

—Voy a detenerte ahí. ¿Podemos hacer algunas presentaciones? No me parece justo que tú me conozcas y yo no te conozca a ti.

Los ojos de la Centurión se desviaron hacia Mox, su boca tensándose. Su mano se dirigió hacia la lanza que, Davin notó, incluía una batería incorporada en su mango. Probablemente podría dejarlo en shock con solo un toque.

Así que Davin hizo un gesto con la mano.

Un diminuto punto azul apareció en la frente de la Centurión.

—Mantengámoslo amistoso, ¿de acuerdo? —preguntó Davin.

La Centurión notó el punto, o mejor dicho, el rifle que lo creaba, y apartó la mano de sus armas. Los otros nueve, afortunadamente, siguieron su ejemplo. Davin podía sentir sus miradas, podía imaginar las maldiciones, los planes silbando a través de sus comunicadores.

—Mi nombre —dijo la Centurión—, es Comandante Ferra Latrice, y estás cometiendo el mayor error de tu vida.

CAPÍTULO 2
AMENAZA MÉDICA

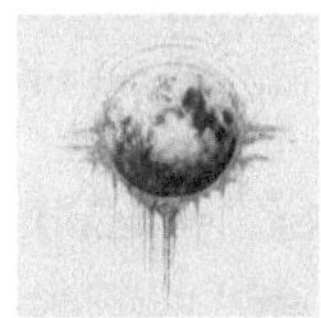

Ni siquiera Mox pudo mantener la compostura ante esa amenaza. El hombre se rio, con una risa grave que resonó por toda la instalación, por lo demás silenciosa.

—Comandante Latrice —dijo Mox—, ¿sabe usted con quién está hablando? Este hombre ha cometido más errores devastadores que cualquiera que haya conocido.

—No se equivoca —Davin retomó el control. La fanfarronería empezaba a pasar factura a sus pulmones, así que tendría que terminar la fiesta aquí—. Mi trato es sencillo, nos hace quedar bien a todos. Usted nos da uno de sus deslizadores, nosotros nos marchamos. Puede afirmar que encontró este lugar vacío, pero se quedó con nuestra nave.

¿Dolía renunciar al *Jumper*? Siempre y profundamente, pero Davin no veía a los Centuriones desguazándolo. Mox siempre afirmaba que la policía Lunar era respetable, honorable. Toda una hazaña confiar en ellos la nave que había sido su hogar durante décadas.

Pero la vida le seguía empujando a tomar estas decisiones.

Latrice fulminó a Davin con la mirada, su fuego dando

una pista de que no mancillaría su honor haciendo tratos con hombres buscados.

Por suerte, Opal no era una novata que necesitara permiso para disparar. Latrice fue a desenfundar, un destello brilló, y la líder de los Centuriones descubrió que a su pistola le faltaba la mitad inferior del cañón, con una línea oscura recorriendo su pierna donde el láser había chamuscado el uniforme.

—Nadie tiene que morir, comandante —dijo Mox después de mirar a Davin y ver que el capitán señalaba su garganta con el dedo—. Es una salida fácil.

Latrice sacó su pistola rota de la funda y la tiró al suelo como si fuera una cosa muerta. Se volvió hacia sus Centuriones y durante un largo suspiro ningún sonido llegó hasta Davin. Como aficionado a los auriculares, Davin supuso que habría opiniones acaloradas yendo y viniendo entre las capas rojas.

Hora de empujarles un poco más.

—Latrice —dijo Davin, reuniendo fuerzas a pesar del dolor—, la inteligencia artificial del *Jumper* detonará la nave si nos disparáis. Hará volar el edificio, os llevará a ti y a tu equipo por delante.

Latrice levantó un solo dedo, volviéndose hacia Davin.

—¿Dices que estáis aquí para perjudicar a Eden? —preguntó Latrice.

—Definitivamente.

—¿Y no vincularéis lo que vais a hacer con Luna?

—No es el plan.

Latrice escudriñó los ojos de Davin en busca de mentiras. No había ninguna que encontrar.

La superficie lunar parecía muy similar a la de Ganímedes, toda llena de cráteres. A diferencia de Ganímedes, sin embargo, la primera mitad de su viaje a través del regolito pasó volando en la oscuridad. Davin, descansando en una silla detrás del timón de Phyla, admiraba la vista a través del cristal abovedado.

—Ves esto en el *Jumper* todo el tiempo —dijo Riley, al lado de Davin—. ¿Por qué esto es mucho mejor?

—No es mejor —respondió Mox, contemplando las estrellas como su capitán—. Es diferente.

—Algo hermoso visto desde un lado diferente sigue siendo hermoso —añadió Merc.

El piloto de combate y Mox ocupaban el centro del deslizador, mientras Opal vigilaba por la parte trasera. El rifle de francotirador no había abandonado sus manos durante más de unos segundos, pero ahora sentía la mirada de Merc y le dedicó una sonrisa.

—Normalmente me está vigilando a mí —dijo Merc con un encogimiento de hombros alegre.

Vi se sentó al otro lado de Riley, ya dormida. Un movimiento fácil dado el suave y rebotante paseo mientras los microimpulsores del deslizador los mantenían en el aire. Sería un viaje de varias horas: mientras Latrice y su grupo venían de una ciudad abovedada más cercana, Mox quería dirigirse directamente a la capital.

Más contactos, más opciones.

—Y mejores médicos —argumentó Mox—. Eden nos encontrará. Necesitas estar preparado.

—Vi también —añadió Riley, siempre protector.

La tripulación había estado vigilante, pero hasta ahora no había evidencia de que Vi tuviera hacia el hombre algo más que un afecto amistoso. Riley seguía el manual de los cuentos de hadas, aparentemente embelesado con el amor de su infancia ahora que había vuelto a su vida. Vi parecía más feliz de tener ayuda limpiando los filtros de aire del *Jumper*.

Por su parte, aparte de la diversión en un largo y aburrido viaje desde Júpiter a la Tierra, a Davin le importaba un comino. Lo que la gente hacía, a quién amaba, no era de su incumbencia a menos que interfiriera con el rendimiento de su tripulación.

Hasta el momento, Riley no había dejado que el amor le cegara ante la monotonía diaria, así que Davin lo dejó estar, cerró los ojos y permitió que los suaves recicladores del deslizador le arrullaran hasta dormirse.

¿Quieres una imagen de la vida fuera de la Tierra? Piensa en pasillos pequeños. Luces blancas simples. Cajas estrechas hechas para la eficiencia y poco más. Papilla de nutrientes por toneladas líquidas. Vibraciones y zumbidos constantes procedentes de dispositivos que te mantienen con vida.

Luna desafiaba todo eso. O, al menos, hacía todo lo posible por aparentar lo contrario. Rebosante de dinero de la minería y las operaciones espaciales, los modestos inicios de Luna murieron a medida que su población creció, alzando majestuosas curvas ante los ojos de Davin. Cúpulas muchas veces más altas que las achaparradas funcionarias de Ganímedes se elevaban hacia la Tierra. Deslizadores, robots mensajeros, masas de personas se desplazaban entre destinos entremezclados con árboles resistentes, césped, baldosas blancas como huesos. Los músicos tocaban en las calles, el aroma de comida recién hecha flotaba en el ambiente, y la confianza lo impregnaba todo.

Estos no eran temerosos y desesperados desguazadores en los confines de la humanidad, sino civiles normales y corrientes. Personas que esperaban que sus vidas continuaran sin tiroteos, capturas de asteroides o fallos catastróficos.

—Siempre me ha parecido aburrido —dijo Merc mientras desembarcaban de la lanzadera Centurión. El piloto de combate ayudó a Davin a salir a la bahía abarrotada donde, ya, los funcionarios de atraque les lanzaban miradas expectantes.

Los deslizadores necesitaban entrar y salir de aquí, no quedarse ocupando plazas. Al menos Latrice había cumplido su parte del trato: les había dado un pase Centurión y les había concedido varias horas extra para escapar antes de informar del robo del deslizador.

—Si es que —había dicho Mox durante el viaje—. Si es que informa del robo. Ningún Centurión quiere eso en su expediente.

—Sí, excepto que tenía un montón de testigos —dijo Riley.

—Ni uno la delatará. Todos quieren ver a Eden herido.

Dada la mirada atónita de Riley, Sandeer debía de no haber tenido esa lealtad en su operación pasajera. El camarero de Ganímedes había reclutado a una abigarrada colección de idiotas, encargándoles sabotear el control gradual de Eden de pequeñas maneras. No era difícil imaginar a alguien de ese grupo, con poco respaldo y mucho que perder, cediendo bajo un interrogatorio de Eden.

Davin, por una vez, se guardó esa opinión para sí mismo. Riley nunca había salido de Ganímedes. No tenía sentido reprender al chico. Davin sufrió su propia dura educación cuando dejó El Hueco del Vagabundo, cambiando el hurto de bolsillos en Miner Prime por transportar carga y contrabando a través del sistema solar con tripulaciones que iban desde lo improvisado hasta lo directamente asesino. Aprendías mucho al dejar el nido, mejor dejar que Riley lo descubriera por sí mismo.

Los Nueves se separaron del deslizador. Phyla, Opal, Riley y Merc transportaron sus pertenencias —algo mucho más fácil en gravedad baja— para encontrar un lugar donde alojarse. Un hotel que no hiciera demasiadas preguntas, por debajo del nivel de pago de Eden.

Mox, mientras tanto, escoltaría a Davin y Vi a algún lugar para recibir atención médica de verdad. O, al menos, tan real como pudieran conseguir sin verificación de identidad.

Si la superficie de Luna resplandecía con arcoíris refractados, clima artificial y la promesa de una utopía interestelar, su ciudad subterránea contaba la verdad de acero. Davin, Mox y

Vi bajaron por una amplia escalera mecánica, pasando el nivel del tranvía y adentrándose en los túneles.

—Se siente como en casa —dijo Davin mientras se alejaban de los chirriantes escalones de metal azul y salían a una plaza grasienta y vaporosa.

Gente, siempre gente, se extendía a su alrededor. A primera vista, un error que Davin veía cometer a muchos al entrar en El Hueco del Vagabundo, podrías creer que eran más perezosos que sus homólogos del nivel superior. Algunos parecían estar holgazaneando, otros caminaban lentamente de un sitio a otro. Sin embargo, si mirabas más de cerca, te darías cuenta de que todos se afanaban más que sus amigos de arriba, y por menos recompensa.

—Eden me envió a Luna muchas veces —dijo Vi mientras Mox les guiaba por un túnel a la izquierda, pasando junto a una oficina de préstamos y un puesto barato de kebabs sintéticos—. Ni una sola vez bajé aquí.

—Lo ocultamos —dijo Mox, sin teñir las palabras con vergüenza alguna. Luna necesitaba el turismo para sobrevivir, la ciudad subterránea no lo impulsaba. Así son las cosas—. Lo necesitamos, pero no nos gusta admitir que lo necesitamos.

—Eso mismo le digo yo a Phyla todo el tiempo —añadió Davin.

—No me extraña que esté constantemente cabreada, imbécil —respondió Vi.

Puk, flotando detrás de ellos, emitió un pitido bajo. —Nunca dices que me necesitas, Vi.

La ingeniera puso los ojos en blanco, apoyándose un poco más en los brazos de Mox que la ayudaban. —Socorro, tengo un robot con problemas de autoestima.

—Eres un buen robot, Puk —dijo Mox.

A la derecha, en un resplandor chispeante y disperso, apareció el destino de Mox. Una cruz roja, ese símbolo de salud y ayuda, algo menoscabado por los carteles colgados en los escaparates que anunciaban todo tipo de tratamientos cuestionables a todo tipo de precios cuestionables.

—¿Adónde demonios nos estás llevando? —preguntó Vi.

—Si necesitas que te hagan algo sin que nadie lo sepa, vienes aquí —dijo Mox—. Les hemos dejado operar durante años, porque es mejor que tener criminales muriendo en las calles.

—He visto cosas peores —dijo Davin, pulsando el botón de llamada junto a las puertas cerradas—. Este sitio, en Ío, literalmente tallado en una nave destrozada. Usaban el viejo reactor como fuente de energía. Si pulsabas el interruptor equivocado, todos volaban por los aires.

En cambio, una encantadora voz robótica les saludó, dijo que había plazas disponibles y pidió al trío que dejara sus armas fuera, en las taquillas proporcionadas. Una vez que los tres lo hicieron, las puertas se desbloquearon, se abrieron y el olor matanariz de formaldehído y alcohol de frotar les dio la bienvenida.

Sin vestíbulo, solo un pasillo de doble anchura que conducía directamente a una intersección en T y una gran pantalla. Carteles con precios dominaban las paredes a ambos lados, gritando por esta o aquella droga, este o aquel procedimiento: nuevas extremidades, antidepresivos nucleares, asesinos de memoria para evitar que la nostalgia te atrape con demasiada fuerza.

Ni uno solo se molestaba con cláusulas de exención, con jerga legal. Esto, también, se sentía como en casa. Donde todo era un riesgo, la única pregunta era cuánto podías asumir.

—Qué lugar tan encantador —dijo Vi mientras caminaban, Davin al frente y Mox cerrando la marcha—. Me pregunto cuántos órganos donaré hoy.

—Si te quitan alguno, los destruiré —dijo Mox.

—Tu venganza airada me hace tan feliz —Vi remató las palabras poniendo los ojos en blanco.

—¿Tan feliz como los precios? —dijo Davin, leyendo la pantalla—. Creo que realmente podemos permitírnoslos.

No es que Davin, si realmente lo pensaba, fuera pobre. Años trabajando como mercenario, transportando carga, y esa bendita inyección de dinero por ser patrocinado como héroe de la Tierra aseguraban que sus cuentas estuvieran suavecitas como la mantequilla. Dicho esto, la atención médica tenía tendencia a quemar incluso las cuentas más saneadas, razón por la cual los Nueves solían emplear a un médico.

Recibir un arreglo sobre la marcha era mucho, mucho más barato que una visita al hospital.

—Escatiman lo suficiente en la decoración como para recortar costes en alguna parte —dijo Vi—. ¿Qué opción vamos a elegir, y podemos decidirlo pronto? Los analgésicos están perdiendo efecto.

De las ofertas, la revisión y reparación integral parecía encajar. Davin la tocó dos veces, dejó que el ordenador escaneara su muñequera restaurada del stock del *Jumper*, y la pantalla emitió un pitido afirmativo cuando el pago fue aceptado.

—Volveré —dijo Mox, girándose para irse—. Tengo algunas personas a las que debería ver mientras estoy aquí.

—Dejando atrás a dos guerreros heridos, ¿eh? —preguntó Davin, pero antes de que Mox pudiera responder, una mano le tocó el hombro.

A juzgar por la mirada horrorizada en el rostro de Vi, Davin preparó su estómago para darse la vuelta. Unos ojos amarillos con gafas protectoras le devolvieron la mirada, el aparato se extendía hacia un peinado rojo de tres puntas y bajaba hacia un atuendo que parecía más propio de una carnicería que de una clínica. El hombre tenía una muñequera en una mano y una jeringa, cargada, en la otra.

—Hola, hola —dijo el hombre, su voz tan cantarina como décadas fumando podían hacerla. Varias adicciones se hacían notar en la piel visible del hombre, rastros y moratones, manchas amarillentas—. Bienvenidos a la mejor clínica de este lado de la sombra. —El hombre miró más allá de Davin, registrando a Viola y su expresión—. Oh, no os preocupéis. Las apariencias no lo son todo, especialmente aquí abajo. Como médico, encuentro útil probar todo lo que prueban mis pacientes. Me ayuda a empatizar. Modales junto a la cama. ¿Entendéis?

—¿Lo entiendo? —preguntó Davin.

—Bueno, lo entenderás. —El hombre se apartó, les indicó que pasaran tras él—. Me llamo Jarris Posey, y estáis en las mejores manos que Luna puede ofrecer.

—Davin —dijo Vi—, ¿de verdad vamos a hacer esto?

Ignorando la sonrisa con gafas de Jarris, Davin tendió una mano a Vi. Una mano entablillada, una cuyo cada movimiento hacía crujir puntos mal dados, tirando de ampollas quemadas que aún ondulaban sobre su cuerpo.

—Ya estamos destrozados, Vi —dijo Davin—. No puede empeorar mucho más.

—Una gran mentalidad, amigo mío —asintió Jarris—. Sin embargo, nunca temáis. Nuestros tratamientos son inferiores a, bueno, muchos, ¡pero a ninguno cercano!

Davin y Vi siguieron a Jarris hasta las entrañas de la clínica, que atendían a la privacidad ofrecida por la fachada. Cada habitación del lugar cuadriculado tenía un cristal de pizarra que recubría la entrada, oscureciendo el interior. Los detalles de los pacientes, todos anonimizados, se extendían a través del cristal. Cosas como ritmo cardíaco, temperatura, medicamentos ordenados y procedimientos programados enumerados de manera lo suficientemente clara como para sugerir que aquí, de hecho, había cierta habilidad.

La respiración de Vi se ralentizó y sus comentarios mordaces desaparecieron.

—Lo sé, la fachada es engañosa —dijo Jarris—, pero la mantenemos así por una razón. Nuestros pacientes esperan privacidad, habilidad y costes razonables. Proporcionamos todo, como veréis.

Y vieron. Jarris metió a Davin y Vi en habitaciones vecinas, y en cuestión de momentos una combinación de robots y personal enmascarado entraba y salía. A Davin, arrojado sobre su cama, le quitaron la ropa en favor de una bata color crema. Los puntos mal dados fueron arrancados, reemplazados con pomadas fuertes. Le pusieron oxígeno en la cara, le hicieron respirar profundamente mientras un robot giratorio y cegador cortaba y trinchaba sus pulmones. El tejido quemado fue raspado, las ampollas fueron reventadas y reparadas, e incluso lesiones más antiguas, como una contusión ósea persistente en la rodilla izquierda de Davin, vieron eliminadas sus causas.

¿Y cuánto tiempo tomó esto? Davin no podía decirlo. Todo transcurrió en una niebla, un cóctel de drogas deslumbrante que le hizo girar a través del pasado, el presente y varios futuros sin jamás poner un pie en ninguno de ellos.

Si hubo una impresión constante en aquel miasma mental, esa fue Jarris. El hombre seguía apareciendo, aquellos ojos amarillos devolviendo los dispersos sentidos de Davin al presente. Jarris se inclinaba cerca, como si contara los pelos de la nariz de Davin, luego retrocedía y asentía. Después de que esto ocurriera varias veces, con el asentimiento volviéndose más vigoroso, más emocionado en cada ocasión, Davin vio a Jarris de nuevo con sombras. Las formas borrosas no se acercaron lo suficiente para tomar forma, pero permanecieron en el umbral.

Cuando Davin finalmente reunió suficiente consciencia para mover los dedos de los pies y sentir sus manos, ni Jarris ni las sombras estaban allí. Solo un solitario robot médico.

—¿Te sientes bien? —preguntó el robot mientras Davin parpadeaba mirando su corroída forma gris y espigada. Una aproximación ovalada de un rostro había sido clavada, como un espantapájaros, en la parte superior del husillo, y miraba a

Davin con una sonrisa fija—. Tus constantes vitales están bien.

Como si las constantes vitales fueran lo único importante.

Pero, Davin casi se avergonzaba de admitirlo, se sentía mejor. Sus pulmones ya no raspaban con cada respiración, aunque se sentían doloridos de una buena manera, como un músculo sobrecargado. Mirándose a sí mismo, Davin vio piel fresca y saludable donde antes había ampollas, líneas claras libres de puntos. Algunas cicatrices nuevas, sí, pero esas eran inevitables.

El robot médico seguía hablando, repasando la lista de tratamientos, procedimientos y, mientras Davin se incorporaba, las terapias recomendadas.

—¿Cuánto? —preguntó Davin cuando el robot finalmente terminó—. No hay manera de que lo que pagamos cubra todo esto.

El robot hizo que Davin esperara hasta que pudo llamar a Jarris, quien confirmó que todo el tratamiento estaba incluido en lo que Mox había pagado.

—Un trato ridículo, lo sé —dijo Jarris, encogiéndose de hombros ante Davin con gesto de disculpa—. Un hombre inteligente ajustaría los términos, pero yo solo soy un hombre honorable. No hay nada que hacer excepto devolveros a ti y a tu amiga a las calles.

—Supongo que no —respondió Davin, y sin apenas un apretón de manos y con prisa, él y Vi fueron escoltados por la puerta lateral de la clínica.

Melody y la pistola de Vi les esperaban, supervisadas por un robot agradable en el estrecho callejón que por lo demás estaba ocupado por cubos de basura y una débil luz naranja.

—¿Mejor? —preguntó Davin a Vi.

—Como una mujer nueva —respondió Vi, aunque arrugó la cara mientras lo decía—. Realmente no sé qué hicieron, o cómo, pero ¿funcionó?

—Si no tuviéramos la garantía de Mox, apostaría a que

todo se desmoronaría en un día. —Davin se echó a Melody sobre el hombro, revisó su pulsera y confirmó el hotel elegido por el equipo—. Tal como están las cosas, seguro que ahora estamos llenos de jugo ilegal.

—Justo lo que siempre quise.

Davin le lanzó una mirada de reojo mientras salían del callejón, dirigiéndose de vuelta hacia las escaleras mecánicas. El equipo había encontrado un lugar en la superficie, cerca de un puerto de lanzaderas a la Tierra. No era un camino largo, aunque Davin pensó que los saltos cortos serían buenos para sus músculos perezosos.

—Has estado rebotando un poco, Vi —dijo Davin, con la calle lunar bulliciosa a su alrededor en las primeras horas de la mañana. Comerciantes, repartos preparándose para el día —. Has cumplido con tu deber de hija, el trabajo corporativo y has jugado a ser mercenaria por un tiempo. ¿Tienes algún favorito?

—¿Adivina cuál de ellos no implicaba recibir disparos?

Davin lanzó un dardo. —¿Ser la hija?

—Pensarías eso, pero me disparé bastante con mis experimentos. No con láseres a plena potencia ni nada, pero ya sabes cómo va.

—De nuevo, ¿lo sé?

Mientras cruzaban el patio, ambos tropezando aquí y allá mientras se reacostumbraban a cuerpos no acribillados de daños, tendones reventados o mentes rotas, Vi parloteaba sobre sus proyectos. Quizás era por haber crecido en un lugar turbio similar, pero Davin identificó al trío rápidamente. Merodeaban cerca de la entrada encajonada de las escaleras mecánicas, chupando palillos estimulantes. Sus ojos estaban alzados, vigilantes, no como las miradas clavadas en el suelo de la clase trabajadora que se abría paso entre ellos. La gente real aquí abajo estaría ocupada manteniéndose alejada de la basura, caminando por una ruta memorizada a base de días sin hacer nada más. ¿Estos tres? Estos tres estaban cazando.

—...luego intenté cargar la batería al doscientos por cien, y deberías haber oído a mi padre cuando volé todo nuestro circuito —estaba diciendo Vi cuando Davin extendió el brazo para detener su último salto.

—Vamos a la derecha —dijo Davin—. La siguiente escalera mecánica no está lejos, y está más cerca del hotel.

—Pero es tan lúgubre aquí abajo.

—Entonces tómalo como una educación en capitalismo de clases.

—Vale, papá.

Cambiaron de dirección, pasando entre una tienda de donuts y café y un comerciante de chatarra. Luna, adaptándose al ciclo día-noche, tenía sus lámparas con un tono azul-dorado para el amanecer. Alguien en la tienda de donuts tenía la radio de noticias lo suficientemente alta como para que la voz se derramara en la calle: las acciones de Eden se habían sacudido gracias a los conflictos con Galaxy Forge.

Bien.

Menos bueno era aquel maldito trío. Davin captó su reflejo en los cristales de la tienda de donuts, sus sombras destacando mientras abandonaban su puesto y caminaban saltando en dirección a Davin.

—Estás muy callado —preguntó Vi—, ¿qué pasa?

—Hazme un favor —dijo Davin—, sigue hablando como antes. No dejes de moverte.

Los tres les seguían con determinación, pero sin urgencia. Cuando Davin y Vi dejaron el patio, llegaron a la calle lateral propiamente dicha con sus cápsulas-vivienda encajadas en las laderas inclinadas, los perseguidores no aceleraron.

Y si no estabas preocupado por atrapar a tu presa, significaba que ya la tenías atrapada.

La cadencia de la historia de Vi se volvió errática después de la petición de Davin, los relatos derivando hacia el sinsentido, cortándose y comenzando de nuevo sin conexión. Podía luchar bajo presión, podía reparar una nave mientras el enemigo la hacía pedazos, pero Vi no era una espía.

Bueno, qué más da. Tampoco lo era Davin, y en otro minuto, sería hora de acabar con esta farsa.

Mientras caminaban, los dedos de Davin jugaban con su pulsera, enviando al equipo su ubicación, la situación. Las respuestas fueron rápidas, con Phyla comentando que le gustaría tumbar a alguien después del frustrante vuelo desde Ganímedes.

—¿Davin? —dijo Vi, finalmente echando un vistazo a su pulsera—. ¿Qué está pasando?

—Otro día en nuestras ilustres vidas, eso es lo que pasa —respondió Davin—. Mantén la mano cerca de la pistola.

Más adelante, la calle y sus casas se doblaban hacia la izquierda, curvándose junto con la superficie lunar. Alrededor de esa curva apareció un cuarteto que coincidía con los primeros tres en sus elegantes trajes gris-negro. Los tonos poco notables, los ojos claros y los bultos donde estarían las armas, todo lo contrario.

En segundos, Davin y Vi estarían rodeados. Por quién, no lo sabía, pero podía adivinar por qué.

Antes de llegar a la Luna, Phyla había bromeado sobre la recompensa por Davin, sobre cuánto pagaría Eden por el capitán de los Nueves vivo.

—Más de lo que jamás ganamos aceptando contratos —dijo Phyla—. ¿Qué te parece, fanfarrón?

—¿Puedo entregarme yo mismo para cobrarla?

—No, pero estoy pensando en ello —dijo Phyla, echando una mirada alrededor de sus aposentos en el *Jumper*—. Podría darle un lavado de cara a este sitio.

A su izquierda, algún pobre desgraciado abrió su cápsula, saliendo a trabajar, a vivir.

—Lo siento, colega —murmuró Davin—. Vi, sígueme rápido.

Davin se dirigió de un salto hacia la puerta, casi chocando con el tipo, que tenía la cara enterrada en su pulsera.

El desgraciado, un tipo achaparrado con un tiempo de reacción lento, apenas logró soltar un grito antes de que Davin lo empujara de vuelta al interior de la cápsula, con Vi siguiéndole. La ingeniera supo lo suficiente para cerrar la puerta sin que Davin se lo pidiera.

—¿Quiénes sois y qué queréis? —preguntó el hombre mientras Davin desenfundaba a Melody y apuntaba el arma a la cara del tipo—. No soy rico.

—¿Tienes sótano? —preguntó Davin, mirando por la ventana delantera mientras los siete bobos se reunían en la calle.

—¿Sí?

—Baja ahí y no subas hasta que nos hayamos ido —dijo Davin.

Cuando el hombre intentó protestar, Vi añadió su pistola a la mezcla. —No es momento para preguntas. Haz lo que te está pidiendo, por favor.

Algo en el tono de Vi, algo que no sonaba tan cínico, tan seco, tan probado y muerto, convenció al hombre para que dejara de balbucear y desapareciera por las escaleras de la cápsula.

Por lo demás, la cápsula era fiel a su nombre, una estrecha habitación individual que albergaba la cocina, el par de metros dedicados a una pantalla y una silla. Escalones que subían al único dormitorio y un lavabo encajado entre medias.

Y la gente pensaba que vivir en una nave era malo.

—¿Qué vamos a hacer? —preguntó Vi mientras Davin confirmaba que no había puerta trasera ni entradas alternativas.

—¿Has estado alguna vez en un asedio?

—¿No?

Davin comprobó dos veces la batería de Melody, señaló con la cabeza hacia la ventana. —Van a venir a por nosotros, y vamos a hacer que se arrepientan.

CAPÍTULO 3
ABORDAJE: VIVO O MUERTO

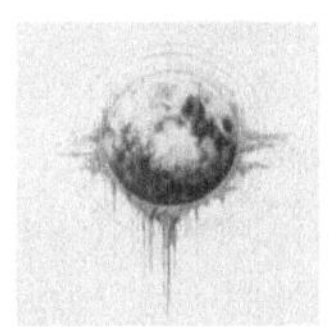

Davin casi abarcaba con sus hombros el ancho entre la puerta circular de la cápsula y la ventana delantera. Vi estaba a su derecha, con un pie flotando sobre el primer escalón de la escalera, como si ya estuviera pensando en retirarse mientras tecleaba en su pulsera.

El pequeño salón mostraba la vida austera de su propietario: una única silla con cojines deformados y manchados. Una pantalla demasiado pequeña para la pared blanca y lisa de la que colgaba. Sin embargo, el corazón estaba en aquellas paredes, decoradas con fotografías enmarcadas unas encima de otras, como si la casa hubiera sido construida con esos rectángulos de madera oscura en lugar de con mortero, regolito y los enlaces químicos que habían levantado todo este túnel quién sabe hace cuántos años. La familia de esas fotos, a juzgar por la casa silenciosa y limpia, hacía tiempo que se había marchado.

Las impresiones errantes solían engullir a Davin cuando su vida se encontraba al borde de un precipicio. Si le sorprendían, se sumergía en la acción sin pensarlo, un verbo en movimiento hasta que los enemigos caían muertos, su equipo seguía vivo y el peligro quedaba resuelto.

Pero los siete de fuera decidieron tomarse las cosas con calma. Le dieron al capitán la oportunidad de reflexionar, una oportunidad que aprovechó porque Davin se sentía bastante bien por primera vez en mucho tiempo. Acababa de recuperar la salud y ahora, aquí, estos idiotas querían arrebatársela de nuevo.

—Vienen —dijo Vi, y Davin echó un vistazo por la ventana, esperando ver a la pandilla acercándose. En cambio, permanecían allí, los matones grisáceos deliberando entre ellos—. Me refiero a los nuestros. Mox, Merc, ya sabes.

Vi estaría en la misma situación que Davin. Rejuvenecida. Y quizás también el fotógrafo que se escondía en su propio sótano. Davin apostaría su abultada cuenta a que el grupo de fuera estaba intentando decidir cuánta ruina podían soportar para conseguir la cabeza de Davin; tenía que ser la cabeza de Davin, tenía que ser esa recompensa de Eden. Si iban demasiado lejos, los Centuriones de Luna los destrozarían.

—¿Cuál es la estrategia? —preguntó Vi—. ¿Esperamos a que echen la puerta abajo?

Diablos, si los Nueves venían aquí en masa y se enfrentaban, los Centuriones vendrían y se llevarían a todos. El equipo de Davin no podía permitirse una pelea callejera. Necesitaban una salida, una que eliminara a la pandilla sin implicar a los Nueves.

—Nueva idea —dijo Davin—. ¿Cómo los ahuyentamos?

Vi le miró entornando los ojos.

—¿Ahuyentarlos? ¿Qué?

Davin volvió a mirar fuera. Hizo una doble comprobación. Solo quedaban tres enemigos en la calle, todos ellos con armas más convencionales de matón: un bate, puños americanos y, de todas las cosas, una palanca.

¿Dónde estaban los otros cuatro?

—Publicidad —dijo Davin—. Luna se preocupa mucho por la imagen. Si se difunde que hay una pandilla aterrorizando aquí abajo, los Centuriones responderán rápido.

—Puedo llamar a emergencias, pero tú eres un criminal, así que...

—Él no lo es —Davin señaló las fotografías. De arriba vino un crujido, un tintineo vidrioso—. Baja ahí, haz que pida ayuda de la forma más pública que puedas encontrar. Pero no te pongas delante de la cámara.

—¿Y tú? —dijo Vi mientras se levantaba, mirando hacia las escaleras—. Están entrando.

—Haré lo que mejor se me da —dijo Davin—. Encantar.

Vi negó con la cabeza, lanzándole una mirada a Davin mientras bajaba al sótano.

—No te mueras.

—No matarán a su tesoro, no te preocupes.

Podrían darle una paliza, pero podía aguantar un par de golpes.

Acercándose a la puerta, ignorando las escaleras detrás de él y a los idiotas que definitivamente estaban a punto de bajar, Davin abrió el portal en espiral. Salió a la calle con Melody en las manos. Los tres matones miraron el arma sin hacer ningún movimiento.

—Caballeros —anunció Davin, disfrutando de cómo la gravedad de la Luna permitía que su abrigo, deshilachado y tenso, ondeara a su alrededor—, tengo la sensación de que me estáis buscando.

El hombre del centro dio un paso adelante, rebotando su bate contra una mano como un cliché sacado de una película. Su característica más definitoria parecía ser su pelo, que se extendía hacia arriba y hacia fuera en todas direcciones como un afro de espagueti. Un tatuaje en forma de luna creciente plateada se curvaba bajo su ojo izquierdo. Ropa ajustada y zapatos elegantes más apropiados para ir de fiesta que para el fango.

—¿Davin Masters? —preguntó el hombre, su voz fallando al final de cada palabra, señal de que se había implantado algo.

Los jóvenes de hoy, a nadie le gustaba lo natural ya.

—Culpable —dijo Davin, saboreando la palabra y extendiéndola con una sonrisa. Cada segundo contaba—. ¿A quién tengo el dudoso honor de dirigirme?

—Ecco —respondió el hombre—. Y puedes coger ese dudoso honor y metértelo por donde te quepa.

—Hecho.

Ecco movió la cabeza hacia la derecha, calle abajo. Detrás de él, Davin oyó los golpes mientras los compinches de Ecco descendían de los tejados.

—Vamos a ir por ahí —dijo Ecco.

—Que tengáis un buen paseo —respondió Davin, quedándose justo donde estaba.

Ecco se rio.

—Eres un chulo, ¿eh?

El implante de voz deslizaba el acento de Ecco como un disco de hockey, combinando tonos y lugares para hacer imposible rastrear la historia de Ecco. No importaba.

—Mira —dijo Davin, recorriendo con la mirada a los tres de delante y luego dando un paso lateral para poner a los cuatro que se acercaban, también armados con un surtido de matones, a la vista—. Todos sabemos a dónde va esto, así que hagámoslo deportivamente.

—Esto no va de deporte —dijo Ecco.

—Va de quedar bien, lo sé. Así que, ¿qué tal si te doy la oportunidad de lucirte delante de tus amigos? Un pequeño mano a mano con el mayor héroe de la Tierra debería hacer maravillas por tu reputación callejera.

Ecco volvió a reír, el ruido rebotando arriba y abajo por la calle casi vacía. Los pocos transeúntes se fijaron en el grupo de Ecco y salieron corriendo en dirección contraria. Un tipo de mala calaña conocido.

—Hagámoslo entonces, héroe —dijo Ecco, y pasó de dar palmaditas al bate a empuñarlo. Sin ceremonias, solo un duelo—. Ahora mismo.

Davin giró su pierna izquierda, consideró apuntar con Melody hacia arriba y hacer pedazos a Ecco. Habría sido satisfactorio, no deportivo, y si Vi estaba trabajando en el plan, ya habría cámaras apuntando hacia ellos. Davin, sin embargo, tenía que considerar su propia reputación, así que soltó la pistola. Levantó sus propias manos callosas y nudosas. Su sonrisa arrogante se deslizó un poco al ver su propia piel, las arrugas, las líneas adelgazadas.

¿Cuándo se había vuelto tan viejo?

Ecco le hizo a Davin el favor de anunciar su propio golpe, entrando en un swing glorioso dirigido a la cabeza de Davin. Pero el tipo todavía estaba a distancia, así que Davin dio un pequeño paso atrás y vio cómo la madera falsa, una mezcla de cerezo claro, silbaba justo delante de sus ojos.

Y captó la verdadera jugada en los ojos de Ecco. El tipo con púas no iba a por una decapitación, sino a por una preparación. Los iris de Ecco se orientaron sobre el hombro izquierdo de Davin, dando al capitán mercenario una pista de una fracción de segundo para preparar un codazo afilado.

Una mano pesada aterrizó en la chaqueta de Davin, y este dirigió su extremo izquierdo puntiagudo para encontrarse con su dueño. El golpe se metió en el estómago de alguien, un jadeo gruñido fue toda la evidencia que Davin necesitó. La mano se levantó de su hombro, liberando a Davin para un repentino sprint hacia Ecco y su bate.

La gente que se vestía y movía como Ecco solía ser actores. Jugadores que ponían la apariencia por encima de los resultados, dando mucho ladrido e ignorando el mordisco porque podría ensuciarles la ropa. Davin esperaba que Ecco fuera por el mismo camino, que se doblaría después de un par de golpes y llamaría a los demás para retirarse.

Resultó que Ecco se había ganado su extraño atuendo.

La embestida de Davin llegó dentro del alcance de Ecco, haciendo del bate una herramienta incómoda, pero Ecco hizo la jugada inteligente, colocando el mango de madera frente a él como un escudo, recibiendo el primer golpe de Davin, un golpe de riñón con la mano derecha, en el extremo grueso del bate.

Y ay. Maldición.

Ecco empujó hacia atrás mientras Davin maldecía, avanzando hacia el capitán mientras un silbido le decía a Davin que algo más se dirigía a su espalda.

Afortunadamente, la gravedad ayudó a Davin. Empujando con su pie derecho, Davin cayó hacia la izquierda. La tubería, corroída y rojo-anaranjada, pasó silbando sobre su hombro, obligando a Ecco a retroceder. El tirón más ligero de la Luna le dio a Davin el tiempo suficiente para poner los pies debajo de él, un movimiento de baile que debió parecer ridículo para cualquiera que estuviera mirando. Que, no obstante, le compró a Davin...

Dos matones más golpearon a Davin por ambos lados, el tipo de la palanca y otro por detrás con esas manos agarradoras enfundadas en cuero. La gravedad rescindió su ayuda, dejando a Davin atrapado en una especie de cámara lenta, la palanca estrellándose contra su hombro izquierdo, permitiendo que esas manos consiguieran un agarre más fuerte en la cintura de Davin, rodeándolo para un placaje.

Antes de que Davin pudiera dar otro codazo, el agarrador lo plantó en el suelo, boca abajo en las piedras. Un suave zumbido llenó el aire mientras Ecco le decía a alguien que noqueara a Davin. Porras eléctricas. Genial.

La escoria que lanzó a Davin al suelo intentó plantar un pie en la espalda del capitán, para inmovilizarlo. Un movimiento elegante si está perfectamente ejecutado, pero el abrigo raído de Davin y el cuerpo inclinado hicieron que el paso no se pegara. Davin rodó con el contacto, deslizando el pie fuera de él y girando boca arriba. El pisador resbaló, dando a Davin una vista clara del nuevo tipo con la porra eléctrica brillante. Este tipo parecía todo negocios, apartando a su torpe compañero de un empujón y lanzando su palo luminoso directamente hacia Davin.

Davin se apoyó en su brazo izquierdo, pateó con su pie derecho y golpeó la muñeca del agresor, lanzando la estocada de la porra contra la calle en lugar de contra el pecho de Davin. Plantando la palma izquierda en el suelo, Davin se impulsó hacia arriba y contra el hombre de la porra.

—Un poco antideportivo, ¿no crees? —resopló Davin, tratando de mantener el arma chispeante lejos de su cuerpo.

Al menos la porra, y su propensión a adormecer, mantenía a los otros secuaces de Ecco a raya. Oh, buscaban un golpe en la espalda de Davin, pero el capitán mantenía sus pies en movimiento mientras sujetaba el arma de su oponente lejos.

El baile más estúpido y necesario del mundo, señoras y señores.

—Ríndete ya, tío —dijo Ecco mientras la lucha iba a su favor—. Esto es vergonzoso.

—Quizás para ti —respondió Davin, mientras su compañero de porra lo maldecía—. Yo no tengo orgullo que perder.

Ecco debió encontrar algo de valor en esa respuesta, porque volvió a entrar con ese bate cuando Davin le dio la espalda. El hombre parecía saber lo que estaba haciendo, pero vaya si Ecco se hacía predecible.

Davin oyó el paso, vio la mirada en las caras que lo rodeaban, y abandonó la guerra de agarre por la porra, alejándose mientras Ecco balanceaba el bate en un crujido por encima de la cabeza.

Ecco hizo el ajuste —el buceo de Davin un pelo temprano— y golpeó el hombro de Davin, lanzando al capitán de nuevo contra la tierra.

Pero la chispa. El destello. El vagabundo con la porra pensó que tenía la victoria en su mano, lanzó el arma liberada justo donde Davin habría estado, debería haber estado, y atrapó a Ecco en el muslo en su lugar.

Con un grito, Ecco se derrumbó, dejando caer el bate y

uniéndose a Davin en las losas. Una victoria menor, viendo que el chico de la porra, respaldado por los otros, todavía se cernía sobre ellos.

Entonces Davin oyó otro grito sorprendido, seguido por un cuerpo con abrigo gris volando por el aire sobre su cabeza. Los gangsters se giraron, levantaron sus armas, y otro salió volando mientras se levantaba. El chico de la porra se dio cuenta, dijo un muy débil *eh* y arremetió hacia Davin sólo para ser golpeado por el tercer cuerpo de un colega que salía volando en los últimos segundos.

Davin podía adivinar la causa.

—Un poco tarde, ¿no? —dijo Davin mientras Mox, recogiendo el bate de Ecco y manejándolo como un martillo de guerra, ahuyentaba a los gangsters.

Cinco segundos después, los matones se habían ido, salvo un trío, incluido Ecco, demasiado golpeados para correr.

—Vine tan rápido como pude —dijo Mox—. ¿Dónde está Vi?

—Dentro —Davin señaló la casa mientras recogía a Melody del suelo—. Saldrá en breve.

—Más le vale. Estamos atrayendo la atención equivocada.

Con la retirada de los abrigos grises, la calle se llenó de curiosos. Algunos miraban desde la distancia, mientras otros se acercaban a los cuerpos, con los ojos en las armas, en la ropa.

Lo mismo habría pasado en Vagrant's Hollow: no solo habrías perdido la pelea, habrías perdido todo lo demás también.

—¿Los otros no están aquí? —preguntó Davin.

—Los otros están yendo donde necesitamos estar —respondió Mox—. Hay una lanzadera con destino a la Tierra en la que podemos subir, y con esta hazaña, tiene que ser ahora.

Como si fuera una señal, Vi salió de la casa, devolviendo

un saludo al tipo fotógrafo, que les echó un vistazo antes de levantar su cámara para un disparo largo.

Davin le dirigió una sonrisa, levantó a Melody en una pose de acción.

—Lo capté todo en directo —dijo Vi mientras se unía a ellos, con Mox sin perder tiempo dirigiéndose de vuelta hacia la plaza, su escalera mecánica—. Dijo que Eden está financiando a matones locales para atacar a gente que no le gusta.

—Precioso —dijo Davin.

—¿Por qué? —preguntó Mox—. Me estoy jugando mi reputación para conseguirnos una cobertura, ¿y vosotros la estáis fastidiando?

—Y lo aprecio, amigo mío —dijo Davin—. Pero aquí está la cosa, Eden tiene que jugar a un juego más grande que el nuestro. Tienen inversores, un público desagradable que mantener contento. Si tenemos suerte, el video de Vi nos ayudará a volvernos intocables.

Mox refunfuñó que no entendía los detalles, así que Vi y Davin se turnaron para explicar el plan: Davin ya era una leyenda local, y mientras Eden había etiquetado al hombre como un criminal, no tenían un contrapeso al poder estelar de Davin. Junto con su transmisión anterior más allá de Saturno, el proyecto de Davin Masters como Hombre del Pueblo estaba en pleno apogeo.

—Verán a un tipo contra siete —terminó Vi mientras cruzaban el patio, manteniéndose alejados de un escuadrón de Centuriones que se dirigía hacia la escena de la pelea, con capas rojas fluyendo—. Davin conseguirá puntos de simpatía. Eden irá a la defensiva. Tendrán que ser más cuidadosos.

—Lo mejor de todo —añadió Davin—, nada de francotiradores.

Cualquier disparo mortal ahora parecería como si Eden estuviera jugando al juego equivocado, aprobando asesinatos en lugar de pasar a sus malhechores por el sistema judicial.

Claro, Davin y su equipo todavía podían ser arrestados, pero ¿un asesinato a sangre fría?

—Qué suerte la nuestra —gruñó Mox al final.

—Maldita sea, qué suerte la nuestra —respondió Davin—. ¿Te imaginas tenerme en una sala de tribunal? Haría que Eden se arrestara a sí mismo antes de que acabara el día.

Claro, Mox y Vi pusieron los ojos en blanco ante eso, pero en el fondo, Davin sabía que estaban de acuerdo.

No llegas a ser una celebridad sin acostumbrarte a las miradas. Mientras el trío subía por la escalera mecánica, la piel de Davin se erizaba con incontables miradas. Algunas tenían que ser miradas colaterales, rebotando en la imponente combinación de camisa y esqueleto metálico de Mox, pero otras se fijaban en la cara de Davin, sus miradas descendentes comparando su barba incipiente, la línea de la mandíbula, el pelo desaliñado con las últimas fotos que Eden había difundido.

¿Cuántos lo hacían porque reconocían a Davin de las noticias, tenían un vago recuerdo de alguien importante con su aspecto, y cuántos mantenían la misma mirada preguntándose por la recompensa de Eden y si podrían cobrarla?

—Jarris va a recibir una visita —gruñó Mox—. El hombre sabe lo que hace.

Un Davin más joven y descarado podría haber estado de acuerdo con la idea. Jarris aparentemente les había vendido, pero Davin no conocía los detalles. ¿Se trataba solo de codicia, o el doctor tenía otras presiones? Independientemente, se había prestado un servicio, uno valioso.

—No te molestes —dijo Davin. La escalera mecánica los empujaba hacia una luz diurna más brillante, la mañana avanzaba, y quizás el resplandor feliz suavizó su estado de ánimo—. Jarris nos arregló bien. Eden es quien está poniendo las recompensas, el doc solo está intentando sobrevivir.

—¿Vi? —preguntó Mox—. ¿Estás con él en esto?

—¿Crees que no voy a adoptar el papel de chica amable

por una vez? —respondió Vi. Levantó la mano derecha y agitó la pulsera—. ¿Sabes qué no es agradable? Estar sentada en un sótano con un hombre asustado preguntándote si van a darte otra paliza. Que le den a Jarris. No tienes que matarlo, Mox, pero si promete privacidad, debería cumplirlo.

Davin hizo un doble vistazo, evaluando la postura firme de Vi bajo la luz del sol reflejada mientras la escalera mecánica llegaba a la superficie. Los traumas se acumulaban, y nunca se podía saber cuál sería el que te rompería.

Quizás Ecco y sus chicos grises le habían hecho un daño real allí.

La escalera mecánica los depositó en la superficie de Luna, una amplia plaza que ofrecía un banquete para viajeros: tiendas, quioscos, mapas y más. El aroma de los buñuelos recién fritos y su perfume a canela flotaba en el aire. Sobre ellos, el traqueteo de la escalera mecánica se mezclaba con el de las terminales de taxis aéreos, con los deslizadores entrando y saliendo con eficiencia artificial.

En medio de todo aquello, Davin contó cinco grupos distintos vigilándolos. Varios tenían las manos dentro de los abrigos mientras merodeaban cerca de los bancos, en los espacios entre las tiendas.

—¿Esa recompensa de Eden especificaba que me querían vivo? —preguntó Davin.

—También aceptarán tu cadáver —respondió Mox—. El asesino perdería algo en el trato, pero aun así sería más rico de lo que tú has sido nunca, jefe.

—Quizás debería apretar yo el gatillo —reflexionó Vi mientras giraban bruscamente a la derecha, atravesando la plaza—. Eden nunca se lo esperaría.

—Puede que incluso te ofrezcan recuperar tu antiguo trabajo —dijo Davin, intentando vigilar en todas direcciones a la vez.

Asesinar a alguien a plena luz del día parecía un riesgo que no merecía la pena correr: no se podía cobrar una recompensa por Davin sin demostrar que lo habías matado, lo que podría llevarte a una prisión Centurión. La mayoría parecía contentarse con esperar a que Davin fuera a algún lugar menos concurrido, menos vigilado.

—Nunca llegaremos a esa lanzadera —dijo Davin mientras se acercaban a un pasillo entre cúpulas. Para cualquiera demasiado tacaño como para pagar un taxi aéreo, los tubos largos y anchos transportaban a la gente sobre plataformas móviles entre las cúpulas. Transporte para el hombre común.

—¿Por qué dices eso? —preguntó Mox.

—¿No estás notando a toda esa gente repentinamente interesada en adónde vamos?

—Estamos caminando con una celebridad, ¿no? —dijo Vi.

—Una a la que les gustaría noquear —respondió Davin—. Mox, ¿podemos mantenernos en espacios abiertos todo el camino?

—No en las bahías.

Luna y la Tierra enviaban una cantidad absurda de personas y carga de un lado a otro. Dadas las ventajas gravitatorias, casi todo pasaba primero por Luna, con las grandes naves acoplándose en la Luna y trasladando contenedores a naves lanzadera con destino a la Tierra. Esbeltas pequeñas lágrimas, las lanzaderas salían como de una bandolera, entrando en una órbita descendente en puntos precisos para terminar en su puerto espacial terrestre preferido. Los bichos repostaban combustible, volvían a cargar pasajeros y mercancías antes de dispararse hacia el cielo nuevamente.

La bandolera más cercana a ellos, como todas las de Luna, cambiaba belleza por bullicio. Sin cúpulas elegantes, solo bahías de lanzamiento circulares alineadas una tras otra. La entrada, una fila achaparrada y ancha, tenía consolas con un despliegue de destinos, horarios de lanzamiento y asientos restantes. Según algunas investigaciones realizadas mientras Davin y Vi estaban recuperándose, el punto de partida de Alyssa se encontraba en una ciudad de la que Davin nunca había oído hablar y donde definitivamente nunca había estado.

—¿Quito? —preguntó Davin mientras Mox tecleaba los billetes.

A su izquierda, la salida regurgitaba viajeros, muchos tropezando consigo mismos al cambiar la gravedad de la Tierra por la falta de ella en Luna. No hacía mucho tiempo, durante los días de transporte de carga, Davin y Mox almorzaban en un café cercano y se reían de los pardillos que intentaban mantener el equilibrio.

Probablemente pasaría un tiempo antes de que pudieran volver a hacer eso.

—Tendrás que preguntárselo a Alyssa —dijo Mox—. Opal usó algunos de sus viejos contactos para obtener la información.

Mientras Opal había investigado el paradero de Alyssa, Mox había utilizado su propia red Centurión para conseguir nuevas identificaciones para los Nueves. Phyla, Opal, Merc y Riley ya estaban más allá de las puertas esperando la lanzadera, y Mox escaneó a Davin y Vi para que pasaran con él.

—¿Qué nombres nos has puesto? —preguntó Davin mientras entraban al edificio, con una fila no precisamente discreta siguiéndolos hasta las consolas, sin duda comprando el billete más barato para poder pasar.

La diversión, si es que había alguna, comenzaría no muy lejos. Aunque sería de un tipo interesante: las bahías tenían advertencias por todas partes de que las armas estaban prohibidas más allá del punto de control de carga. Mox escaneó la pulsera nuevamente en una de las varias pantallas, cada escaneo escupiendo una etiqueta para pegar en cualquier cosa que los miembros de los Nueves quisieran enviar con su lanzadera.

Davin sacó a Melody, le puso el nuevo parche blanco y la envió deslizándose. Vi miró su pistola, como preguntándose si la pequeña arma valía siquiera la pena, pero se encogió de hombros, le puso la etiqueta y la dejó caer tras Melody.

Mox no se llevó nada, su gran cañón se quedó en el *Jumper*.

Después de la cinta transportadora había una línea ancha azul-negra. Las advertencias colocadas frente a la franja de dos metros de grosor insistían en que cualquiera lo bastante tonto como para intentar cruzar con un arma simplemente sería advertido para que diera media vuelta y, si seguía avanzando, sería disparado inmediatamente.

Al otro lado de la línea, tres torretas automáticas, cada una de dos metros de altura y brillando con luces rojas cerca de sus cañones, hacían que la amenaza fuera más que real.

—¿Adivina qué? —dijo Davin mientras el trío daba sus primeros pasos sobre la línea negra—. A partir de aquí, todo será a puñetazos y patadas.

—O, ya sabes, ¿podríamos intentar no meternos en una pelea por una vez? —sugirió Vi.

La línea negra hizo vibrar el cuerpo de Davin, un masaje antinatural junto con una leve sensación de ardor mientras luces y láseres escaneaban su cuerpo y lo declaraban seguro. A Mox y Vi también les dieron vía libre.

Pasadas las torretas, las advertencias desaparecieron y la bandolera de atraques mostró una cara agradable, con restaurantes, bares y tiendas que ofrecían un respiro a cualquiera que necesitara un reconstituyente antes de ir a la Tierra.

—¿Dónde están? —dijo Davin—. Tenemos un par de horas, ¿verdad?

Quito, al no ser un destino de alto perfil, solo tenía una lanzadera diaria. Afortunadamente, esa lanzadera salía a media tarde, perfecta para un bocado y una cerveza antes de la partida. Algo que Davin, al menos, podría aprovechar.

—Tienes una pulsera, ¿sabes? —dijo Vi.

—Claro, pero estoy tratando de ver quién nos matará primero.

Los canallas sospechosos que habían estado vigilando a Davin todo el tiempo los habían seguido a través de los escáneres azul-negros. Los cazarrecompensas aprovecharon que Davin y compañía merodeaban y se disfrazaron de formas estúpidas, como desapareciendo detrás de los percheros de una tienda o pidiendo un agua con hielo en el bar.

Mox, dando un suspiro a Davin, dijo:

—Ya están todos en la puerta. Phyla dice que deberíamos darnos prisa.

—¿Dice por qué?

—Sí —respondió Vi mientras Mox se ponía en marcha, con Davin y la ingeniera siguiéndole—. El piloto no quiere volar con nuestros culos buscados a bordo.

CAPÍTULO 4
EN LA MIRA

Qué puede hacer un hombre buscado?

Sintiéndose bastante infame, con un grupo de cazarrecompensas que continuaba persiguiéndole, Davin se unió a su equipo en la lanzadera hacia Quito. Con un aspecto más bien desaliñado, cualquier misticismo futurista moría a manos de la eficiencia directa de la puerta: una gran pantalla contra la pared trasera de acero mohoso declaraba que esta era, efectivamente, la lanzadera a Quito. Junto a ella, un estrecho portal conducía a una lanzadera acoplada e invisible tras los muros. Sillas endebles y acolchadas solo con los plásticos más baratos se alineaban en rígidas filas.

¿Sus ocupantes? Phyla, Merc, Opal y Riley. Ni un alma más se atrevía a ocuparlas, aunque no siempre había sido así.

—Ahora tenemos reputación —dijo Phyla cuando Davin, Mox y Viola se acercaron, mientras Davin sorbía un delicioso batido de mango y plátano—. Tu vídeo de esta mañana alteró a la gente. Alguien me reconoció, me relacionó contigo, lo anunció a la gente de aquí, y todos desaparecieron.

Davin se encogió de hombros.

—¿Más espacio para nosotros?

—Sí, excepto que el piloto se niega a volar —continuó

Phyla. Merc lucía una pequeña sonrisa y se sentaba junto a Opal, que tenía los ojos cerrados. Solo Riley parecía preocupado; había notado cuántas personas seguían al trío de Davin.

—Dile que nosotros pilotaremos la lanzadera —dijo Davin.

—Como si eso estuviera permitido.

—Phyla —Davin se giró hacia un lado, saludando a los cazarrecompensas. Uno, un chaval joven, fue tan descarado que devolvió el saludo—. Por si no te has dado cuenta, somos criminales. ¿Por qué no estar a la altura de nuestra fama?

—¿Robar una lanzadera? —preguntó Vi—. Davin, eso es...

—Tomarla prestada —respondió Davin, usando la vieja lógica cinematográfica—. De hecho, diría que es mejor que prestarla. Vamos a Quito, hemos pagado por el viaje. No hay argumento en contra.

—Se me ocurren varios —comenzó Phyla, pero Mox gruñó. No palabras específicamente, sino un ruido profundo destinado a cortar la conversación.

Y Mox lo consiguió.

—No podemos quedarnos aquí —dijo Mox—. Hay demasiados tras nosotros.

—Podrías aplastarlos como huevos revueltos si lo intentaran —señaló Vi.

—A diferencia de ti, preferiría recuperar mi trabajo cuando esto acabe. ¿Dónde está el piloto?

—¿Cómo es que todas nuestras aventuras se convierten en desastres? —preguntó Phyla.

—Diría que es mala suerte —respondió Davin—. Pero creo que simplemente nos gustan más así.

El avance de Davin hacia la lanzadera fue interrumpido por un grito acusador, que comenzaba y terminaba con selectas maldiciones y el nombre de Davin en medio. Era difícil no darse la vuelta ante algo así.

—¡No puedes simplemente irte! —gritó el mismo chico que lo había delatado—. ¡No es justo!

Enviando a Mox y Phyla hacia la lanzadera —la nave necesitaba estar lista para una evacuación—, Davin se cruzó de brazos mientras Vi, Merc, Opal, Riley y, flotando olvidado desde el techo, el robot de Vi, Puk, se formaban a su alrededor.

—¿Qué no es justo? —respondió Davin, mientras la multitud crecía. Al menos quince personas ahora, desde ancianos hasta jóvenes, parejas, tríos y cuartetos. La mayoría tenía las manos en los bolsillos, nadie blandía nada abiertamente todavía—. ¿Qué estáis buscando todos?

La chusma, en su prisa por perseguir la gallina de los huevos de oro de Davin, había olvidado elegir un líder. Eso es lo que conseguías por pensar solo en ti mismo. La ceja arqueada de Davin subió cada vez más con cada tic del metrónomo del momento, miradas lanzadas por todo el lugar como dardos. Ninguna dio en el blanco.

—¡Tú! —el mismo chico, encontrando algo de coraje en la desesperación, gritó cuando Davin comenzaba a darle la espalda al grupo—. Vamos a por ti.

Con la claridad en el propósito restaurada, la multitud pareció encontrar su valentía, avanzando entre las sillas, a través del pasillo —para confusión de los pobres turistas normales— y hacia la puerta.

—Davin, lamento ser aguafiestas —dijo Merc—, pero no me apetece pelearme con toda esta gente.

—A mí también me sabría mal dispararles —añadió Opal—. Ya hice bastante de eso antes.

Ambos tenían razón. Davin sintió la presión sobre sus hombros, el ligero peso que caía sobre él cada vez que tenía que tomar una decisión de capitán. Aceptar el manto, tomar la decisión.

Así que silbó.

El ruido, agudo y cortante, atravesó el creciente impulso de la multitud. Los dos más cercanos, un par que parecía cortado de un paño grasiento, todavía con sus uniformes puestos, se detuvieron de repente. ¿Había Davin liberado algún sabueso rabioso o convocado a los Centuriones para arrestarlos a todos?

Eden había construido su leyenda, le había marcado como su objetivo número uno, así que ¿quién sabía de qué era capaz Davin?

—Corred —susurró Davin.

La genialidad iba y venía en muchas formas, y Davin eligió ejercer la suya en fugaces pasos, siguiendo a Opal y Merc, con Puk zumbando por encima, bajando por la rampa de embarque. La multitud, confundida durante un momento crítico, encontró su voz y rugió.

Conseguir una estampida coordinada lleva tiempo y esfuerzo, soldados entrenados marchando al unísono. Davin solo tuvo que escuchar para confirmar que los cazarrecompensas a su espalda no eran un grupo tan ilustre.

Las maldiciones, los gritos, los golpes, la frustración se derramaron tras Davin, y ni una sola alma enemiga alcanzó su pie trasero antes de que cruzara el umbral de la lanzadera.

—Cerrad la maldita puerta y pongámonos en marcha —gritó Davin, aunque no era necesario: Mox ocupaba la entrada y cerró la gruesa escotilla tan pronto como Davin pasó volando.

La lanzadera se sacudió medio segundo después, con Phyla a los mandos. Los demás se apresuraron a sus asientos, del mismo diseño, aunque de menor tamaño, que la opción de escape de la Galaxy Song. Tras una rápida confirmación de que nadie había sufrido un golpe en el dedo del pie o una puñalada sorpresa, Davin se unió a Phyla en la parte delantera a tiempo para ver a los combatientes más adelantados de la multitud haciendo algunos gestos significativos en su dirección.

Davin se rio, esperando que Phyla hiciera lo mismo, pero todo lo que tenía era un ceño fruncido mientras sus manos bailaban sobre los controles de la lanzadera.

—Para ellos lo significarías todo —dijo Phyla cuando Davin le preguntó por qué—. Esa recompensa cambiaría sus vidas para siempre.

—¿Intentas hacerme sentir mal por huir? —preguntó Davin—. ¿Debería haber organizado un concurso para ver quién merecía más arrastrarme a los brazos de Eden?

—Si alguien merece esa recompensa, soy yo.

Giró la lanzadera a la izquierda, sus microimpulsores elevándola de la roca lisa. Rodarían lejos del amarre, atravesando un escudo magnético hacia el vacío puro. La IA de la lanzadera les guiaría hasta el punto de despegue, donde Phyla apuntaría la nave directamente hacia Quito y despegaria.

—Solo si lo repartimos —dijo Davin, pero Phyla volvió a hablar antes de que pudiera añadir otra broma.

—Tenemos que encontrar a Alyssa —dijo Phyla, volviendo al modo misión—. Eden le tiene miedo. Es la única oportunidad que tenemos de cambiar esto. Romper su control.

—¿Y sabemos con certeza que está en Quito?

—Es lo que tenemos —dijo Phyla—. Y francamente, Davin, no sé si te has dado cuenta, pero no tenemos muchas opciones en este momento.

—Entonces digo que vayamos a por esta con toda la velocidad que podamos.

—Hecho y hecho.

La lanzadera se deslizó libre de la cúpula de la bahía de acoplamiento, se inclinó hacia arriba desde la Luna y traqueteó cuando sus motores más grandes se activaron. No exactamente al nivel de impulso asesino del *Jumper*, pero suficiente para empujar a Davin hacia atrás en su asiento, darle algo más de peso.

No era algo malo, considerando que la Tierra sería el lugar más pesado que habría tocado en mucho tiempo. No importaba la cantidad de ejercicio, no importaba la cantidad de papilla nutritiva potenciadora de músculos que bebiera, volver a una G siempre se sentía un poco como emborracharse y ganar cien kilos.

La Tierra misma se situaba arriba y a la derecha, su lavado azul-blanco bloqueando las estrellas ante ellos. Un estricto rastro verde resplandecía a través del parabrisas, inclinándose hacia adelante y a la izquierda. Su camino, y uno que Phyla no tendría oportunidad de alterar a menos que las cosas salieran mal.

—Eres solo un adorno, ¿eh? —preguntó Davin mientras la Luna caía por debajo y detrás de ellos.

—No por mucho tiempo. —Phyla señaló la consola central.

Formas de todos los colores y tamaños salpicaban la gran pantalla, un fondo confuso solo inteligible para aquellos que habían sido instruidos. Cada forma representaba una nave, una estación espacial o algún escombro lo suficientemente grande como para preocuparse. Los colores indicaban velocidad y proximidad: un diamante rojo mostraba una nave que podría estar en una trayectoria de intercepción, mientras que un círculo verde significaba una estación en el borde del radar alejándose.

Phyla señaló un trío de diamantes rojos, una selección que se alejaba de un cuadrado amarillo, lo que significaba una nave más grande.

—Todavía están demasiado lejos para saberlo con seguridad —dijo Phyla—, pero apostaría tu vida a que son interceptores de Eden.

—¿Mi vida?

—No apuesto con la mía —Phyla guiñó un ojo.

—Dice la piloto de carreras.

Davin alcanzó el sistema de comunicación de la lanzadera para advertir al grupo, luego se detuvo. Los capitanes debían tener planes, debían tener formas de responder cuando la misión se volvía fea. El hecho de que esta hubiera sido fea durante un tiempo no significaba que Davin tuviera excusa para gritar asustado.

—¿Puedes dejarlos atrás volando? —preguntó Davin.

—En este cacharro, me costaría dejar atrás incluso a un asteroide.

Sin embargo, Phyla no tenía los dientes apretados ni los ojos afilados que normalmente mostraba cuando la presionaban hasta meterla en un panini de mierda. Los engranajes giraban bajo ese pelo rojo y producían una idea.

Así que Davin le preguntó qué demonios la mantenía tan tranquila.

—Vamos a utilizarte de nuevo —dijo Phyla—. Y a la Tierra también.

—Vale —asintió Davin—. Pero, para que me quede claro, ¿puedes explicar a qué te refieres con eso?

Phyla tocó la consola, acercando un grupo que flotaba cerca de la órbita exterior de la Tierra.

—Eden posee mucho, pero no posee la Tierra ni su fuerza de defensa. En otros treinta segundos estaremos en el alcance de comunicación, y ahí es cuando trabajas tu magia, Davin.

—¿Gritando pidiendo ayuda?

—Eden puede poner sus recompensas, pero no pueden romper la ley de la Tierra. Entramos en la jurisdicción de la Tierra, puedes suplicar por un juicio. Declarar que hay inocentes a bordo, como Vi y Mox. Eden no los tiene nombrados, por no mencionar toda la propiedad terrestre en la bodega de esta lanzadera.

—¿Quieres decir que no...?

—Sí, después de que el piloto se largara, también lo hicieron los pasajeros, pero nadie sacó su equipaje. Así que estamos sentados con todo tipo de buenas razones para que no nos lancen al espacio. —Phyla señaló la comunicación—. Es hora de actuar, y hazlo rápido. Tenemos dos minutos antes de que esas Víboras de Eden puedan volarnos el culo.

Contrariamente a las extrañas almas que atendían las comunicaciones en los confines exteriores del sistema solar —tenías que estar un poco loco para atender los teléfonos allá por Saturno—, la Tierra le dio a Davin una conversación directa. Escucharon, él habló, hicieron preguntas, Davin les dio las respuestas sesgadas que necesitaban. Un resumen sucinto: uno de los más grandes héroes vivos de la Tierra estaba a punto de ser abatido a sangre fría sobre la propia atmósfera terrestre, y con algunos valiosos fragmentos de propiedad terrestre para arrancar.

La Tierra envió cazas, mandó una advertencia al trío de Eden. Phyla suspiró, se recostó, toda aliviada. Davin cedió a su sonrisa engreída, le dijo a Phyla que era maravilloso ser famoso.

Los diamantes rojos no se detuvieron.

—¿Qué están haciendo? —dijo Davin, señalando las formas, que seguían acercándose. Menos de quince segundos para el alcance del láser—. ¿No deberían estar dando media vuelta?

—Deberían —dijo Phyla. Alcanzó y presionó un botón diferente en la pantalla de la consola, borrando el radar local para una lectura visual. Las cámaras de la lanzadera no eran exactamente de primera categoría, pero así de cerca, podían capturar una imagen sólida.

Una vista lo suficientemente clara de cazas que no eran Víboras, que no eran esferas más voluminosas, sino una flecha que tanto el piloto como el copiloto reconocieron.

El mismo maldito caza no tripulado que había quemado la lanzadera de Phyla cerca de Júpiter. Lo que significaba que ese cuadrado amarillo tenía que ser el idiota, el omnipresente, el molesto capitán Heath Swane.

—Está ignorando a la Tierra —dijo Phyla, golpeando botones y tirando de palancas en rápida sucesión. La lanzadera se estremeció con las pulsaciones, el camino verde que resplandecía a través del parabrisas desvaneciéndose mientras Phyla asumía el control manual del vuelo—. Alegará que fue un mal funcionamiento o algo así.

—Debemos haberle enfadado de verdad.

—No —dijo Davin—, sigue siendo un truco publicitario. Quiere demostrar que sus cazas pueden atrapar y matar a cualquiera, en cualquier lugar, y eludir la responsabilidad legal.

—Astuto bastardo.

—No le des ese crédito, es solo un maníaco desesperado —dijo Davin, y luego activó la comunicación interna de la lanzadera—. Abrochaos, gente. Las cosas se van a poner interesantes.

Phyla, mientras tanto, abrió una segunda banda a la Tierra, aumentando el pánico. El operador de la Tierra tuvo la gracia de enfadarse, diciendo que Eden ha estado poniéndose demasiado grande para sus pantalones últimamente.

—Entonces dales una lección —dijo Phyla.

Como si la escuchara directamente, los cuatro diamantes amarillos que mostraban los cazas de la Tierra aceleraron su aceleración, cruzando la consola en una órbita más ajustada para interceptar el trío de Eden.

Una intercepción que llegaría mucho después de que Eden pudiera bombardear nucleármente la lanzadera de los Nueve.

La primera regla para pelear en una nueva nave era hacer que esa nueva nave se sintiera lo más familiar posible. Davin y Phyla usaron los últimos diez segundos para escanear cada posible botón, interruptor, configuración que pudieran encontrar. Que completaran el escaneo en diez segundos mostraba lo poco que tenían para trabajar.

Phyla rompió primero su trayectoria de vuelo, alejó la lanzadera de los cazas de Eden que se acercaban y aumentó los motores, drenando baterías que no debían usarse hasta que llegara el momento de despegar de nuevo de la superficie de la Tierra.

Así que habría un pequeño retraso en la salida. En fin.

Davin cambió la energía del escudo de la lanzadera, una cantidad miserable destinada a la entrada atmosférica y la protección contra micrometeoritos, para cubrir sus traseros.

¿La única otra opción? Un único bote salvavidas, capaz de albergar a todos en la lanzadera si se apretaban como sardinas. Aunque los Nueve lo encontrarían bastante acogedor.

—Al menos podemos huir —dijo Davin mientras los androides de Eden lanzaban sus primeras salvas.

—Si nos bajamos ahora, nos harán volar antes de llegar a la atmósfera —respondió Phyla, desviando la gorda lanzadera a babor. Disminuyendo la órbita poco a poco—. Tenemos que ponernos a cubierto primero.

El primer impacto llegó cuando terminaba la frase, el caza no tripulado líder asestando un golpe abrasador al cohete izquierdo de la lanzadera. Los escudos absorbieron la mayor parte de la quemadura, pero un indicador parpadeante apareció en la consola.

Veinte por ciento de su empuje perdido.

—Nuevo plan —dijo Phyla, girando la lanzadera con fuerza mientras los drones se acercaban. Los cazas de Eden, corriendo para acercarse, tuvieron que dar la vuelta también, y su velocidad los llevó más allá de la lanzadera. El fuego láser salpicó por todas partes—. Tenemos que proteger los motores o caeremos al suelo como una roca.

En un asteroide, incluso en la Luna, eso podría estar bien. En la Tierra, todos los de dentro se convertirían en tortitas. Muy asqueroso.

—Entendido —dijo Davin, sintiéndose un poco inútil. Tenía que haber otra opción. Deslizó los escudos mientras Phyla continuaba el giro, quemando los motores con fuerza y luego cortándolos cuando la cabina de la lanzadera miraba hacia los cazas—. ¿Y si hacemos algo diferente?

—¿Diferente? —Phyla activó los jets de maniobra de la lanzadera. Las cosas eran demasiado lentas para un combate aéreo, pero mantendrían la lanzadera en movimiento. Con la

Tierra ahora sobre ellos, Phyla dirigió la lanzadera hacia allá, acortando la distancia—. ¿Qué tipo de diferente?

A la derecha de Davin, cuatro pequeños botones controlaban los compartimentos de carga de la lanzadera. Cada uno podía abrirse o cerrarse desde el frente, proporcionando a la lanzadera más medios para controlar su peso en caso de catástrofe.

Accionó el primero, expulsando quién sabe qué al espacio. Melody podría haber estado en ese lío, una posibilidad que Davin odiaba, pero su preciosa escopeta no significaría nada si su dueño se convertía en polvo espacial.

—Activa los propulsores de reversa —dijo Davin mientras los primeros láseres comenzaban a escupir en su dirección.

Los rayos azul-blancos pasaron zumbando, uno chocando contra los escudos frontales de la lanzadera y reduciéndolos a la mitad. Otros, sin embargo, pasaron de largo, demasiado bajos o altos. Cada uno borrando del mapa algún equipaje suelto.

—¿Qué están haciendo? —preguntó Phyla.

—Intentan matarme —respondió Davin—. Heath me quiere muerto, y mi perfil como objetivo es mucho más pequeño que la lanzadera. Están intentando asegurarse de que no abandone la nave.

Accionó otra palanca, arrojando el compartimento de carga número dos a su órbita sacrificial. Los cazas no tripulados mordieron el anzuelo, desviando sus ángulos para aniquilar los restos dispersos. Dos abandonaron por completo sus vectores de ataque, dando un rodeo para asegurarse de que cada maleta perdida terminara con un final ardiente.

—Parece que no todos son tontos —comentó Phyla, haciendo girar la lanzadera con sus micropropulsores para esquivar otra ráfaga láser del único caza restante—. ¿Alguna otra idea?

—Sí —dijo Davin—. Trajes puestos.

Con los cazas de la Tierra aún a un minuto de distancia,

Davin transmitió la advertencia por toda la lanzadera. Los Nueves se apresuraron, Mox lanzándoles dos trajes. Los escudos de la lanzadera absorbieron otros dos impactos, crepitando y apagándose, dejando su pobre nave indefensa mientras la Tierra los atraía hacia sí.

Davin liberó el tercer compartimento de carga. Melody ahora era una pérdida segura, junto con sus diversos rifles, pistolas y ropa. El caza no tripulado ignoró los restos, dejándoselos a los otros.

—Lo siento —dijo Phyla mientras el dron se preparaba para otro ataque directo—. No pude hacerlo.

—No es culpa tuya —respondió Davin, mientras su casco se ajustaba en su sitio y los niveles de oxígeno se estabilizaban—. Es esta nave de mierda.

—Gracias por el cumplido.

El caza disparó. Phyla esquivó. El láser impactó en la esquina delantera derecha de la lanzadera, abriendo un agujero. El vacío lanzó a Davin contra su asiento, la repentina fuga haciendo girar la lanzadera. Las alarmas aullaron.

—¿Estáis todos vivos? —gritó Davin.

El caza disparó de nuevo, alcanzando el centro de la lanzadera mientras giraba. Algo explotó detrás de él. El vapor silbó desde una válvula reventada, escapando inmediatamente hacia la nada. La temperatura dentro de la lanzadera se desplomó, haciendo que el asiento de Davin se volviera quebradizo.

Pero las confirmaciones llegaron. Mox, Vi, Opal, Merc y Riley, todos comunicando que habían sobrevivido a la andanada. Que habían hecho lo sensato y encontrado el bote salvavidas, metiéndose dentro.

—Deberíamos estar haciendo lo mismo —dijo Davin.

—Todavía no —respondió Phyla—. Si consigue otro disparo libre, también quemará el bote salvavidas.

Las baterías menguantes de la lanzadera respondieron a la orden de Phyla, haciendo temblar la pobre nave para girarla una última vez. Colocó el lado dañado, el que no tenía el bote salvavidas, hacia el caza, presentando un objetivo grande, poniendo todo el casco que podía entre el láser y el bote salvavidas.

—¿Ahora nos vamos? —preguntó Davin, estirándose para desabrochar a Phyla de su silla. Todo el baile para ponerse los trajes en medio del tiroteo ya había sido bastante malo, ¿pero huir con ellos?—. Esto no va a ser fácil.

—¿Desde cuándo algo de lo que hacemos es fácil?

Ella flotó libre de su asiento, Davin elevándose con ella. Usando el parabrisas como apoyo, abrió camino impulsándose desde la cabina. Phyla agarró su pie cuando pasó, mientras él mantenía los brazos levantados para intentar evitar un desastre.

La metralla apestaba en todas las circunstancias, pero lidiar con ella en el espacio añadía un problema completamente distinto: el más mínimo corte drenaría su aire muy rápido. Desgarros más grandes les harían asfixiarse y les helarían hasta los huesos.

Así que cuando Davin echó su primera buena mirada a la lanzadera destruida detrás de él, un armazón de acero destrozado por láser lleno de sillas a la deriva, barandillas destrozadas y trozos giratorios de plástico y metal, quiso darse la vuelta y regresar a la cabina.

—Está realmente horrible —dijo Davin, navegando hasta el final de la cabina.

Mirando hacia el cuerpo de la lanzadera, más allá de todo el daño y la destrucción, Davin divisó la escotilla del bote salvavidas atrás y a la derecha. Bien cerrada, pero todavía allí. Su tripulación esperando.

El suelo y el techo tenían grandes parches faltantes, el infinito espacio por debajo y por encima, enmarcado por estructuras carbonizadas. Los destellos de láser se mezclaban con las pocas luces que aún funcionaban en la lanzadera, estroboscopeando la vista.

—En cualquier momento, ese caza nos va a rematar —dijo Phyla, uniéndose a Davin en el borde—. ¿Listo?

—¿Saltar hacia una muerte segura contigo a mi lado? —preguntó Davin—. Siempre.

—Eres tan melodramático.

—Por eso me quieres —dijo Davin, impulsándose mientras hablaba. Mientras bromeaban, Davin había enganchado el traje de Phyla al suyo con una línea de enlace, manteniéndola tensa para que nunca estuvieran separados por más de un metro.

Juntos, entonces, se lanzaron, apartando basura, escombros, muerte. Davin apartó de un manotazo un miserable cojín de silla, parpadeó cuando un portavasos rebotó en su casco. Phyla maldijo cuando su pierna quedó atrapada momentáneamente en un trozo afilado del casco.

—Solo cinco por ciento de pérdida —dijo Phyla un segundo después mientras cruzaban el centro de la lanzadera —. Debería estar bien.

Una fuerte luz blanca los bañó. Davin se giró y vio al caza no tripulado deteniéndose cerca de la lanzadera. Inspeccionando, buscando un objetivo. Desde tan cerca, el caza parecía enorme. La Tierra se extendía detrás, una línea cerúlea en forma de media luna. Las compuertas frontales del caza estaban abiertas, sus cañones gemelos apuntando directamente hacia ellos.

No tenían ninguna posibilidad de escapar de esta.

—Un placer conocerte —dijo Phyla.

—Un placer amarte —respondió Davin.

No podía evitarlo: la muerte inminente tendía a ponerle un poco emocional.

El caza no tripulado estrechó el haz de luz, centrándolo en Davin y Phyla mientras alcanzaban la escotilla del bote salvavidas.

El fuego láser lo redujo todo a cenizas.

CAPÍTULO 5
BIENVENIDOS A LA TIERRA

avin no vio el láser, solo las consecuencias. El mundo se volvió naranja y blanco como una nova, un fogonazo que dejó sus ojos salpicados de puntos incluso con el visor tintado del casco. La muerte debería haber seguido, pero en su lugar esos puntos se aclararon para mostrar restos girando, la estela de combustión mientras los cazas de la Tierra pasaban velozmente.

—Entra aquí —dijo Mox a través de los comunicadores de campo cercano.

Un consejo bien recibido: los fragmentos del dron de combate destruido volaban a través de la lanzadera a su alrededor, rebotando en los platos del casco y los marcos de acero. Metralla disparada demasiado rápido para que Davin la viera, y prácticamente invisible en la luz dispersa.

Mox, usando la puerta de la escotilla como cobertura, metió a Davin y a Phyla, aún conectados mediante el cable entre sus trajes, en la escotilla. Cerró la puerta circular e inició el ciclo del pequeño compartimento estanco.

El capitán se aseguró de su propio estado, y luego del de Phyla.

No había sentido ningún rasguño, ni la succión del vacío

en su traje, y ese alivio se confirmó en su inspección superficial. Claro, había trozos deshilachados por aquí y por allá. Su visor tenía arañazos a lo largo de la placa frontal, pero ninguna grieta.

—Maldita sea, Davin —dijo Phyla, apartando su atención de sí mismo hacia ella—. Uno me ha dado.

No era difícil ver la esquirla, sobresaliendo de la pierna de Phyla varios centímetros. Tanto Davin como Mox se inclinaron para examinarla mientras el compartimento estanco terminaba su ciclo y la escotilla interior se abría con un chasquido.

—Lo trataremos dentro —respondió Davin.

El pincho de Phyla tenía aproximadamente el tamaño de un lápiz, clavado en la parte frontal de su muslo. Probablemente no era mortal, mientras que un asalto posterior a su lanzadera destruida antes del lanzamiento del bote salvavidas sería definitivamente fatal para todos.

Merc lanzó el bote salvavidas tan pronto como el trío terminó de subir a bordo. El bote no tenía gravedad, pero sí aire. Los *clangs* y *golpes* se alejaron mientras la cápsula en forma de gota se separaba de su anfitrión destruido.

—Sigue el plan de vuelo —gritó Davin a Merc, con el visor aún levantado, el traje transmitiendo las palabras en una banda abierta de corto alcance—. Todavía intentamos llegar a Quito.

—Entendido, jefe —dijo Merc. Opal estaba a su lado, trabajando con el comunicador. Por los fragmentos que Davin captó, Opal dividía su tiempo entre criticar a las lentas naves de la Tierra y agradecerles por el rescate.

Una maldición suave devolvió la atención de Davin a su principal paciente. Phyla.

—Vi —dijo Davin—. Botiquín, ahora. Y trae tu bot aquí.

—Puedes dirigirte a mí por mi nombre —dijo Puk, flotando y alumbrando con una luz la herida de Phyla.

Mox y Davin habían tumbado a Phyla sobre varios asientos, con los cojines plácidos y los cinturones de seguridad apartados. Según el plan de vuelo, tenían unos minutos para estabilizar a Phyla antes de que todos tuvieran que abrocharse: caer en la atmósfera de la Tierra no era algo que se pudiera hacer con las manos libres.

Mox se apartó para dar espacio al trío Davin-Vi-Puk, mientras Vi abría de golpe el botiquín del bote salvavidas y maldecía cuando el contenido prontamente flotó por todas partes.

Davin, enganchando sus rodillas bajo los bordes de la silla para mantenerse seguro, se inclinó para ver más de cerca la puñalada. La pieza de metal, brillante y dentada, parecía haber cortado limpiamente el tejido del traje. El propio traje había hecho lo que los mejores trajes hacían, cerrándose lo mejor posible alrededor del desgarro para minimizar las fugas de oxígeno.

—Sácalo —dijo Phyla.

—No hasta que vea dónde ha entrado —respondió Davin.

Quitarse el traje en su situación actual —¿quién sabía lo que estaba pasando entre los cazas de la Tierra y Edén?— era un riesgo, uno que Davin pidió a Phyla que asumiera.

—O lo dejamos ahí hasta que aterricemos —dijo Davin—. O lo sacamos y parcheamos el traje ahora.

—Sácalo, maldita sea —dijo Phyla.

—Ya la has oído —añadió Vi, volviendo a poner en juego el kit reempaquetado—. Estoy lista.

—Puk, ¿puedes hacernos un agujero más grande? —preguntó Davin al bot, y la máquina cumplió.

Flotando sobre ellos, la esfera de Puk abrió un pequeño panel, del que salió un microláser.

—Ni se te ocurra quemarme —dijo Phyla, fulminándole con sus furiosos ojos verdes.

—Como si fuera a cometer un error así —respondió Puk, encendiendo el láser blanco azulado.

El humo se elevó desde el traje de Phyla mientras el láser,

calibrado con precisión para no quemar demasiado profundamente, cortaba un parche. Davin mejoró su opinión sobre Puk unos cuantos bits en ese momento y comenzó a preguntarse si había estado manteniendo al bot demasiado bajo en el banquillo del equipo.

Quizás Vi podría aumentar un poco la carga de ese láser y Puk podría...

—¡Agarraos! —gritó Merc, mientras la lanzadera se estremecía fuertemente cuando sus micropropulsores la impulsaron a un giro repentino.

El bote salvavidas no tenía ventanas excepto en la cabina, solo un casco grueso alrededor. Los barcos de gravedad cero te darían buenas vistas, pero este tenía la atmósfera de la Tierra como su objetivo principal, así que Davin no podía ver qué causó la maniobra, pero Merc le informó lo suficientemente rápido.

—Esos androides son mucho mejores que los inútiles con los que vuela la Tierra hoy —dijo Merc—. Están esquivando a los terrestres y vienen a por nosotros.

—Y este estúpido bote salvavidas no tiene armas —añadió Opal.

¿Qué bote salvavidas las tendría?, quiso preguntar Davin. En cualquier caso, se hizo una promesa a sí mismo: no más misiones en naves sin dientes.

El cuarteto médico se empujó y arrastró de vuelta a su posición, mientras Merc anunciaba que faltaban cinco minutos para la atmósfera. La pierna derecha de Phyla tenía un buen parche quemado alrededor del pincho, con piel ensangrentada brotando en el punto de impacto. Davin hizo una mueca, Vi siseó entre dientes, y Puk ofreció un diagnóstico directo.

—Es profundo pero no mortal —dijo Puk—. El ángulo y la ubicación sugieren que no ha perforado una arteria.

—Entonces sacadlo —respondió Phyla.

—Ten el parche listo —le dijo Davin a Vi—. Yo arrancaré el pincho.

—No —rebatió Puk—. Yo retiraré el pincho. Tus manos humanas podrían cortarse, y tu tirón podría ser impreciso.

—¿A quién demonios llamas impreciso? —preguntó Davin.

—Ahora no —le cortó Phyla—. Hazlo, Puk.

Vi le entregó a Davin el vendaje, quedándose con el parche del traje. El pequeño bot bajó una diminuta mandíbula, una que Vi debió diseñar para ayudar a construir todos esos horrores que había dejado en Ganímedes. Con su luz brillando intensamente, obligando a Davin a entrecerrar los ojos, Puk se desplazó hacia abajo y colocó una pinza ajustada en el pincho.

Merc maldijo, el bote salvavidas crujió. Una línea brillante recorrió el techo del bote, las alarmas sonaron mientras la nave se estremecía. Phyla rebotó fuera del asiento cuando Merc giró el bote, lanzando a Davin y Vi lejos. Mientras Davin rebotaba hacia la cabina, vio a Mox levantarse de un salto y agarrar a Phyla.

La sangre de Phyla voló desde su pierna, el pincho había desaparecido.

—¡Trajes puestos! —dijo Merc, entre más maldiciones—. ¿Podemos poner un parche en ese impacto?

—En ello —dijo Vi, impulsándose desde el suelo de la lanzadera. Mientras iba, Vi lanzó un cuadrado plateado hacia Davin, el parche del traje para Phyla—. No tenemos muchos aquí, así que mejor que no nos den otra vez.

—Díselo a la Tierra —dijo Opal.

Vi, cambiando el botiquín por la caja de reparaciones del bote salvavidas, rebotó hacia la línea brillante, donde un impacto casi directo del láser había debilitado el casco de la lanzadera. Al entrar en la atmósfera de la Tierra, eso sería un problema, probablemente convirtiendo el bote salvavidas en una desagradable olla a presión.

Nueves Salvajes flambeados.

Mox devolvió a Phyla de un rebote a las sillas donde Davin y Puk les encontraron. El pequeño bot todavía sostenía el pincho en su mandíbula, con el extremo carmesí afilado y feo. Sus bordes retorcidos resultaron condenatorios, desgarrando una herida más amplia en la pierna de Phyla de lo que cualquiera hubiera querido.

—Te juro por Dios, Davin, que si no me pones ese vendaje te mato —dijo Phyla mientras Davin, con el parche del traje en una mano y el vendaje en la otra, se puso a trabajar.

—No sé si te has dado cuenta, cariño, pero esto está un poco loco aquí.

—No es culpa mía.

Davin colocó el vendaje, su adhesivo sellando rápida y firmemente alrededor de los bordes cuando Davin presionó. Una pequeña cápsula en el centro del vendaje liberó crema infundida con nanobots, un milagro médico que surcaría la herida de Phyla y la limpiaría de cualquier cosa desagradable.

El parche del traje vino después. Phyla suspiró mientras Davin lo ponía sobre el agujero quemado por Puk. El pequeño bot, deshaciendo se del pincho y pescando analgésicos del botiquín, ofreció pastillas a Phyla, quien las tragó con la ayuda de una bolsa de agua con una pajita.

—¿Integridad buena? —preguntó Davin, apartándose.

—El traje me dice que no voy a morir —dijo Phyla, con los ojos cerrados—. La pierna me dice que voy a estar cojeando un tiempo.

—Podría haber sido peor —dijo Mox.

Davin, recordando la no muy lejana detonación fuera de la fragata de Heath, no dijo nada, solo le sujetó la mano mientras Merc hacía girar el bote salvavidas a través de una maniobra tras otra, hundiéndose en la atmósfera de la Tierra.

Otro viaje salvaje.

Atracar en una estación espacial o en una luna y tu entrada sería tan silenciosa como el viaje. Una deriva sin aire, sin mucha gravedad. Quema algunos micropropulsores y prepárate para un aterrizaje suave.

Estrellarse en la Tierra en un bote salvavidas se sentía como recibir el peor masaje de la galaxia de un mech con manos de hierro. La nave se agitó, retumbó, tiró de un lado a otro mientras los cazas de Edén frustraban cualquier entrada fácil.

Davin y los demás estaban atados, una acción que convirtió la experiencia en un sufrimiento inerte. Vi, con su rápido parche en spray sobre la línea debilitada del techo completado, mantuvo sus ojos muy abiertos, especialmente cuando el calor y la resistencia de la Tierra hicieron que la línea y muchas más volvieran a brillar.

La temperatura dentro del bote salvavidas subió, y Davin empezó a sudar dentro de su traje. Las gotas se acumularon, corrieron hacia sus ojos y boca ya que no podía mover las manos para limpiarlas. Phyla, a su lado, dormía, los analgésicos haciendo su duro trabajo rápidamente.

Puk proporcionó el entretenimiento, el pequeño bot sin tener dónde sentarse y por tanto disparando constantemente sus micropropulsores para mantenerse estable, balanceándose y rebotando por el bote salvavidas como un globo metálico.

Merc vitoreó unos segundos después de la entrada en picado, Opal aclaró que la Tierra había logrado, por fin, derribar a un segundo caza de Edén. Solo quedaba uno, como si eso no fuera más que suficiente.

Por lo demás, Merc mantuvo las actualizaciones fluyendo: estaban en un curso general hacia Quito, donde el puerto espacial era consciente de que los Nueves se estaban estrellando. Por supuesto, como dijo Merc, no había dado ninguna prueba de que solo los Nueves estuvieran en la nave, o incluso de que él, el piloto, fuera miembro del grupo mercenario de Davin. Todo lo que la Tierra sabía era que Edén había enviado algunos cazas rebeldes para atacar una lanzadera, una potencialmente llena de civiles.

—Voy a mantenerlo así todo el tiempo que pueda —dijo Merc.

No es que pareciera importar. Davin, con la cabeza hacia atrás contra el respaldo del asiento, miraba hacia adelante hacia la cabina, viendo el fuego arder contra el parabrisas. El naranja y el blanco desaparecieron, reemplazados por un azul escarchado, y debajo de eso blanco.

Nubes.

Hacía mucho tiempo que Davin no volvía a la Tierra. El transporte de carga en el *Jumper* tendía a ser más rentable entre Luna y los sistemas exteriores. Era más fácil llenar la nave cuando no tenías que salir del pozo gravitatorio de la Tierra. Así que las maravillas naturales del planeta azul hicieron lo que solían hacer: hacer que todas las otras preocupaciones desaparecieran.

La mayoría de los astronautas que Davin conocía, Sandeer en Ganímedes definitivamente incluido, consideraban la Tierra como una leyenda inalcanzable. Un lugar caro al que llegar, uno difícil de sobrevivir. La gravedad del planeta significaba que tenías que mantenerte en buena forma, impregnado de papilla de nutrientes para potenciar los músculos, o tus huesos podrían romperse solo por poner un pie en el lugar.

Si lograbas eso, entonces encontrarías una cultura completamente diferente. Fuera, entre el cinturón de asteroides, las lunas más lejanas, todos operaban con precaución extra, el conocimiento de que la muerte estaba a una fuga atmosférica de distancia. Que todo lo necesario para la supervivencia venía de fuera del mundo. La Tierra tenía abundancia.

La belleza asombraba a Davin cada vez. La Tierra se había recuperado de las crisis climáticas y la contaminación industrial para transformarse en algo así como un paraíso, maravillas genéticas acopladas con enormes granjas verticales para hacer un planeta de abundancia.

La Tierra, después de todo, alimentaba a todo el maldito sistema solar.

Y toda la gente del planeta parecía saberlo, parecía mirar a los astronautas con lástima, como si hubiera habido alguna triste desgracia que obligó a Davin y a los de su clase a irse a las estrellas.

En momentos como este, con sus huesos traqueteando, los dientes castañeteando, el bote salvavidas oscilando entre caliente y frío, Davin podía estar de acuerdo. Quizás Erick y Trina tenían razón, estableciéndose en una isla con una gran familia y viendo las puestas de sol pasar.

—Agarraos —dijo Merc, con una enojada cortada de piloto en su voz—. No puedo mover este maldito trasto en la atmósfera.

—El dron viene justo detrás de nosotros —añadió Opal—. La Tierra la está fastidiando.

—Como hacen siempre —retumbó Mox.

El láser golpeó los motores del bote salvavidas, volando hacia los cohetes mientras Merc trataba de nivelar la nave. Sudamérica, sus selvas repobladas extendiéndose debajo de ellos, entró y salió de la vista, el bote salvavidas entrando en un giro mientras Merc intentaba hacer funcionar sus micropropulsores.

Alguien gritó. Podría haber sido Davin.

Merc y Opal charlaban entre ellos, con las manos volando frenéticamente. El bote salvavidas se tambaleó. Un láser pasó volando, luego otro, más allá del parabrisas de la cabina.

Davin se sintió dejándose llevar. No era algo fácil para el capitán, pero no estaba en posición de cambiar el destino. Solo podía hacer una cosa: confiar en su tripulación, y hacerlo sin interponerse en su camino.

El bote salvavidas recibió otro impacto y las luces interiores se apagaron. Los gemidos del motor cesaron, solo un micropropulsor salpicando tocaba una melodía de ventosas.

Los paneles del casco traqueteaban. El viento —¡viento!— aullaba. La temperatura volvió a subir y el verde se acercó.

—Desplegando el paracaídas —dijo Merc—. Si tienes un dios al que rezar, un amuleto de la suerte para frotar, ¡ahora es el momento!

El bote salvavidas dio otro bandazo, girando su morro hacia el cielo cuando el paracaídas se lanzó desde el frente de la nave. Diseñado, según algún listo, para que los motores golpearan primero y amortiguaran cualquier impacto.

Le dio a Davin una vista sublime del cielo, un día soleado salpicado de finas nubes cirros cortando a través del azul.

—Se ve bonito ahí fuera —dijo Davin.

Como si le oyera, una flecha estrecha, sangrando humo por un lado, apareció en su campo de visión. El dron de combate, angulando para otro ataque. Dos naves de la Tierra, naves de tres puntas, se inclinaron detrás de él, acribillando al dron con láseres. El caza androide se crispó, sus micropropulsores empujándolo ligeramente hacia un lado u otro para esquivar los láseres.

Merc, totalmente incapaz de hacer nada, levantó los dedos medios hacia el dron.

Quizás Heath estaba mirando, quizás el hombre vio el gesto. Davin apostaría cualquier cosa a que a Heath solo le importaba la explosión final y lo que significaría para su esquema de marketing de androides. Sus cazas habían volado mejor que los de la Tierra, habían destruido a los Nueves.

¿Qué más pruebas necesitabas para invertir?

El dron se acercó, ajustando su ángulo. El paracaídas del bote salvavidas, expandiéndose, cortó la vista. Le dio una idea a Davin.

—¿Esta cosa tiene un paracaídas de reserva? —preguntó Davin.

—Esperemos no necesitarlo —respondió Merc.

—Lo necesitamos ahora —espetó Davin, el momento

despejando su zen zonificado de voy-a-morir—. Corta el paracaídas principal, justo cuando se acerque.

—¿Se acerque?

—¡El caza dron!

Merc hizo un ruido encantado, conectando con la idea de Davin. El hombre esperó otros dos segundos, vio al dron escupir otra ronda láser que calculó mal el descenso del bote salvavidas por un pelo, luego soltó el paracaídas. El bote salvavidas se precipitó de nuevo, cayendo rápidamente hacia un destino que Davin no podía ver, una caída sacudida cuando Merc desplegó el paracaídas secundario.

El primero, sus colores un brillante amarillo y azul, se absorbió justo arriba y se envolvió alrededor del caza dron. Durante unos largos segundos mientras su segundo paracaídas se desplegaba, los Nueves tuvieron una vista asesina mientras los motores del caza dron, sus contornos, se enredaban en el envoltorio del paracaídas. Ahora con todas las cualidades evasivas de una ballena en picado, el dron finalmente demostró ser aniquilable para la patrulla de la Tierra.

¿Otro beneficio de estar en la atmósfera? Las explosiones se veían realmente geniales.

—El capitán lo ha conseguido —dijo Merc mientras el segundo paracaídas se desplegaba ampliamente en el cielo—. Llamada asombrosa.

—Llamada desesperada, más bien —dijo Davin—. ¿Cuánto falta para el impacto?

—Un par de minutos. Opal está tratando de ver si nos pueden recoger.

—No lo hagas —intervino Mox, su retumbar llevando un tono más urgente—. No podemos dejar que nos capturen.

—¿Qué es eso? —preguntó Vi—. Estamos a punto de estrellarnos en... donde sea y ¿no quieres ayuda?

—Nos arrestarán —dijo Mox—. Robamos una lanzadera de transporte. La Tierra nos cogerá y nos entregará a Edén.

Opal, cortando el comunicador, se unió a la conversación.

—Mox tiene razón. Lo primero que haremos después de tocar tierra es alejarnos lo más posible de la lanzadera.

—Si sobrevivimos —dijo Vi.

—Si no lo hacemos, entonces no es un problema —respondió Opal.

Siempre alegre, esta tripulación.

El impacto fue duro, el bote salvavidas masticando árboles y enredaderas como si fueran pan blando y poco más. Davin sintió cada impacto en sus huesos, pero las placas del casco resistieron. Las baterías del bote salvavidas, bombas potenciales esperando su momento, estaban envueltas en suficiente protección para evitar que una roca perdida los hiciera explotar a todos.

Lo peor que pasó fue con Puk, rebotando en el techo de la lanzadera mientras el choque desgarrador continuaba. Una pequeña abolladura marcó su cabeza, una hendidura casi encantadora en la esfera por lo demás perfecta.

Phyla durmió durante todo el evento.

Salir del bote salvavidas asentado, con su trasero en el suelo y la tripulación en el aire, fue un proceso paciente. Los cinturones de seguridad se desabrocharon, los trajes se quitaron y se dejaron a un lado con una mano en las sillas para mantener el equilibrio.

El aire, pesado con una humedad fría, se sintió delicioso en los pulmones de Davin. Este era el puro y buen material. No oxígeno reciclado que había sido filtrado sin cesar durante décadas. Los olores se mezclaban, desde flores hasta ozono de la electrónica chamuscada de la lanzadera. Sonidos chispeaban de los restos, suspiros metálicos mientras la nave dañada se apoyaba en su cuna natural.

¡Y qué cuna! Saliendo por la escotilla detrás de Opal —Mox venía el último, con Phyla sobre un hombro— Davin miró hacia un dosel lleno de árboles. Las nubes se extendían arriba, solo quedaba el más mínimo rastro moribundo del combate. Las hojas revoloteaban, pájaros desconocidos graznaban preguntas a la nave intrusa. Los insectos atacaban, asaltando la piel expuesta de Davin junto con el caliente sol.

Davin sonrió a todo de todos modos.

Porque eso era lo de la Tierra. Podría ser un infierno llegar hasta aquí, podría hacer que su cuerpo se sintiera como si tuviera un siglo, sus músculos ya doliendo con el tirón de la gravedad, pero maldita sea si no era grandioso.

—¿Te vas a mover? —preguntó Mox desde detrás de él.

—En ello.

Recogieron las raciones de emergencia del bote salvavidas, el botiquín médico. Dado el número de personas que se suponía que la nave debía albergar, la comida era abundante. Claro, se sentía un poco mal comer papilla de nutrientes mientras comenzaban a adentrarse en la jungla, viendo como la abundancia de la Tierra estaba a su alrededor, pero Davin pensó que podía soportar el lodo un poco más.

Habían sobrevivido, tenían los pies en el suelo. Opal dijo que la Tierra estaba enviando ayuda, gente que los Nueves no querían conocer. En cambio, Merc señaló Quito como una caminata de unos pocos días, un par de docenas de kilómetros a través de algunos valles, subiendo algunas colinas y pasando por un par de pueblos.

Nada que un equipo de mercenarios curtidos no pudiera manejar.

—¿Verdad? —preguntó Davin mientras daban sus primeros pasos por el exuberante suelo del bosque, dominado por hojas y barro—. Podemos con esto.

—¿Después de lo que acabamos de pasar? —dijo Opal—. Por una vez, Davin, estoy de acuerdo contigo. Un buen y largo paseo parece justo lo que necesitamos.

CAPÍTULO 6
UNA NOCHE FUERA

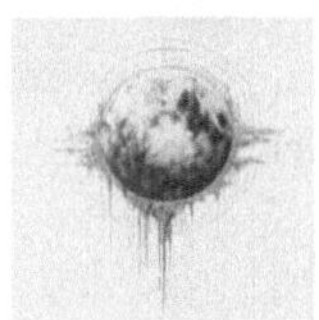

La caminata fue agradable hasta que los Nueves empezaron a levantar las piernas, plantando sus pies en el suelo mojado. La gravedad de la Tierra les golpeó con fuerza, cada paso suponía un esfuerzo. La conversación disminuyó y murió después de los primeros segundos mientras todos se concentraban en no caerse.

Mox, el único competente, con su exoesqueleto ayudándole, recogió a Phyla cuando su pierna herida hizo imposible el avance.

Envueltos como estaban en ropa de repuesto, con bolsas improvisadas que contenían papilla nutritiva y el botiquín médico, los Nueves apenas se parecían a un peligroso equipo de mercenarios. Sucios, arañados, malolientes y otra vez sudorosos, todos eran un desastre.

Excepto Puk. A pesar de la abolladura, el pequeño robot se movía rápidamente usando sus micropropulsores, adelantándose para explorar el camino y ocasionalmente regresando para decirles a los Nueves que se mantuvieran agachados: naves terrestres, tanto de rescate como de otro tipo, rastreaban la zona, sus luces brillando a través del espeso dosel de árboles.

Las indicaciones de Puk —directamente a Quito, allí resolverían el resto— les llevaron mayormente cuesta arriba, con la selva desvaneciéndose a su alrededor y dando paso a largas hierbas ondulantes, grupos de árboles y nubes azotadas por el viento mientras la tarde descendía hacia el anochecer.

—El oxígeno es más escaso aquí arriba —jadeó Opal—. Me dan ganas de volver a ponerme un traje.

Ella, Merc y Davin formaban el trío delantero, con Mox, Vi y Riley, junto con Phyla sobre el hombro, detrás.

—Los trajes pesan —dijo Merc—. ¿Quieres intentar caminar con uno después de esto?

—Al menos podría respirar.

Davin podía comprenderla. Sus propios pulmones parecían no llenarse nunca por completo, buscando constantemente con cada respiración algo más. Si a eso le sumaba el agotamiento total de un día que había comenzado luchando contra matones en la Luna, algo tenía que cambiar.

—Puk —dijo Davin la siguiente vez que el pequeño robot volvió zumbando, mientras el grupo atravesaba una amplia cresta abierta—. Llévanos al hotel más cercano que encuentres.

Si Puk tenía alguna objeción, la lógica del robot debió de ver el estado lamentable de los Nueves y cambiar de opinión. En su lugar, el robot dijo que había un pequeño pueblo no muy lejos, un lugar perfecto para pasar la noche.

—Entonces guíanos —dijo Davin, y Puk se alejó rebotando hacia abajo y a la derecha, hacia un valle enclavado entre colinas escarpadas.

Montañas más grandes aparecieron en el horizonte, el paisaje se parecía mucho a las llanuras quebradas de Ganímedes o Luna, solo que cubiertas de plantas. Naves espaciales y varios aviones surcaban el cielo, algunos dando vueltas hacia el lugar del accidente. Pocos se molestaban en orbitar más allá.

Durante un necesario descanso bajo un saliente escarpado,

Davin apoyó la cabeza contra la roca gris blanquecina y saludó a las naves en la distancia.

—Al principio pensé que teníamos suerte —le dijo a Phyla, que había sido dejada en el suelo por Mox para que el corpulento hombre pudiera recuperar el aliento—. Ahora empiezo a creer que tenemos un amigo por allí.

—¿Por allí? ¿Con la Tierra?

—No volamos la nave —dijo Davin—. No hicimos mucho para cubrir nuestras huellas. Cualquier búsqueda a medias debería habernos encontrado antes de que hubiéramos recorrido un kilómetro.

—Cuidado a quién llamas vagabundo —dijo Merc entre sorbos de un tubo de papilla nutritiva.

Remolacha y verduras, decía la etiqueta del sabor. Merc podía quedarse con todos esos que quisiera.

—¿Otro misterio? —preguntó Riley.

—Bienvenido a los Nueves, chaval —respondió Opal mientras Davin se encogía de hombros—. Todo son preguntas hasta que alguien se aburre y empieza a volar cosas.

—Normalmente Davin —dijo Vi.

—Funciona, ¿no? —Davin luchó a través del cansancio para mostrar una sonrisa despreocupada—. Tenemos un método.

—Es un milagro que no estéis todos muertos —Riley negó con la cabeza—. ¿Lleváis años haciendo esto? ¿Cosas como lo que acaba de pasar?

—Es un modo de vida —respondió Merc—. Te acostumbras.

Puk rescató a Riley de reconsiderar sus decisiones, el robot se acercó flotando para mencionar que el pueblo más cercano con un lugar para alojarse estaba a menos de un kilómetro y, lo más importante, cuesta abajo.

Con el crepúsculo avanzando rápidamente, los Nueves descendieron por la ladera. El cielo púrpura intenso se convirtió en un espectáculo de luces, con las naves que surcaban el espacio iluminando sus trayectorias con un brillo parpadeante tras otro.

Habría sido hermoso, excepto por la probabilidad de que a cada uno de esos puntos no le importaría entregar a Davin por dinero, o matarlo por lo mismo.

El pueblo, al menos, resultó ser digno de su nombre. A caballo entre una carretera que cruzaba un cañón, la pequeña localidad brillaba con luz de antorchas. No antorchas reales, sino versiones eléctricas que escupían una llama danzante más segura en el aire. La música aumentó a medida que los Nueves se acercaban, transportada por el omnipresente viento de montaña. Melodías alegres, guitarras y una solitaria trompeta.

Se aproximaron desde un ángulo poco utilizado, atravesando un campo hasta llegar a un camino de grava. Cercas hace tiempo podridas dejaban algunos postes, pistas sobre un estilo de vida ganadero que se había vuelto obsoleto. En su lugar, los campos más cercanos parecían estar dominados por cultivos de alimentos de lujo, frutas y verduras que se venderían a buen precio a cualquier nave que saltara hacia las estrellas.

La Tierra y su maldito suelo, todo un código de trampa.

Modestas casas de estuco se alzaban a su alrededor, la mayoría a oscuras. Muchas lucían arte estarcido en el exterior, estandartes arcoíris, tradiciones locales, cosas que Davin podía respetar aunque no las conociera.

—Parece un buen lugar para pasar unos días —dijo Vi mientras avanzaban. Puk situaba la posada local en el centro del pueblo—. Descansar, comer algo de comida de verdad.

—Una, quizá dos noches —respondió Davin rápidamente, antes de que alguien más se subiera al tren de las vacaciones —. Recordad que cada día que pasamos aquí, hay gente muriendo ahí fuera.

—Me parece que eso es culpa de Alyssa, no nuestra —dijo Merc.

—Si es que puede tomar decisiones —replicó Opal—. Ni siquiera sabemos si está libre. Seguimos diciéndonos que esto es un simple encuentro, pero ¿quién demonios sabe qué está pasando?

—¿Ves? —dijo Mox a Riley—. Todo son preguntas.

El pueblo tampoco hizo nada para responderlas, salvo una: dónde y por qué sonaba la música. Para cuando los Nueves se arrastraron, bajo la atenta mirada de Puk, hasta la plaza del pueblo, vieron por qué las casas estaban oscuras, por qué las estrechas calles estaban vacías salvo por algún perro vagabundo ocasional.

Dos personas bailaban en el centro, alrededor de la estatua de alguien que Davin no reconocía. A su alrededor, moviéndose a su propio ritmo pero dejando a la pareja del centro el papel protagonista, serpenteaban aparentemente cientos. Alrededor de la plaza se sentaban, de pie, hablaban y comían cientos más. Mesas improvisadas contenían vituallas que iban desde carnes hasta frutas, patatas fritas y postres que Davin no podía ni nombrar ni describir.

Su boca, salivando, hizo lo que pudo.

Nadie se molestó en notar a los Nueves mientras permanecían bajo una de las lámparas de antorcha, observando cómo la vida humana celebraba. Davin no sabía muy bien cómo tomárselo, con sus músculos agotados, sus huesos doloridos, su cabeza machacada después del largo día. Después de todo lo que habían pasado en las últimas horas, ¿cómo podía ser posible algo así?

¿Cómo podía la gente estar tan llena de alegría?

—¿Es una boda? —preguntó Phyla.

—Obviamente —respondió Riley.

—Métete tu obviamente por donde te quepa —espetó Phyla, y luego se suavizó. Mox todavía la llevaba a su espalda, como a una niña pequeña—. Lo siento. Ha sido un día largo.

—Nunca hemos estado en una —respondió Davin ante la mirada confusa de Riley—. Al menos, no en una como esta.

Había habido celebraciones tranquilas en Vagrant's Hollow, pero la mayoría de la gente estaba demasiado ocupada buscando su próxima comida, su próxima oportunidad de escapar, como para molestarse con el lado esponjoso de la vida. Al menos, así se sentía entonces.

Quizá los padres de Davin habrían dicho algo diferente, pero hacía mucho tiempo que se habían ido.

Varios números llegaron y se fueron, las parejas de baile rotando. La pareja del centro también cambió, aunque uno de ellos siempre parecía estar en el lugar, balanceándose con un hermano, una hermana, un padre, una madre.

—He encontrado una forma de rodear esto —dijo Puk cuando otra canción llegó a su fin—. A menos que queráis ver esto toda la noche.

Ver, no, pero escabullirse se desvaneció como opción mientras Puk hablaba. Desde que los Nueves se habían apostado en su sitio, habían atraído miradas —particularmente Mox— y esas miradas debieron convertirse en palabras, porque una decena de aldeanos se separaron de la fiesta y se dirigieron hacia ellos.

Davin esperaba suspicacia, incluso miedo o amenazas dirigidas hacia ellos. No podía ser muy frecuente que un grupo como el suyo llegara al pueblo sin vehículo, sin maletas, con un largo día encima y poco más. Pero los primeros ojos que vio eran amables, las primeras palabras sugerían que se sirvieran, que se unieran, que escaparan de cualquier problema por el que obviamente habían pasado.

Merc, con una sonrisa hacia Opal, respondió por todos ellos: —¡Por supuesto!

Vinos afrutados y la propia fruta desterraron el agotamiento, atravesando el estrés del día con una dulzura. Una vez bienvenidos, el pueblo trató a los Nueves como a los suyos, con una actitud de brazos abiertos que un Davin más sobrio y menos cansado habría encontrado sospechosa. En cambio, le importaba un bledo.

Opal y Merc fueron los únicos con suficiente confianza para salir a la pista de baile, donde la gravedad de la Tierra desajustaba sus pasos, haciéndoles girar como locos, pero a medida que diversos licores animaban toda la fiesta, el baile se convirtió en un caos celebratorio. La trompeta gemía, las guitarras se volvían salvajes.

Y Davin encontró una silla junto a Phyla, con comida y bebidas a mano, para verlo todo. Mox desapareció con sus improvisadas alforjas para conseguirles habitaciones y, con la privacidad, encargarse de limpiar sus nombres con los Centuriones de Luna. Vi hizo lo mismo, prometiendo a Puk algunas reparaciones.

Riley, al menos, reunió algo de valor y se mezcló con la gente.

—Me cae bien —dijo Phyla mientras observaban, junto con el pueblo, a Riley intentar y fracasar en imitar un baile particular—. Aunque es muy novato.

—Como Vi solía ser.

—Como solíamos ser nosotros también.

Davin se rio. —¿Alguna vez lo fuimos? No creo que Vagrant's Hollow nos permitiera eso.

—Durante un tiempo —Phyla sonrió—. Tuvimos esas aventuras, los tres. Nada aterrador.

Escabullirse entre casas en ruinas, buscando chatarra útil entre la basura que solían tirar en el peor nivel de Miner Prime. Habían sido niños todo el tiempo que se les permitió.

—¿Estás diciendo que las cosas dan miedo ahora? —preguntó Davin.

Phyla dio un ligero toque con el dedo en su herida, el vendaje cambiado minutos antes. —Al menos duelen mucho más que las rodillas despellejadas.

—Pero esto —Davin levantó su bebida rojo rubí—, es un mecanismo de afrontamiento mucho mejor.

—¿Todavía vas a levantar una cada vez que yo gane?

—Ganes o pierdas, estaré allí.

Phyla asintió. El número cambió. Riley, Merc y Opal fueron empujados en una larga fila serpenteante entre las mesas, todo el pueblo aplaudiendo al unísono. En algún momento, una mano se extendió hacia Davin y lo arrastró hacia el baile.

El capitán no sabía lo que estaba haciendo, apenas podía levantar las piernas, pero la sonrisa que adornaba su rostro era la más genuina que había mostrado en demasiado tiempo.

El día ya había comenzado hacía tiempo cuando Davin tuvo una taza de café en las manos. La posada tenía un porche trasero para cenar, un festín al aire libre para los ojos. La ladera se reducía más allá del patio de piedra, las casas desapareciendo después de no muchos metros para dar paso a campos de cultivo y hierbas rocosas.

Solo Vi estaba allí también, y parecía tan sumida en su pulsera, con un montón de huevos y melón medio comidos en la mesa, que Davin la dejó estar.

Más tarde, diría que fue por instinto.

El café no había durado ni dos sorbos cuando un hombre delgado con gafas de sol de aviador apartó la otra silla de Davin. Sin llevar nada, pero pareciendo peligroso de todas formas, el hombre se deslizó en el asiento. Miró a Davin de arriba a abajo mientras Davin levantaba su taza.

Las alarmas sonaron en la cabeza de Davin, silenciadas por la sombría experiencia. Si el hombre quisiera a Davin muerto, podría haberle disparado al capitán de los Nueves y haberse marchado. Ahora que había hecho el acercamiento, los Nueves le verían, estarían en alerta instantánea.

En otras palabras, este tipo estaba aquí para hablar.

—No eres un hombre silencioso —dijo el de las gafas de sol—. Incluso cuando deberías serlo.

—Esa es una forma de decir hola —respondió Davin.

—¿Está todo tu equipo aquí?

Davin se encogió de hombros. —No los tengo con correa.

El de las gafas de sol le miró fijamente. La boca del hombre se crispó. Su piel se veía bien, hidratada. Corte de pelo impecable. Ciertamente no era alguien que estuviera saltando entre planetas. La forma en que había sacado la silla, sentándose con la cantidad justa de fuerza, sugería un nativo de la Tierra. O alguien que había estado aquí el tiempo suficiente.

—Podemos seguir hablando sin entendernos —dijo el de las gafas de sol—, o puedo ir al grano.

—Por favor, hazlo —Davin levantó la taza de café—. Soy un hombre ocupado.

—Te encontré porque alguien en este pueblo subió un vídeo anoche. Muy festivo. Parecía divertido —el de las gafas de sol se inclinó hacia delante—. Si miraras lo suficiente, y créeme cuando te digo que los bots de Eden están mirando lo suficiente, destacarían algunas caras familiares.

—¿Tus mejores amigos del colegio?

El de las gafas resopló, suspiró. —Veo por qué le gustas a Alyssa.

¡Una pista! Decir el nombre de Alyssa tan casualmente, con un tono que coincidía con una amistad, marcaba a este tipo como un aliado. O al menos como alguien a quien Davin no necesitaba que Vi apuñalara por la espalda.

Ella había levantado la vista de su pulsera y se había dado cuenta hacía un minuto, había interpretado la expresión de Davin como algo menos que agradable. Vi probablemente había enviado una advertencia al equipo, y ahora se había acercado, con un firme agarre en su cuchillo de mantequilla cubierto de sirope.

Puk, un arma mucho más efectiva, flotaba al borde del porche, con su microláser fuera y listo.

—¿Le gusto porque hago chistes? —dijo Davin.

—Porque eres decidido y no parpadeas bajo presión —dijo

el de las gafas de sol—. Últimamente hemos tenido demasiados que se han marchado.

—¿Quizá porque no está haciendo nada mientras su equipo es masacrado?

—Quizá no sabes de lo que estás hablando.

Davin extendió los brazos. —Siéntete libre de contármelo, Sr. Ir-al-grano.

Una ligera sonrisa. Acabó con la intimidación de las gafas de sol, pero al menos este tipo no estaba hecho de piedra.

—Tengo un deslizador a una manzana de aquí —dijo el de las gafas de sol—. Te llevaré a ti y a tu equipo hasta Alyssa. Ella te dirá lo que tienes que hacer a continuación.

—Espera. ¿Decirnos? Vinimos aquí porque su bando no sabía qué demonios estaba pasando. Estamos tratando de encontrarla.

—Ya lo habéis hecho —el de las gafas de sol miró la mesa vacía, y luego de nuevo a Davin—. Ella explicará el resto.

—¿De verdad tienes miedo de que nos escuchen aquí?

—En absoluto. Pero decir algo más te haría conocedor de ciertos planes —el de las gafas de sol mató su sonrisa—. Antes de que eso ocurra, Alyssa tiene que decidir si te quiere muerto o no.

—Bueno, ahora sí que me has convencido.

—Tú decides, Davin Masters. Ven conmigo, o quédate aquí con tu café hasta que Eden, la fuerza de defensa de la Tierra, o ambos, desciendan sobre esta pobre gente con las armas en ristre. Puede que incluso tengas tiempo de lavarte los dientes primero.

Después de recorrer las colinas, viajar en un deslizador era una experiencia dichosa. A diferencia de las naves más robustas en Ganímedes y otras lunas, ésta no tenía un escudo de burbuja. Aparte de un pequeño trozo de cristal que se elevaba desde el frente para mantener los insectos y porquerías fuera de la cara del de las gafas de sol —el hombre aún no se había presentado—, el vehículo avanzaba al aire libre.

Davin no prestaba especial atención a las estaciones, dado que eran un problema exclusivo de la Tierra, pero el agradable frescor llevó a Phyla a preguntar y a Gafas de Sol a confirmar: mediados de primavera, una época estupenda en esta parte del mundo.

La sinuosa carretera los llevó por encima y alrededor de colinas, acantilados escarpados y a través de valles de bosques nubosos. Pasaron por avenidas transitadas, desde otros deslizadores que cubrían toda la gama de tamaños y pesos hasta vehículos más antiguos, incluyendo, maldita sea, auténticos coches y camiones con ruedas.

—Si funciona, funciona —dijo Gafas de Sol cuando Riley no paraba de señalarlos—. Tienes un modelo más antiguo aquí, no te va a matar si falla una pieza.

Junto con los diversos vehículos y hogares —sin cúpulas aquí— apareció el otro elemento exclusivo de la Tierra: los animales. Pájaros, insectos, bestias más grandes como perros que deambulaban libremente. No mascotas o experimentos científicos abandonados en recintos privados. Vida viviendo su vida natural.

Incluso Mox, el resistente Centurión que realizaba viajes regulares a la Tierra por su trabajo policial, parecía abrumado. Había tomado el asiento trasero en el deslizador, uno pensado para tres personas completas, y cada vez que Davin miraba en su dirección, la cabeza de Mox parecía estar girando constantemente, volteándose y asimilándolo todo.

Vi llevaba una sonrisa permanente, con su pulsera apagada y el brazo sobre el lateral del deslizador. Phyla estaba sentada entre ella y Riley, reclinándose y dejando que el sol le salpicara la cara. Claro, se habían empapado de protector solar hoy, cortesía de Gafas de Sol, después de que la caminata de ayer les dejara quemaduras rojo rosáceas en la piel descubierta, pero eso no impidió que la piloto absorbiera los rayos.

—La última vez que estuve aquí con Alyssa —dijo Davin

—, también nos metimos en la selva. Más adentro en la selva tropical entonces. Tengo un par de amigos que viven en el Caribe.

—Las islas son un lugar maravilloso para vivir si puedes soportar el agua —respondió Gafas de Sol—. ¿Yo? Me mareo en el mar.

—Debe hacer difícil viajar al espacio.

Gafas de Sol se rio.

—Nunca he salido de mi hogar. Si Dios quiere, nunca lo haré.

—¿No quieres intentarlo?

Gafas de Sol dio golpecitos con los dedos en la palanca de vuelo del deslizador, una caricia afectuosa.

—¿Por qué querría abandonar la perfección?

Esa perfección, aclaró Gafas de Sol, no se extendía a todas partes. Quito, una ciudad que se extendía por las cimas de las colinas, mezclando lo antiguo y lo moderno en una combinación improvisada, tenía sus imperfecciones. Gafas de Sol solo insinuó la existencia de barrios más difíciles, señalando en cambio a los Nueves lugares más alegres como el antiguo teleférico que subía hasta un hermoso mirador. Varias plazas y restaurantes con balcones en la azotea. La música, el alma de las calles de piedra mucho más brillante ahora que menos ruedas pasaban por ellas.

Gafas de Sol los condujo a través de barrios más nuevos hacia zonas más clásicas, donde la edad se mezclaba con actualizaciones selectivas. Tiendas dentro de edificios antiguos vendían nuevos modelos de pulseras, y las cafeterías ofrecían comidas tradicionales junto a batidos vitamínicos y, desafortunadamente, papilla nutritiva. Incluso los bares anunciaban alcohol marciano.

—Pareces decepcionado —dijo Phyla mientras Gafas de Sol dirigía el deslizador por una calle estrecha y descendente.

—A veces me gustaría estar en algún lugar diferente, eso es todo. —Davin se encogió de hombros—. Con todo el trabajo que hicimos para llegar aquí, ¿para volver a ver papilla nutritiva?

Gafas de Sol se rio, mientras el deslizador reducía la velocidad.

—Esos carteles son para gente como vosotros —dijo Gafas de Sol—. Los turistas que no saben qué hacer consigo mismos. ¿Os cuento un secreto?

—¿Cuál?

—Nunca he probado la papilla nutritiva en mi vida.

Esa revelación dejó atónito a Davin mientras Gafas de Sol detenía el deslizador junto a un edificio naranja pastel. Tres pisos, balcones tallados a lo largo del nivel superior y piedra rayada en la base. Una flauta transportaba una melodía desde arriba, sin competir con nada más en el callejón vacío. El ruido de la ciudad retumbaba, un vago aroma a miel en el aire fresco. Lo suficientemente dulce como para que el estómago de Davin rugiera, pero cuando Gafas de Sol se dirigió a la única puerta, una pieza de madera oscura con un mango literal, Davin imaginó que su hambre no sería atendida pronto.

Gafas de Sol los condujo adentro, con Mox cerrando la marcha, y a través de una cocina de nivel restaurante. Una que parecía bien abastecida, a juzgar por las sartenes, cuchillos y frigoríficos repletos.

—Cerrado hoy —explicó Gafas de Sol.

—¿Por qué? —preguntó Vi.

—Por vosotros —respondió Gafas de Sol, con un tono repentinamente gélido.

Los Nueve tomaron nota. No tenían armas, pero todos podían dar un puñetazo —y Mox podía romper una pared—, así que Davin cruzó miradas con varios, captó un par de miradas significativas.

¿Gafas de Sol se tomaría tantas molestias solo para intentar matarlos? Parecía improbable, pero...

Ella estaba sentada, sola, en una gran mesa cubierta con

un mantel. Puesta con lugares para cada uno de ellos. Alyssa levantó la vista de su pulsera cuando los Nueve salieron de la cocina, y la primera impresión de Davin fue... agotamiento.

La líder rebelde había pasado por mucho, incluso en el tiempo que Davin la había conocido. Primero, el propio Davin y Phyla habían jugado un papel en la muerte de la hermana de Alyssa en Europa. Luego, la propia Alyssa había intentado una estratagema para llevarse esos malditos androides, solo para terminar perdiendo a la mayoría de su gente principal en el proceso. Ahora sus fuerzas, la gente desesperada en los límites exteriores del sistema solar, estaban siendo asimiladas por la misma empresa que ella despreciaba.

Una mala racha, y una que dejó profundas líneas en el rostro de Alyssa. Las canas abundaban, y la sonrisa de saludo que Alyssa intentó apenas calificaba como tal.

—Oigo que me habéis estado buscando —dijo Alyssa mientras Gafas de Sol invitaba al grupo a tomar asiento—. Siento que haya sido tan difícil, pero tengo que tomar precauciones.

—¿Como abandonar a los tuyos para que mueran? —dijo Opal.

Un Davin más joven, más temeroso de asegurar contratos y mantener a todos contentos, podría haber saltado ante esas palabras, pedido una disculpa o dicho a Opal que se callara.

¿Ahora? Diablos, sí. Cansada o no, agotada o no, el bando de Alyssa merecía una explicación.

—Si hubieras hablado con alguien, no necesitaríamos estar aquí —continuó Davin mientras Alyssa esperaba, como una madre absorbiendo una rabieta—. Cass nos dijo en Freestar que todos te están esperando. Incluso Eden ofreció paz, pero tú no dijiste nada.

—Sabes que eso era mentira —dijo Alyssa, con una suavidad suficiente para hacer que las manos de Davin picaran.

Optó por agarrar los cubiertos en su lugar. Gafas de Sol

regresó con jarras llenas de agua reluciente. Otro hombre sacó varias botellas de vino: blanco, tinto, rosado. Merc, haciendo lo que Merc hacía, comenzó a llenar las copas.

—Seguro, pero podría haber funcionado —dijo Phyla—. Teníamos todos los ojos del sistema solar puestos en nosotros. Podríamos haber obligado a Eden a hacer un movimiento.

—Si yo hubiera estado allí, os habríais enfrentado a algo mucho peor que un equipo de asalto o dos —replicó Alyssa—. La mala publicidad no asusta a Eden. Yo sí.

Mox puso ambas manos sobre la mesa, con los codos plantados. La cristalería tembló.

—Entonces, ¿por qué te escondes? —preguntó el Centurión.

—No me estoy escondiendo —respondió Alyssa, tomando el rosado que le ofreció Merc y dando un sorbo—. Estoy ganando.

Davin no estaba seguro de tener una mirada más escéptica que ofrecer. Sus cejas alcanzaron su altura máxima, un ojo se agrandó, y la sonrisa de pícaro se convirtió en un ceño fruncido relajado. Sería realmente un mal giro si hubieran venido hasta aquí para encontrar a Alyssa delirando.

—Y ahora que estáis aquí, podemos comenzar la pieza final —dijo Alyssa.

Levantó su copa de vino, lanzando una mirada expectante alrededor. Merc había terminado de servir, todos tenían su bebida de elección. Davin no sabía qué demonios estaba pasando, pero sabía una cosa: el vino haría que este sinsentido fuera más fácil de manejar.

—¿Por qué brindamos? —preguntó Davin, levantando la suya para igualar.

—Por los Nueve Salvajes —dijo Alyssa, con los ojos brillantes—. Los mejores agentes encubiertos de Eden.

CAPÍTULO 7
CONSPIRACIONES, PLANES, DOLORES

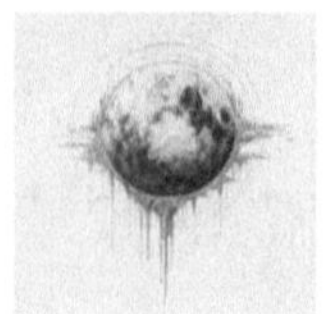

Siendo el tipo de hombre que se mueve por todas partes, Davin había conocido a muchos supuestos cerebros, genios cuya mayor satisfacción venía cuando exponían sus ingeniosos planes para que Davin y todos los demás los vieran.

Alyssa no parecía tan mala, principalmente porque en el núcleo de su idea yacían las semillas de una astuta puñalada en la espalda de Eden, pero se pasó toda la cena detallando un plan tan enrevesado que resultaba inútil. Al menos, inútil para cualquiera que no fuera la propia Alyssa.

Había inversores y empresas asustados en la Tierra y Luna, gente que temía que Eden se volviera imparable. Personas adineradas que proponían luchar con acciones y suministros en lugar de láseres. Alyssa, mientras seguía bebiendo el rosado con entusiasmo, explicó todas las adquisiciones hechas en secreto, las trampas tendidas a través de la red de contratistas de Eden que harían que toda la empresa se paralizara a menos que Eden cambiara su forma de actuar.

¿Y el último empujón para llevar a Eden al borde proverbial?

El arresto muy público y muy resplandeciente de Alyssa.

Todos esos inversores verían cómo eliminaban el último obstáculo de Eden, activarían las compras que habían estado preparando, y Eden se encontraría con Alyssa y sin nada con qué matarla.

—Excepto todas las cosas que ya tienen —dijo Vi cuando Alyssa terminó su discurso con un floreo—. Todavía pueden echarte por una esclusa de aire.

—No si ya no son dueños de las naves —respondió Alyssa, manteniendo esa amplia sonrisa. Esta se lo había pensado todo—. Eden está financiado completamente por deuda. Crecer rápido, librar una guerra es caro. Mis amigos reclamarán esas deudas, y Eden tendrá que vender.

—Estás jugando juegos en vez de luchar una guerra —declaró Mox, apartándose de la mesa—. Esto no es para lo que me apunté.

—¿Para qué te apuntaste, Mox? —preguntó Alyssa rápidamente, antes de que el hombre de metal pudiera levantarse—. ¿Más cuerpos en bolsas? ¿Más cicatrices para añadir a tu colección? Estoy intentando acabar con esto de la manera menos sangrienta posible. —Cuando Mox abrió la boca, Alyssa lo silenció con un golpe de su mano izquierda sobre el mantel—. No podemos ganar esta pelea con armas. Tenemos que usar la única arma que les importa: el dinero.

Nadie tuvo una respuesta inmediata. Davin aprovechó el silencio para observar los rostros de su tripulación, a ver qué podía captar. Opal parecía estar asintiendo con el argumento de Alyssa mientras Merc tenía su atención en la siguiente ronda de vino. Vi miraba fijamente la mesa, con el ceño fruncido en esa expresión obsesiva que solía adoptar cuando se enfrentaba a un problema complicado. ¿Riley? Riley seguía siendo un pez claramente fuera del agua.

Phyla, sin embargo, lanzaba una mirada desconfiada a Alyssa. Captó la mirada de Davin, hizo una mueca y rompió el silencio.

—Dices "ellos" —dijo Phyla—. ¿Quiénes son "ellos"? ¿Todos los que han comprado acciones de Eden?

—No exactamente —respondió Alyssa—. Pero casi. Cuando le cortemos las piernas a Eden, serán sus empleados quienes lucharán por nosotros. No librarán una guerra brutal en naves que no vuelan, con armas que no disparan. Presionarán por el cambio, y los trajes de la cúpula de Eden no podrán detenerlo.

—Hablas como una rebelde otra vez —dijo Davin.

—Nunca dejé de serlo. Solo me quedé callada por un tiempo. Tuve que bajar mi propia temperatura para conseguir las reuniones que necesitaba.

—¿Por qué te ayudan? —preguntó Vi—. ¿Por qué arriesgar a su mayor socio comercial?

—¿Mayor? —se burló Alyssa—. Di mejor único. Todo el mundo ve el desenlace si esto continúa. El espacio será de Eden y solo de Eden. ¿Fabricas piezas de naves? Adivina quién será tu único comprador. ¿Piensas en extraer de ese asteroide? Mejor espera que Eden te dé buenas condiciones. Eden representó una oportunidad en su momento. Ahora es el peaje que nadie quiere pagar.

Su tripulación hizo más preguntas, lanzó más pullas que Alyssa apartó con precisión ensayada. No se trataba de una petición improvisada porque los Nueve hubieran aterrizado casualmente. Alyssa lo había planeado, y Davin supuso que si los Nueve no lo hubieran conseguido, habría encontrado algún otro grupo para hacer lo mismo.

Siempre siendo utilizados, pero esta vez el precio sería, debería ser, la libertad para mucha gente que a Davin le importaba.

Convocó la votación después de la comida, un delicioso conjunto de yuca, arroz, ceviche y coco que superaba con creces cualquier sabor que la papilla nutritiva pudiera aspirar a lograr. Con Alyssa observando, los Nueve votaron unánimemente seguir adelante con la idea del arresto de Alyssa. Enrevesado, desde luego, pero todo el riesgo, como dijo Davin antes de pedir manos alzadas, recaería sobre la propia Alyssa.

Los Nueve obtendrían un nombre limpio. No había forma de que Eden pudiera continuar su campaña si la tripulación de Davin entregaba a la líder de su enemigo.

Con los pasos confirmados, la propia Alyssa se excusó para trabajar en el plan. Quería organizar a los medios, asegurarse de que el espectáculo llegara a todos los ojos humanos que pudieran verlo. Sus protestas romperían el hechizo podrido de Eden a los ojos del público y romperían los lazos económicos.

—Sigo pensando que es una estupidez —dijo Phyla mientras ella y Davin salían del edificio, con Vi y Riley junto a ellos.

Una suave oscuridad cubría Quito, encantada por las antorchas eléctricas y la música constante que flotaba por las calles. En lo alto, las luces de las naves espaciales brillaban con más intensidad que cualquier estrella.

—Intentaron el tiroteo —dijo Davin—. Perdieron su flota, la mayoría de sus combatientes.

—¿Qué ocurre cuando Eden corte su dinero? —argumentó Phyla—. ¿Todos estos contratistas van a aceptar el golpe sin más?

—Tenemos que dar un paso al frente —dijo Riley, los cuatro caminando-cojeando, en el caso de Phyla-por una amplia calle de Quito—. Los planetas exteriores tienen que jugar el juego. Nos estamos esforzando demasiado en mantenernos a nosotros mismos.

—Palabras valientes, chico —dijo Davin.

—Tiene razón —añadió Vi—. Cuando trabajaba en Eden, lo veía todo el tiempo. Si necesitaba que fabricaran algo nuevo, recibía ofertas de inmediato. Todos están desesperados por el dinero de Eden porque no hay nadie más.

—¿Por eso os dirigís al centro de comunicaciones? —preguntó Davin.

Cuando él y Phyla salieron de la cena diciendo que tenían que enviar un mensaje, Vi y Riley se unieron después de compartir una de esas miradas significativas.

—Vamos a contárselo a Sandeer y a mi padre —dijo Vi—. Si reciben el aviso con tiempo suficiente, pueden colocarse para aprovecharlo cuando Eden caiga.

—¿Entonces crees que funcionará? —preguntó Davin.

—He decidido apostar por nosotros —respondió Vi.

Davin debería haber usado esa frase, lo habría hecho, excepto que todavía tenía dudas sobre toda esta empresa. Como ocurría a menudo al correr con planes rebeldes, la vida de un transportista de carga parecía atractiva. Tan aburrida, con tantos menos disparos por la espalda.

El centro de comunicaciones llegó y se fue sin mucho problema. Usando la frecuencia y el cifrado que les dio Cass, Davin y Phyla lanzaron un mensaje a Freestar. Sin muchos detalles—cifrado o no, las partes interesadas podían interceptar y probablemente escuchar el mensaje—Davin enfatizó retirarse de la lucha e intentar no morir.

—Realmente inspirador —dijo Phyla cuando salieron. Vi y Riley ya se habían ido, la noche de Quito había descendido a una oscuridad urbana, con charcos morados y amarillos dondequiera que brillaran las antorchas. La multitud de la cena bebía su primera ronda, deambulando en busca de la segunda. La ciudad zumbaba, y Davin no encontraba absolutamente nada atractivo en volver al oscuro y sombrío refugio de Alyssa.

—Aquí —dijo Davin, arrastrando a Phyla a un bar aleatorio. La Tierra agotaba sus músculos, haciendo que abrir la vieja puerta pintada de rojo fuera más difícil de lo que debería haber sido, pero el interior valía el esfuerzo.

En el espacio, la historia era una sensación reciente. Todo había surgido en los últimos siglos, un avance rápido junto con una destrucción igualmente rápida a medida que los viejos componentes se derrumbaban bajo la radiación, los micrometeoritos, el pilotaje deficiente o el simple abandono. Cualquier cosa que pareciera un poco destartalada era motivo de sospecha.

¿Aquí? La historia reinaba.

El interior de bronce parcheado y madera bullía con sabores más locales incrustando las encimeras, adornando las paredes. Abundaban las pantallas, todas mostrando partidos de fútbol mientras los clientes bebían pintas. Dos mesas de billar yacían en el centro, monedas acopladas a los lados donde los siguientes jugadores marcaban su lugar en la fila. Las bolas repiqueteaban al recibir los golpes, las risas se mezclaban, y el aire denso y acogedor de la camaradería humana predominaba.

¿Y esa historia? Davin la sintió en las baldosas desgastadas bajo sus pies. En los viejos carteles en las paredes que anunciaban alcohol y eventos de años atrás. Usó una barandilla para bajar un par de escalones, sin confiar del todo en su control, y en la madera restaurada estaban las mil, millones de muescas de clientes pasados.

Embriagador.

Aunque no tanto como el ron especiado con canela que Phyla y Davin bebieron segundos después. Encontraron una mesa contra una pared lateral, olvidada y perfecta.

—Podríamos haber estado haciendo esto durante años —dijo Davin mientras se sentaban, chocando vasos—. ¿Por qué no lo hicimos?

—Porque pasamos directamente de salvar la Tierra a hacer entregas —respondió Phyla, lanzando a Davin una sonrisa encogida de hombros—. Menudo bajón.

—Necesitábamos un descanso.

—Nos tomamos uno —dijo Phyla—. Uno que duró un poco demasiado, fue un poco demasiado lento.

Uno sin un plan, también. Una vez que el circo mediático

terminó, los dos habían vagado por lugares no muy diferentes a este. Sin un equipo mercenario, Davin y Phyla no podían aceptar exactamente contratos, y la gente tampoco quería tenerlo cerca: la mayoría de la gente no quería escoltas que llamaran más la atención sobre el trabajo.

El primer viaje llegó casi por accidente, una charla con un oficial de atraque de Luna que dijo que una nave se había averiado, pero un montón de baterías necesitaban salir ese día. Si Davin y Phyla se dirigían a Marte, ¿podrían llevarlas con ellos?

—Fuiste tan amable —dijo Phyla—. Silbabas mientras lo hacías, diciendo míranos, ayudando al hombre común otra vez.

—Y cobrando.

—El dinero nunca fue nuestra motivación y lo sabes.

—Podría haberte engañado —dijo Davin, sabiendo que era una mentira incluso mientras pronunciaba las palabras.

No se llegaba a ser capitán sin amar a la tripulación. Los Nueve aceptaban contratos tanto para mantenerse unidos como para aumentar sus cuentas de crédito. El ir y venir por la galaxia, las noches de bar y los días de disparos, todo valía mucho más que cualquier resultado final.

—¿Así que ahora vamos a arrestar a Alyssa? —preguntó Phyla.

—Aparentemente —respondió Davin—. Convirtiéndonos en los mejores amigos de Eden.

—¿Justo a tiempo para que se desmoronen?

Davin negó con la cabeza. —Eso es lo que no entiendo. Ella piensa que Eden se va a rendir, yo no lo creo. ¿Cuántas veces hemos acorralado a alguien y se ha rendido?

—Tienes razón.

—Apuesto a que Eden contraataca. Les dice a esos proveedores o trabajáis con nosotros o os haremos pedazos, entraremos y os tomaremos.

—La Tierra no lo permitirá.

Las palabras de Phyla carecían de convicción incluso mientras las decía, porque sabía tan bien como Davin que la Tierra no tenía forma de obligar a Eden a hacer nada.

Así que Davin se rio.

—Si quieres cambiar Eden, o bien necesitas hacerla pedazos primero, o necesitas conseguir que alguien, quizás varias personas, lo suficientemente alto en su cadena alimentaria fuerce un cambio.

—¿Y quién va a ser? Vi está fuera. No conocemos a nadie más.

—El Almirante Yang parece bastante sólido —dijo Davin, refiriéndose al oficial que había reclutado a Vi hace todos esos años, que acababa de brindar por la flota rebelde—. No me da las vibraciones de sed de sangre.

—¿Y cuál es tu argumento, Davin? —Phyla removió su cóctel de canela—. Oye, Yang, ¿qué tal si tú y yo derrocamos esta empresa gigante y la hacemos pedazos?

—¿Te imaginas a mí, o a ti, o a cualquiera de nosotros en una maldita sala de juntas?

—Solo si los tenemos a todos como rehenes.

Acabaron cerca del lugar de Alyssa cuando las horas pasaban de la medianoche. Phyla y Davin no estaban borrachos, exactamente, definitivamente no. Habían comido plátanos, habían tomado frutas y frutos secos, habían probado el sorbete de limón, y todo eso transformó el alcohol de deliciosamente devastador a delicioso.

La mansión de Alyssa, su finca, como quieras llamarla, todavía parecía demasiado oscura a pesar de la hora. Ninguna luz se asomaba por las ventanas. Las elaboradas tallas en las paredes, alrededor de las ventanas, apenas se veían salvo por sombras parpadeantes.

Davin y Phyla suspiraron cuando encontraron la puerta principal, sin oír ni un susurro proveniente del interior.

—Solo tú y yo —dijo Davin, con la mano en el pomo de la

puerta—. ¿Desde cuándo nuestra tripulación se ha vuelto tan sosa?

—La próxima vez, hazlo obligatorio —respondió Phyla, con los ojos brillando como esmeraldas bajo la falsa luz de las antorchas—. Vínculo de tripulación.

—Una gran idea, piloto.

—Cocapitana.

Davin se rio. —Cocapitana.

Abriendo la puerta, Davin lideró el camino hacia el interior. Desde la calle, podía perdonar la falta de ruido. Las habitaciones tenían ventanas, la gente podría estar durmiendo. Tal vez los sonidos urbanos lo ahogaban todo.

¿Desde dentro? ¿El vestíbulo vacío que se extendía hacia el patio abarrotado de mesas, pero abandonado?

El silencio cortó como un cuchillo sobrio a través de los buenos momentos de Davin, provocando una parada justo dentro de la puerta. Un intento de alcanzar una pistola que no tenía. De buscar a Melody, perdida en algún lugar del espacio sobre la Tierra. Phyla captó el mismo impulso, se detuvo junto a Davin, escudriñando la penumbra.

—¿Te parece que algo va mal? —susurró Davin.

—Todo aquí me parece que va mal.

Davin maldijo su propia idiotez: no le había preguntado a Alyssa dónde guardaban las armas. La mansión era lo suficientemente grande como para que él y Phyla pudieran buscar durante un buen rato sin encontrar ni un tirachinas, y si lo que fuera que causaba el silencio todavía estaba por ahí?

—¿Corremos? —preguntó Phyla.

Salir corriendo por la puerta, intentar desaparecer en las calles de Quito, ¿y qué? No tenían nave, ni contactos, ni armas.

—Si hay alguna posibilidad de que podamos salvar a alguien, tenemos que aprovecharla —dijo Davin.

—Entonces ve a la derecha —respondió Phyla—. Ahora.

La piloto dio las direcciones, Davin lideró el camino,

dejando que la puerta se cerrara suavemente detrás. El curso de Phyla los llevó del vestíbulo a una sala de estar, una superpuesta con decoración floral y con una chimenea a lo largo de una pared. Phyla se dirigió directamente al portal abierto, agarrando un atizador del soporte y lanzando la barra de hierro hacia Davin. Ella cogió un segundo para sí misma.

A pesar de los cócteles, a pesar de las risas que habían estado compartiendo en las horas anteriores, Phyla tenía su gesto serio. Esta era la piloto, esta era la mujer que mantenía a Davin en el camino correcto, y él sintió que sus propios nervios se endurecían.

Alguien podría haber sorprendido a Alyssa y a los Nueve, pero ese alguien iba a encontrar difícil cerrar la trampa.

—Vamos de caza —dijo Phyla.

Primer objetivo, subir un nivel. Todos los dormitorios estaban en el segundo y tercer piso del edificio. Cualquier miembro de los Nueve que aún estuviera durmiendo merecía ser encontrado, añadido a su séquito.

El edificio tenía amplias escaleras desde el patio central, pero estas tenían tan poca cobertura como bailar al descubierto gritando sus nombres. En cambio, Davin y Phyla salieron del estudio por la otra puerta, pasando a un rincón sin salida con un aseo. Al otro lado había un comedor, y más allá la cocina con sus escaleras traseras para los movimientos sutiles de los sirvientes.

Davin adoptó el manto de líder de nuevo, dirigiéndose al lujoso comedor. Mesas y sillas perfectamente colocadas, como si no se hubieran utilizado en años—a Davin le resultaba difícil imaginar a Alyssa sentada en un lugar como este, tan formal. Las sombras bailaban a través de cortinas finas y cerradas, la falsa luz de las antorchas creando un baile fantasmal con los muebles delgados. Grandes aparadores cargados de platos y vasos se alineaban a lo largo de las paredes, acechando.

Davin dio pasos rápidos, haciendo rodar sus pies a lo

largo de las alfombras que cubrían la piedra. Mantuvo el movimiento silencioso, mantuvo sus oídos abiertos. Ahora que habían dejado atrás el desorden exterior de la entrada, crujidos y sonidos llegaban a sus oídos. Los crujidos de un edificio viejo, el sonido del agua corriendo por una tubería en algún lugar. ¿Alguien lavándose la sangre de las manos?

Davin sintió la espalda de Phyla contra la suya, sus pies sincronizándose. Un movimiento que practicaban por diversión en los simuladores del *Jumper*, jugando a través de juegos juntos en los largos vuelos de un planeta a otro. No uno que esperarías usar en una galaxia de láseres y fuego de largo alcance.

Pero uno que resultó útil.

Cuando Davin se acercó a la salida del comedor, las sombras se movieron, una forma oscura moviéndose para interponerse en su camino. Más grande, más voluminosa, como Mox pero con relleno extra en el medio y las piernas.

La forma podría haber sido uno de los tipos de Alyssa, pero cuando levantó el cañón del rifle de brillo rojo, Davin optó por la autoconservación y lanzó el atizador, un rápido golpe que habría sido inútil si hubieran estado a más de un par de metros de distancia.

—¡Detrás! —dijo Phyla al mismo tiempo.

El crujido cuando el atizador de Davin golpeó su objetivo sirvió como respuesta. Davin cargó después de su lanzamiento, el golpe forzando el rifle de la persona lo suficientemente lejos como para que Davin pudiera poner en juego su carga de hombro.

Embistió contra el pecho de la forma, rebotó contra la dura armadura y cayó de culo. La forma no gruñó, no se movió un milímetro. Los ojos de Davin se entrecerraron cuando el rojo del rifle lo encontró. Pero las manos del capitán encontraron el atizador caído, y de nuevo los reflejos de Davin resultaron más rápidos.

Apuñalando hacia arriba con el atizador, Davin atravesó el

centro del rifle, provocando chispas y gas ionizado que salió en una neblina púrpura. Una sacudida recorrió el atizador, hizo que la mano de Davin temblara, pero la adrenalina mantuvo su agarre. Un tirón hacia abajo, un ajuste de la puntería para ir a por la rodilla, y Davin sintió cómo el pesado pie de la forma aplastaba su costado.

Davin voló, se estrelló contra una silla, sintió cómo la madera antigua se rompía a su alrededor mientras se desplomaba sobre la alfombra.

Surgieron dolores.

Adiós a sentirse bien.

—Me estoy cansando realmente de esto —resolló Davin, mientras la forma seguía su patada con un paso torpe hacia adelante.

Un destello rojo brilló detrás de él, y Davin no pudo resistirse a comprobar cómo estaba Phyla. Al principio no vio nada más que una segunda forma cosiendo láseres a lo largo de la mesa. Entonces notó a Phyla, atizador en mano, agachándose bajo el pesado mueble.

—No va bien —dijo Phyla mientras Davin retrocedía a gatas por la alfombra hacia ella.

—¿En serio? ¿Cuál fue la pista? —preguntó Davin.

El fuego de rifle que debería haberlos matado a ambos se ralentizó hasta detenerse, solo algunos proyectiles quemando a través de la mesa para chamuscar la alfombra. Ambas figuras atacantes marcharon hasta el centro de la habitación antes de girarse para encarar la mesa bajo la que Davin y Phyla se escondían.

—¿No te parece que hay algo antinatural en esos dos? —preguntó Phyla.

—Huele a Heath, pero estos son un poco toscos para ser androides —respondió Davin.

Las cosas estaban muy rígidas, no intentaron ninguna conversación. No hacían ruido cuando el atizador los golpeaba. Davin podría haber continuado, pero centró su atención en escapar.

—Rendíos —llegó la inevitable llamada, no de ninguna de las dos figuras sino de la puerta hacia la que Davin se había estado dirigiendo.

—Maldita sea —murmuró Davin.

La voz pertenecía a Aya, la jefa de molestias de Heath Swane. La soldado parecía flotar por la vida, solo despertando cuando podía disparar a alguien o, en el caso de Phyla, escanear sus bits para convertirlos en un androide.

—Salid despacio, o haré que mis amigos os conviertan en lodo fundido —dijo Aya—. No es lo que Heath quiere, pero estamos preparados para hacerlo.

Davin encontró la mirada de Phyla, la vio apretar el agarre alrededor del atizador. Su lado izquierdo dolía, no mucho, pero era un recordatorio de donde había estado no hace mucho tiempo, donde volverían si intentaban salir de aquí a la fuerza.

—No voy a dejar que me disparen otra vez —susurró Phyla.

—¿Davin? —llamó Aya—. Diez segundos.

—No morimos por nada aquí —respondió Davin—. Nos quieren para algo, lo que significa que tenemos una oportunidad.

Phyla mantuvo su rostro firme, su agarre apretado. —Tú primero. Si la cosa se complica, no me voy a rendir.

Davin apretó los labios. No había buena respuesta para eso, y podía leer sus músculos. Esta era la corredora comprometiéndose con un curso. Había sido capturada, la habían tendido una trampa y la habían derribado. Phyla tenía todo el derecho a decir que preferiría morir luchando antes de dejar que eso volviera a suceder.

Y Davin tenía todo el derecho a evitar que eso sucediera.

Se levantó de debajo de la mesa, ignorando a las dos máquinas pisoteadoras, y fue directamente hacia Aya.

—¿Tienes las respuestas a todas mis preguntas? —preguntó Davin mientras Aya sonreía con esa sonrisa etérea suya.

También notó que ella todavía tenía un vendaje en el pie izquierdo. Las quemaduras por refrigerante podían tardar mucho tiempo en curarse. Bien.

—Por supuesto —dijo Aya—. Pero primero, ¿puedo darte la bienvenida?

—¿Darme la bienvenida?

—El equipo de infiltración más profunda de Eden —dijo Aya, inclinando la cabeza—. Trabajando tan duro para traer a nuestro objetivo principal. Enhorabuena.

Alyssa, maldita sea. El plan del arresto ya estaba en marcha.

Davin procesó la reacción a través de su filtro de sinvergüenza, vio la jugada y la hizo, forzando una sonrisa.

—¿Así es como nos sorprendes? —preguntó Davin—. ¿Intentando matarnos con esas cosas?

Aya miró más allá de Davin, se encogió de hombros. —Modelos de bajo coste. Los tenía en espera en caso de que alguno de los secuaces de Alyssa volviera más tarde. Un accidente desafortunado. —Aya hizo un gesto hacia la mesa—. Phyla puede salir ahora. No os haremos daño.

—Tenemos un pequeño déficit de confianza en este momento —dijo Davin.

—Comprensible, pero Davin, tienes que arreglarte. Las cámaras estarán aquí pronto, y Heath quiere que estés en tu mejor momento para el espectáculo.

CAPÍTULO 8
DOS CONTRA EL MUNDO

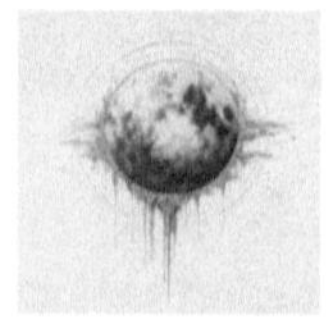

Ya me contaréis si pasáis una noche de juerga, la termináis en una pelea contra dos robots monstruosos y luego tenéis buen aspecto para el público al amanecer. La odisea de Davin hacia esa última etapa comenzó con un tirón, bajo el mando de Aya, pistola en mano y lista, hacia su habitación en la antigua mansión de Alyssa. Los grandes robots mantenían a Phyla en el comedor donde, según Aya, esperaría hasta que alguien fuera a buscarla.

—¿Alguien? —preguntó Davin mientras atravesaban el patio hacia las escaleras centrales.

—Estamos movilizando más recursos —dijo Aya sin mirar atrás—, pero incluso a Eden le cuesta traer a mucha gente aquí a esta hora.

Sin embargo, Davin divisó tres robots más de gran tamaño y al menos un escuadrón de la variedad más orgánica recorriendo los balcones. También había dos personas con rifles largos en el tejado, mirando más hacia dentro que hacia fuera.

Entonces esto no era una redada improvisada. Eden había atacado con fuerza, en masa.

Si Alyssa les había dado el soplo, realmente lo había vendido bien.

—Entonces, ¿por qué estás aquí? —preguntó Davin mientras subían los escalones de granito—. No pensaba que Heath cayera bien a los peces gordos de la sede de Eden.

—Heath es prescindible —respondió Aya, tan despreocupada como siempre al hablar de su jefe como si fuera un juguete—. Si el soplo no daba resultados, Eden podría crucificar a Heath sin problema. Si funcionaba, bueno, Heath y yo no somos los únicos interesados en que vuelvan los androides.

—¿Así que todos en Eden son unos canallas?

—Desgraciadamente no —respondió Aya—. Todavía tenemos trabajo que hacer en ese sentido.

Davin buscó pistas cuando llegaron al segundo nivel, ahora con los otros Nueves y sus habitaciones a la vista desde donde estaba. No se oían escaramuzas, y no vio marcas de disparos en las paredes. Ni puertas rotas. La redada habría sido rápida, entonces, y eficiente.

No había manera de que Mox se hubiera rendido en silencio.

—¿Qué les habéis hecho a mis amigos? —preguntó Davin mientras pasaban junto a un guardia vigilante, con la mano en su rifle de asalto.

—Les hicimos una oferta muy simple —dijo Aya—. O se rendían o uno de nuestros agentes te metería un láser en el cráneo.

—¿Qué?

—¿Disfrutaste de esos cócteles? —preguntó Aya—. Te vimos beber cada uno. Escuchamos vuestras conversaciones. Muy introspectivas, muy dulces. —Aya se detuvo junto a la habitación de Davin, indicándole con un gesto que abriera la puerta—. Os habríamos dejado a ti y a Phyla muertos de no ser por la cooperación de tu equipo.

La ira hirviente no era precisamente una amiga distante. Más bien un compañero de copas. Poder recurrir a esa emoción para dar más fuerza a su próximo puñetazo, para aguantar otro golpe en el cuerpo... eso era un recurso que Davin deseaba fervientemente utilizar ahora.

Calculó la distancia hasta la pistola de Aya, las probabilidades de arrebatársela, achicharrarla y disparar con precisión a los otros guardias. Un cálculo sombrío, pero Davin comenzó a lanzarse hacia ella de todos modos.

Por encima de todo, Davin estaba harto de ser un prisionero.

Aya no retrocedió, no apretó el gatillo. En cambio, apartó el alcance de Davin, empujándolo un paso atrás.

—Si estuvieras sobrio y descansado —dijo Aya—, disfrutaría de otro intento contigo. Pero no mato por deporte.

Davin le soltó una maldición que no le satisfizo tanto como quería, y luego acercó su muñequera a la puerta. Con un clic, la entrada roja con flores de hierro ornamentadas se abrió. Aya empujó a Davin hacia dentro con el cañón de su pistola.

Lo suficientemente cerca como para que hubiera podido girar y arrebatársela.

Podría haberlo hecho, pero lo que vio le robó el impulso.

De vuelta en órbita alrededor de Ganímedes, cuando la maldita fragata de Heath Swane había alcanzado a los Nueves y su nave averiada, Davin había pasado rápidamente de prisionero a rescatador. Una astuta búsqueda de Phyla le había llevado a una habitación, brillantemente iluminada y llena de camas. En lugar de las asépticas camillas de hospital o las literas de estilo militar que uno esperaría en una fragata de Eden, estas parecían dispositivos de tortura. Extremidades metálicas que se elevaban, un gran casco destinado a cubrir a la víctima y someterla a...

—Ni de coña —dijo Davin, reaccionando ante el aparato que ocupaba el estrecho confín de su habitación. La cama original había sido arrinconada contra la pared, y el nuevo monstruo devoraba el espacio entre el extremo del colchón y la pared—. No vais a convertirme en una de esas cosas.

Las piezas del rompecabezas encajaron, como solía ocurrir, demasiado tarde para ser útiles. ¿Por qué elegir a Heath, el marginado de Eden? Porque ahora podía hacer una maldita falsificación profunda.

Los androides siempre podían usar máscaras, pero su programación nerviosa hacía que una imitación convincente fuera imposible de conseguir. La última creación de Heath, la buena y vieja Mecha-Phyla —que sus circuitos se pudran en los escombros de Ganímedes— obtuvo cero puntos en ese aspecto, lo que significaba ¿qué?

—No lo entiendo —dijo Davin mientras Aya seguía empujándolo hacia dentro.

Dos matones esperaban junto a la máquina de fabricación de androides, con los ojos clavados en sus muñequeras y las manos tecleando instrucciones. Calibraciones, órdenes codificadas, quién sabía y a quién le importaba.

—Vuestros androides no pueden bailar como yo —continuó Davin, con las rodillas chocando contra la cama—. No hay forma de que vuestra tecnología haya mejorado tanto en un par de meses.

—Cree lo que quieras —respondió Aya—. Ahora túmbate. El tiempo se acaba.

—Sí, para ti —dijo Davin, haciendo una mueca ante su propia y patética respuesta.

Se giró, flexionándose como si fuera a sentarse en la máquina. Mirando detrás de Aya, no vio ningún combatiente secundario, ningún mastodonte de cobertura con un rifle lanzarrayos. La oportunidad estaba ahí.

Lanzando una rodilla, apartando la pistola con su mano izquierda, Davin inmovilizó a Aya contra la pared. La principal secuaz de Heath encajó el golpe con una gracia inesperada, echándose hacia atrás y permitiendo que Davin se hiciera con la pistola. Sin esperar atrapar el arma por el cañón, Davin tardó medio segundo en darse cuenta de que acababa de ganar la carrera armamentística.

Medio segundo resultó ser tiempo suficiente para que uno de los matones clavara una pistola eléctrica en el cuello de Davin. El pequeño táser portátil llevó los nervios de Davin al máximo, causando un temblor confuso y haciendo que la pistola cayera al suelo. El otro matón se acercó y tiró de Davin de vuelta a la camilla de android mientras el capitán de los Nueves intentaba no morderse la lengua.

El éxito llegó con la experiencia: Davin había sido aturdido de esta manera tantas veces que los espasmos casi se sentían como en casa.

Quizás, solo quizás, una señal de que tenía un problema.

—Te has esperado —dijo Aya, recuperando la pistola y ayudando a sujetar a Davin—. Esperaba el ataque antes. Deberías haber sido más imprudente.

Hablaba como si conociera a Davin. Su mirada decía que Davin no había interpretado su rutina programada de la manera correcta. Su actitud decía que necesitaba salir más, si pensaba que los humanos harían los mismos movimientos cada vez.

No es que Davin pudiera darle ese consejo. La descarga aturdidora ya empezaba a disminuir, pero ahora tenían sus manos y pies anclados. Un reposacabezas se apretaba contra su cuello para mantener su parte superior vertical.

Cómodo, no era precisamente.

—Sentirás un zumbido cuando el casco se coloque en su sitio —dijo uno de los matones (Davin, con la cabeza fija en la mirada penetrante de Aya, no pudo distinguir cuál)—. Es normal. Luego, sigue las instrucciones.

—¿Y si no lo hago? —dijo Davin, con palabras fracturadas, más ruidos que otra cosa, pero Aya debió entenderlo.

—Los mataremos a todos, Davin —respondió Aya—. No solo a tu tripulación aquí, sino a todos con los que has trabajado. Luego, y esta será la parte divertida, los reemplazaremos. —No sonrió. Ninguna alegría tiñó sus ojos. El casco comenzó a bajar, sus engranajes emitiendo un suave silbido

—. No dejaremos que las familias se acerquen, por supuesto, porque eso arruinaría la ilusión. En cambio, pensarán que los que amaban los abandonaron, y nunca sabrán por qué.

—Eso es cómicamente malvado —balbuceó Davin.

El casco se cerró sobre sus ojos, asentándose en sus hombros.

—Entonces no nos obligues a hacerlo, Davin —dijo Aya, con el casco amortiguando sus palabras—. Depende de ti.

Súbete a un simulador y sentirás todo tu cuerpo arrastrado por la diversión. Davin se acurrucaría en una cápsula, engancharía sus brazos y piernas en los lugares correctos, y de repente sus sentidos serían transportados a una luna helada, un páramo volcánico o una concurrida calle de ciudad.

La máquina de androides de Aya no era tan sofisticada.

Davin oyó cómo se activaba la cancelación de ruido, los sonidos circundantes de la habitación del hotel desaparecieron, reemplazados únicamente por una gélida voz robótica.

—Indique su nombre —dijo la voz. Davin intentó discernir un género, un estado de ánimo, y fracasó en ambos aspectos—. Por favor.

¿Resistir o no? La amenaza de Aya, un ejército de máquinas clónicas eliminando sistemáticamente a los amigos de Davin, parecía tan cursi como se podía imaginar.

Pero también había sentido las manos de Mecha-Phyla alrededor de su garganta, vio esos brillantes ojos verdes mirándolo fijamente igual que lo haría la versión real. No era un truco imposible de lograr a distancia, especialmente si simplemente eliminabas a cualquiera que se diera cuenta.

—Davin Masters —dijo, ganando algo de tiempo.

No es como si decir su nombre fuera a provocar el fin del universo.

—Repita cada afirmación —continuó la voz—. Perro, gato, Voz Roja, asesinato.

—Dos de esas suenan normales.

—Por favor, repita las afirmaciones exactamente como se han dicho.

—Esa es la única manera en que voy a salir de aquí, ¿no?

Las palabras comenzaron a fluir, cinco o seis a la vez en oraciones, tanto preguntas como afirmaciones, que parecían no tener relación entre sí. Davin repitió cada una, tratando de averiguar cuál era el plan. Captó algunos nombres familiares —Alyssa, por ejemplo. Eden y los Nueves Salvages— pero siempre envueltos en disparates.

Mecha-Phyla no había hablado, aparte de gruñidos y refunfuños. Algunas ideas emergieron, pero la sesión terminó antes de que Davin pudiera centrarse en alguna razón.

El casco quedó oscuro, silencioso. Luego, sin previo aviso, una luz brillante destelló a la derecha de Davin. Se estremeció, la luz desapareció. Algo le pinchó en el costado derecho y Davin se sacudió, soltando una maldición. Un escalofrío recorrió su cuello donde el casco lo tocaba, provocando un temblor. El bombardeo sensorial continuó, Davin no estaba seguro de cuánto tiempo, no estaba seguro de mucho en esos minutos.

Esta vez, cuando el casco se oscureció, alguien se lo quitó, devolviendo a Davin a la habitación del hotel. La luz natural se filtraba por la ventana con cortinas, acercándose la mañana.

—Gracias —dijo el único matón en la habitación, el hombre desacopló el casco de la cama y lo colocó en un sólido maletín plateado—. Lo has hecho muy bien.

—Genial. ¿Eso significa que me vais a soltar?

—Lo siento —el matón señaló más allá de la cabeza de Davin, hacia la pequeña televisión montada en la pared—. Aya dijo que necesitas ver esto. Después, no lo sé.

El matón encendió la televisión, encontró el canal correcto. Una transmisión de última hora, el resplandor azulado del amanecer llenando un patio. El patio, se dio cuenta Davin, en medio de su edificio.

El Capitán Heath Swane estaba junto a varios otros funcionarios de Eden, y al menos dos comandantes de la Fuerza de Defensa de la Tierra, a juzgar por los colores de sus uniformes. Todos parecían serios. Menos serio era el hombre del centro.

—Eh —dijo Davin—. Ese soy yo.

El Davin que estaba en el centro parecía, de hecho, mejor que el propio Davin. Vestido con el abrigo de cuero negro de Davin, armado con lo que parecía una réplica bastante buena de Melody, la copia de Davin saludó con la mano, un saludo justo como el propio Davin había dado a innumerables multitudes en el crucero Galaxy's Song, mientras subía a un improvisado podio con la marca de Eden.

—No eres tú realmente —dijo el matón.

—Lo pillo —respondió Davin. Debería estar asqueado, debería estar furioso, pero con todas las piezas encajando al ver al androide, era difícil no apreciar el esfuerzo—. ¿Qué tal de bueno es?

—Mejor, después de lo que acabas de hacer —dijo el matón.

Mecha-Davin demostró que el matón tenía razón en los minutos siguientes, soltando un discurso con palabras que Davin reconocía muy bien. Después de dar un rápido agradecimiento a Eden por la oportunidad, Mecha-Davin dijo que su equipo altamente cualificado se había infiltrado en la organización de Alyssa, encontró el camino hacia ella y llamó a la caballería. Ahora cobrarían sus cheques y, con las conciencias tranquilas, se retirarían para disfrutar de sus años dorados.

—Nunca diría nada de eso —refunfuñó Davin. Durante todo el discurso había estado probando las restricciones de la camilla, las encontró apretadas. Algo que Mox podría destruir pero él no. El matón, también, mantenía una pistola eléctrica en su mano, y ni siquiera Davin podría esquivarla estando encerrado en la cama.

—Pero lo hiciste —respondió el matón—. Con el casco. Por eso tuvimos que...

—Sí, lo entiendo. No soy un idiota.

El matón no confirmó ni negó esa afirmación. En cambio, después de que Mecha-Davin se retirara del podio, vieron a algún almirante de Eden hacer un nuevo llamamiento a los rebeldes para que se rindieran, que sus esfuerzos eran en vano, y bla bla bla.

—Siempre habrá otro, ¿sabes? —dijo Davin al matón.

—¿Otro qué?

—Líder. No puedes salirte con la tuya haciendo daño a tanta gente sin que algunos se levanten contra ti. Simplemente no ocurre.

El matón se encogió de hombros. —Tal vez, pero ahora somos realmente buenos aplastándoos. Los viejos androides solo podían matar. ¿Con estos? —El hombre sonaba como si estuviera describiendo su nuevo juguete favorito—. Podemos volver cada revolución contra sí misma.

Aya volvió a buscar a Davin más tarde esa mañana, toda profesional. Los auténticos Nueves serían enviados a una instalación penitenciaria particular de Eden. Se pudrirían en órbita alrededor de Venus hasta que sus vidas se extinguieran.

—Pero —concluyó Aya—, tendréis lo mejor en entretenimiento meditativo de Eden todo el día y todos los días.

Su sonrisa adquirió un tono despiadado. Davin reunió algo de saliva con la intención de lanzársela, pero Aya hizo que el matón lo aturdiera primero. Aya misma le puso las esposas, y entre los dos arrastraron a Davin hasta el balcón, donde su maldito doble lo esperaba. El androide le echó una capucha sobre la cabeza, bloqueándole la visión por completo.

—No podemos permitir que alguien tome una foto desafortunada —dijo Aya mientras Davin luchaba con sus propios músculos temblorosos—. El único Davin que importa, después de todo, está justo aquí.

La marcha encapuchada desde el edificio marcó la segunda vez ese día que Davin había sido guiado contra su voluntad. Esta vez, sin embargo, el recorrido no ocurrió en el silencio casi total de la noche. En su lugar, las voces estallaban a su alrededor, reporteros gritando preguntas y representantes de Eden respondiendo con respuestas monótonas. El aroma a café recién hecho impregnaba el aire, junto con la dulzura ácida de la repostería.

No es que Davin pudiera disfrutar de nada. Si se atrevía a hablar, según Aya, los Nueves serían masacrados mucho antes de llegar a su prisión. Sus amigos y familiares también.

Asombroso cómo la amenaza contra un ser querido podía paralizar a una persona.

Le quitaron la capucha después de que unas manos lo empujaran dentro de un vehículo que esperaba. Davin se sentó en un banco, con las manos esposadas descansando sobre sus piernas. Un interior de color rojo oxidado lo rodeaba por completo, con manchas descoloridas que evidenciaban un pobre mantenimiento. Sin ventanas. Un aire acondicionado que, afortunadamente, funcionaba.

—Y yo preguntándome qué estaban esperando —dijo Opal, una de las otras dos personas que compartían el espacio con él. Sus manos estaban esposadas igual que las de Davin, y parecía haber dormido tan bien como él—. ¿Me toca estar encerrada con el traidor?

—Buenos días a ti también, Opal —dijo Davin, tratando de liberar su mente de la confusión provocada por el agotamiento, solo para que el hambre y la sed ocuparan su lugar—. ¿Por qué soy un traidor, otra vez?

Mientras hablaba, Davin se fijó en la tercera persona, la única que permanecía de pie. Vestido con el uniforme verde de Eden, una máscara que le cubría todo el rostro y un rifle en ambas manos, el guardia no decía nada. Al principio, Davin se preguntó si el hombre sería otro androide, y tuvo un momento de temor pensando en cuántas de esas malditas cosas podría haber fabricado Heath, pero entonces el hombre respiró.

Solo un monstruo humano normal, entonces.

—Por ese discurso que acabas de dar —dijo Opal.

—¿Te parece que, si yo hubiera dado ese discurso, estaría aquí contigo?

El vehículo cobró vida con un rugido, sus reactores impulsándolo hacia adelante. Davin se balanceó con la aceleración, su estómago preguntándose qué demonios estaba pasando. Las ventanas: resultó que eran agradables.

—No —respondió Opal—, pero seguro que parecías tú el que estaba allí arriba.

—Heath ha estado fabricando copias realistas. No solo asesinos, sino reemplazos.

Opal suspiró.

—Por supuesto que sí.

—¿No pareces sorprendida? —Davin esperó hasta que Opal lo miró, y entonces dirigió su mirada hacia el guardia—. ¿Habías predicho esto?

—Simplemente asumo que mi vida siempre va a ir a peor.

—Eso es obvio, Opal. —Davin se reclinó, levantó las esposas y tosió en un puño cerrado. Golpeó el suelo con el talón—. ¿Cuándo han hecho nuestras vidas algo diferente?

Opal volvió a mirar fijamente, esta vez al techo. Davin sentía los ojos del guardia sobre él. El capitán tosió de nuevo, sin molestarse en levantar las manos esta vez.

—¿Tienes agua? —le preguntó Davin al guardia, quien negó con la cabeza—. El tipo silencioso, ¿eh? No te culpo.

Avanzando sobre sus reactores, el deslizador se inclinó al tomar finalmente una curva. Davin tosió de nuevo, inclinándose hacia la izquierda con el giro. Se dobló sobre sí mismo, dando la espalda al guardia. Tosió otra vez.

—¡Date la vuelta! —espetó el guardia.

Davin ni se molestó. Tosió. Ignoró a su garganta que le advertía que toda esta farsa tendría consecuencias más tarde.

—¿No puedes darle un poco de agua al hombre? —preguntó Opal, poniendo justo la cantidad adecuada de indignación agotada en sus palabras.

Davin tosió otra vez.

—Aquí —dijo el guardia, avanzando un paso, desenganchando su propia botella de agua y desenroscando la tapa.

Davin, con las manos en forma de cuenco cerca de su boca, miró hacia atrás al guardia, cuyo rostro impasible le devolvía la mirada. La botella de agua negra se extendía hacia él como una sombría ofrenda de paz.

—Gracias —dijo Davin, extendiendo la mano para cogerla.

Opal se levantó, envolvió el cuello del guardia con sus esposas en un solo movimiento fluido. Cayó hacia atrás entre los bancos, dejando que la gravedad lanzara al guardia de espaldas contra el suelo. Davin, agarrando la botella de agua, se levantó y lanzó una patada, apartando de las manos frenéticas del guardia el pequeño mando que activaría las esposas aturdidoras. El diminuto rectángulo rebotó bajo los bancos, así que el guardia fue a por su pistola. La sacó de la funda, disparó, un poco demasiado lento para alcanzar a Davin en su zambullida hacia atrás.

El láser quemó el interior oxidado, provocando algo de humo y dejando entrar un pequeño rayo de luz natural.

Davin se dijo a sí mismo que el guardia tuvo una buena visión del sol antes de que el estrangulamiento con cadenas de Opal lo dejara fuera de combate.

—El mando está por ahí, cerca de ti —dijo Davin, desarmando al guardia inconsciente—. Lo pateé.

Opal se liberó de debajo del guardia.

—Ya imagino. —Se dio la vuelta y comenzó la búsqueda—. Buena jugada. Ha pasado tiempo desde que usamos esa.

—Ha pasado tiempo desde que tú y yo estuvimos esposados.

Davin guardó la pistola en un bolsillo y recogió el rifle. Estándar, sin medidas de seguridad avanzadas. Algunos se vinculaban a credenciales de identificación, a códigos de acceso, pero Eden quería cantidad, y eso significaba reducir costes.

—Lo encontré —dijo Opal, emergiendo de debajo del banco derecho. Dos pulsaciones rápidas y sus esposas aturdidoras cayeron al suelo—. ¿A dónde crees que nos llevan?

—A ningún sitio al que queramos ir —respondió Davin.

Improvisaron un plan rápidamente mientras despojaban al guardia de su equipamiento útil. Sin granadas, pero con una segunda pistola y un cuchillo multiusos. Davin y Opal no tenían sus muñequeras, robadas por Eden, así que la radio de emergencia del guardia les ofrecía algunas opciones.

—¿Lista? —preguntó Davin, ambos de pie cerca de la escotilla.

Un cerrojo rojo indicaba que no se abriría mientras el deslizador estuviera en vuelo, pero el cerrojo no parecía demasiado resistente.

—He estado con estas esposas toda la noche —respondió Opal—. Salgamos de aquí, por favor.

Se mantuvo atrás mientras Davin descargaba varios disparos láser en el cerrojo, derritiéndolo y abriendo la escotilla. Afuera, una autopista pasaba veloz. No exactamente una opción ideal para evacuar.

—Parece que tendremos que hacerlo por las malas —respondió Davin.

Esta vez se colocaron juntos junto a la escotilla abierta, cada uno sujetándose al marco con una mano libre. Davin apuntó hacia adelante, mantuvo apretado el gatillo y envió ráfaga tras ráfaga hacia lo que debería haber sido la cabina del deslizador.

Los disparos atravesaron limpiamente, saliendo por el exterior. Sin piloto, demonios, ni siquiera había cabina a la vista.

Un transportador no tripulado. Del punto A al punto B sin nadie a quien sobornar en el camino, ni lealtades que cuestionar. Eden debía haber anulado también sus sensores de peligro, porque el vehículo seguía avanzando. Su objetivo se perfilaba: el gran espaciopuerto de Quito, elevándose mientras el deslizador se acercaba a la cima de una colina.

—Nunca tenemos un respiro, ¿verdad? —preguntó Opal.

—Ni uno —respondió Davin.

Apenas salieron estas palabras de la boca de Davin, el deslizador aminoró la velocidad. No fue una frenada brusca, sino una disminución gradual hasta moverse al ritmo de un caminante rápido. Davin y Opal se miraron y saltaron.

Los dos descubrieron la razón mientras corrían por el viejo hormigón, pisando las malas hierbas que habían avanzado en esta era de coches flotantes: un peaje de tráfico que cobraba a cualquiera que entrara a los terrenos del espaciopuerto y los escaneaba en busca de armas peligrosas al mismo tiempo.

—¡Gracias, Quito! —gritó Davin mientras corrían.

—Cállate, idiota —dijo Opal—. Aún no hemos terminado.

—Celebra las pequeñas cosas —dijo Davin cuando llegaron al otro lado de la autovía, escalaron una valla protectora llena de agujeros y se lanzaron a la hierba.

—Cuando recuperemos a nuestra gente —respondió Opal, lanzándole a Davin una mirada que dejaba claro que no era broma—, y cuando esos bastardos de Eden estén muertos, entonces celebraré. ¿Me oyes?

CAPÍTULO 9
HACIA EL CIELO

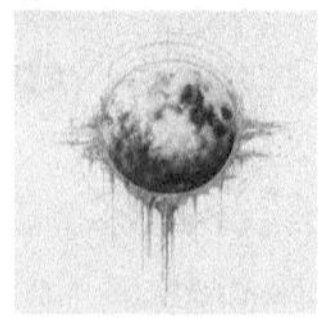

Cumplir el juramento de Opal no sería fácil desde la ladera cubierta de hierba, así que la pareja comenzó a deambular torpemente por la maleza, alejándose del puerto espacial hasta que dieron con un camino de tierra que volvía hacia Quito. Era un día más soleado que el anterior, los rayos atravesaban el ligero aire alpino y hacían sudar a Davin. Un dolor de cabeza murmuraba y sus extremidades se arrastraban mientras la falta de sueño avanzaba y la adrenalina disminuía.

Venganza, rescate. Davin se repetía estas dos palabras, intentando usarlas como estímulo para conseguir un poco más de energía.

—¿Vas a seguir murmurando así? —dijo Opal mientras caminaban por el polvoriento camino bordeado de árboles.

—¿Estaba hablando en voz alta?

—Todo el camino, capitán.

—Puede que mi mente esté perdiendo la razón, Opal —respondió Davin—. Acabo de verme a mí mismo dando un discurso a todo el sistema solar mientras estaba esposado a una camilla. Cosas como esa te trastornan.

Opal le lanzó una mirada perspicaz.

—Si eso es lo que va a romperte, Davin, ¿después de toda la mierda que hemos pasado? Venga ya.

—Dame un café y estaré bien.

—Más te vale. No tenemos tiempo para crisis mentales ahora mismo.

Verdad. Suponiendo que Aya y Eden cumplieran su palabra, los Nueves, Alyssa y su banda estarían camino de un juicio rápido y silencioso y una expulsión por una esclusa de aire. Ya estarían de camino a la estación penitenciaria de Eden, podrían estar muertos mañana.

Eso, al menos, le dio algo de ánimo a Davin.

—Al menos lo hemos hecho antes —dijo Davin. El bullicio de Quito hacía de telón de fondo a sus palabras, creciendo a medida que se acercaban a las afueras de la ciudad—. Las fugas de prisión son nuestra especialidad.

—Quizás merezca la pena preguntarse por qué.

—¿No habías dicho que no teníamos tiempo para charlar? —Davin esbozó una sonrisa, captando otra de Opal a cambio —. El caso es que tenemos métodos probados y eficaces.

¿Opción uno? Encontrar una manera de entrar en la prisión, llegar a un centro de control y abrir todas las celdas. Esperar que los prisioneros se preocuparan lo suficiente como para luchar por sus vidas, rescatar a los Nueves en el caos resultante.

—Ha funcionado antes —dijo Opal—, pero no apostaría por ello aquí.

—¿Por qué?

—¿Has estado alguna vez en una prisión orbital de Eden?

—No puedo decir que haya tenido ese honor —Davin inclinó la cabeza hacia Opal—. ¿Y tú?

—No. Tampoco lo tengo planeado. Pero he conocido a rebeldes que pasaron temporadas allí —dijo Opal—. De hecho, teníamos nuestras propias misiones de asalto a prisiones planificadas, pero nunca tuvimos suficiente gente metida allí para que mereciera la pena.

—¿Entonces?

—Vale. Estas cosas, Davin. Son cilindros. Prisioneros metidos en celdas alrededor de los bordes exteriores. Cada planta bloqueada al antojo de Eden. Aislarán a cualquiera que cause problemas y lo abatirán a tiros.

—No es útil.

El camino de tierra se abría paso entre algunas casas mientras hablaban, pasando a un suburbio pavimentado. Era mediodía, y gente joven y mayor deambulaba por las calles. Davin y Opal atrajeron más de una mirada.

Con suerte, a nadie aquí le importaría preguntarse por qué la cara que podrían haber visto esta mañana estaba dando un paseo.

Opción de fuga de prisión número dos: irrumpir en la prisión desde fuera, volando las celdas, acoplando una esclusa de aire y sacando a escondidas a los buenos.

Opal ya estaba negando con la cabeza antes de que Davin terminara de hablar.

—¿Cómo vamos a conseguir trajes para Mox y los demás? Solo los succiónaremos al vacío. No es algo que quieras ver.

—¿Echando agua fría a todo?

—Mi optimismo ha recibido un golpe últimamente —dijo Opal.

Se desviaron hacia una pequeña tienda que vendía un poco de todo. Incluyendo, afortunadamente, café y sándwiches. Un baño también resultó ser una gran ventaja, y los dos se reunieron en la acera para comer mientras las bicicletas y alguna que otra moto deslizadora pasaban zumbando.

Sentada allí, encorvada con un uniforme desgastado, una chaqueta holgada sobre una camiseta de tirantes que suplicaba por una vuelta en la lavadora, Opal no tenía el porte de una almirante. Su mirada al otro lado de la calle hacia la nada en particular no traía consigo la determinación asesina que Davin normalmente esperaba. La espalda de Opal también parecía vacía sin su rifle largo atado a ella, algo habitual durante su tiempo con los Nueves.

Obligado a elegir un adjetivo, Davin la habría llamado atormentada.

—¿Te está afectando otra vez? —preguntó Davin. Una rápida mirada a la zona sugería que los transeúntes se ocupaban de sus propios asuntos, probablemente no llamarían a Eden para denunciar a Davin—. ¿Recuerdas cómo solíamos lidiar con eso?

—Entraba en los simuladores y hacía volar algunos robots —dijo Opal, mordiendo su sándwich frío de bio-pavo poco a poco—. O Merc me emborrachaba hasta perder el sentido.

—¿O?

La más tenue sonrisa curvó los labios de Opal cubiertos de migas.

—O tú me metías en el siguiente trabajo.

—Exacto. Nada te mantiene lamentándote por el pasado como el futuro.

—No hace mucho que perdí una guerra, Davin. No una pelea de bar, sino una guerra.

—Evitaste que fuera una masacre. Eden iba a ganar cualquier batalla directa, y lo sabes.

—No es lo que les dije a los que luchaban conmigo.

Davin suspiró.

—¿Qué se suponía que ibas a decir? ¿Arriba ese ánimo, chicos, hoy vamos a morir todos?

—Parece funcionar en las películas, ¿no?

Davin se dio un reflexivo mordisco. Saboreó el pan grueso, el queso. Textura real en su boca. Sin duda, el día había sido una gran mierda desde el principio, pero podía aferrarse a esto como un punto brillante.

—Todos lo sabían, Opal —dijo Davin—. Nos aferramos al truco de Vi, pero todos los que salieron contigo ese día sabían que probablemente no volverían a casa. Lucharon de todos modos, en lugar de rendirse.

—Ahora Alyssa los ha echado a perder.

—No puedo decir que su plan tenga mucho sentido. Ya lo ha hecho antes. Con los androides. ¿Recuerdas?

Opal terminó su sándwich, abrió la lata de café frío y se lo bebió de un trago antes de negar con la cabeza.

—¿Estás diciendo que no solo estamos planeando una fuga de prisión, sino un rescate completo de toda la organización? —Davin asintió, Opal se rio—. Toda esa mierda heroica se te está subiendo a la cabeza.

—Salvamos todo una vez, podemos hacerlo de nuevo, y tengo una idea de cómo.

Idea de fuga de prisión número tres: tomar la vía interior. Usar el sistema contra sí mismo. Las nuevas prisiones de la era espacial tenían todas las herramientas modernas, así que no necesitaban alimentar y mantener a tantos guardias. Entrar, someter a cualquiera que se interpusiera en el camino, salir de nuevo.

—¿Tú y yo contra el mundo? —preguntó Opal—. Parece que a tu ecuación le faltan algunos pasos.

—Puede ser —Davin sintió que sus ojos se iluminaban. Normalmente, tendría esa sensación después de un whisky, pero ahora, ya fuera por el café o el pavo, le golpeó una inspiración vigorizante—. Pero déjame rellenar esos huecos para ti. Somos dos de los tipos más duros del sistema solar, Opal. Es hora de recordarle a Eden con quién se están metiendo.

Hablar sobre una fuga de prisión, una revolución en toda regla, llevó tiempo. Moverse por Quito, una ciudad extensa, también llevó tiempo. Las ciudades abovedadas y las estaciones espaciales en los planetas exteriores se mantenían comprimidas, haciendo fácil correr de un vendedor a otro sin tener que atravesar manzanas llenas de tráfico. No así en Quito.

Incluso sin el tráfico, encontrar lo que los dos necesitaban llevó más tiempo del que cualquiera esperaba. Eden no les había dejado llevarse su equipaje del edificio de Alyssa, y aunque tenían el rifle y la pistola robados del guardia de Eden, eso no era suficiente para asaltar una prisión.

Las tiendas de armas no eran exactamente abundantes —no lo eran en la mayoría de los lugares fuera de los límites—, pero algunas preguntas y nuevas pulseras baratas revelaron algunas opciones en las afueras de la ciudad, campos de tiro y tiendas de paquetes de energía escondidas entre la vegetación. Allí, Davin gastó demasiado dinero armándose con lo que pudo encontrar, principalmente otro rifle para Opal, una pistola para él y armaduras absorbentes de láser para ambos.

No exactamente de grado militar, pero al menos no morirían con el primer impacto.

Una cena temprana —arroz, frijoles, cerdo cultivado en laboratorio— y un deslizador alquilado dejaron a la pareja a medio kilómetro del muelle privado de Eden en el puerto espacial de Quito.

El anochecer se instalaba mientras los dos abandonaban su improvisada montura junto a la carretera, colándose de nuevo entre la hierba alta. Acercarse por la parte trasera de esta manera les permitió saltarse los escáneres de entrada del puerto espacial, aunque Davin encontró la caminata aún más difícil con todo el equipo.

La Tierra y su gravedad.

Delante, el puerto espacial de Quito brillaba con luces blancas. El lanzamiento ocasional retumbaba mientras una nave u otra se estremecía hacia el cielo. Dependiendo del motor, las naves dejaban estelas negras o azules, disipando energía o químicos humeantes.

Nada despegaba de Eden mientras caminaban, ambos manteniéndose mayormente en silencio. Habían pasado el día juntos, intercambiando recuerdos e ideas, y ahora se centraban en la misión, las probabilidades en su contra.

Davin pensó que sacaría las bromas de nuevo una vez que empezaran a lloverles disparos.

El muelle de atraque de Eden no tuvo la cortesía de

quedarse sin defender. Una valla de cuatro metros de altura rodeaba el lugar, interrumpida por altas luces cada pocas secciones. La plataforma de lanzamiento se extendía desde el voluminoso edificio del muelle, una plataforma de hormigón gris mayormente innecesaria con la tecnología actual. Y sin embargo, aparcada allí, como si los estuviera esperando, había una pequeña lanzadera de Eden.

—Es para nosotros —dijo Opal cuando Davin mencionó su buena suerte—. Sigue aquí porque se suponía que estaríamos en ella esta mañana.

—Qué amables por esperar.

—Seguro que eso es lo que están pensando —Opal quitó el seguro de su rifle mientras se acercaban a la valla—. ¿Te cubro?

—Siempre es un placer tener a la francotiradora vigilando mi espalda —dijo Davin—. Una vez que empiece el caos, dirígete a la lanzadera y ponla en marcha.

—Sabes que no soy piloto, ¿verdad?

—Solo enciéndela, yo me ocuparé del resto.

Atravesar la valla habría sido complicado si no hubieran planeado para ello. Davin tomó las pesadas tenazas que había estado cargando en la espalda, esperando que fueran suficientemente buenas para cortar los eslabones de la cadena. La valla no tenía alambre de púas en la parte superior, ni advertencias sobre electricidad u otras defensas mortales.

Suerte de la ubicación: Quito probablemente no tenía el comercio o la inversión de Eden que justificara una protección intensa.

—Allá vamos —murmuró Davin. Apoyó las tenazas contra el primer eslabón y cortó.

El eslabón se rompió, el metal separándose con un clic satisfactorio. Davin miró hacia atrás a Opal, le guiñó un ojo. Fácil.

La esperanza duró exactamente un segundo más, hasta

que los reflectores se volvieron rojos y una dura sirena sonó su desaprobación.

—¡Plan B! —dijo Davin, blandiendo los cortaalambres como una espada. Los clavó en los eslabones, cortando y rompiendo tan rápido como sus manos se lo permitían—. Casi estoy.

—Estoy lista —respondió Opal, colocada a un par de metros a su derecha—. No necesitas hacer el agujero grande para mí.

—No es tu tamaño lo que me preocupa —dijo Davin, completando el corte circular.

Pateó la pieza cortada, doblando la sección suelta hacia dentro. El agujero no era exactamente acogedor —pedazos de metal afilado brillaban en todos los lados—, pero una manga rasgada o un corte en la muñeca no merecía la pena preocuparse.

Dejando caer los cortaalambres, Davin atravesó su agujero, recibiendo los arañazos esperados en la cabeza, la pierna izquierda y un molesto enganche en la muñeca derecha que requirió un tirón extra para liberarse.

—Uno viene —dijo Opal—. Apuntando.

Una forma oscura, seguida por varias más a un par de metros detrás, cruzaba la plataforma de aterrizaje en una carrera dura hacia la lanzadera.

Una jugada temeraria, pero Davin podía adivinar por qué: preparada para el despegue, la rampa de la lanzadera estaba bajada y abierta. Dejar que el enemigo entrara haría que todo fuera muy complicado, y probablemente haría que el piloto fuera disciplinado.

Si Davin se salía con la suya, todo seguiría siendo muy complicado para Eden.

El primer disparo de Opal destelló detrás de Davin mientras él iniciaba su propia carrera hacia la lanzadera. En lugar de apuntar a la figura principal, el láser de Opal golpeó un carrito de equipaje cerca de las figuras que seguían. El vehículo con ruedas delgadas crepitó con el impacto, saltando chispas.

—Vamos —murmuró Davin, mirando mientras se arrastraba desde la hierba más allá de la valla hacia el hormigón propiamente dicho—. Sé un héroe.

Opal disparó otro, el láser rojo —de baja potencia— dirigiéndose esta vez a la derecha y golpeando un gran tanque de agua de Emergencia. La cosa bulbosa expulsó vapor, un silbido estridente uniéndose a las alarmas.

El líder de Eden seguía avanzando, bombeando los brazos hacia la lanzadera. Sus refuerzos no eran tan decididos: los disparos de Opal los hicieron retroceder, buscando cobertura.

—Tan perfecto —dijo Davin—. Ahora ponte en marcha.

—Ya me estoy moviendo —respondió Opal, su voz llegando a través de sus pulseras conectadas—. No desperdicies mi apertura.

Davin, con su rifle rebotando contra el pecho mientras corría, sacó su pistola y disparó un par de veces al corredor de Eden que se acercaba. Ambos disparos se desviaron, ambos fallos intencionados lo suficientemente cerca como para disimular, o eso esperaba Davin, el objetivo.

También disparó un par de rayos más hacia el desastre que salpicaba agua, haciendo brotar más vapor del tanque.

Un poco más de caos, un poco más de oportunidad.

Quizás un poco demasiado caos.

—Es rápido —resopló Davin, acelerando el paso mientras el tipo de Eden se acercaba a la lanzadera.

—Probablemente esté acostumbrado a esta gravedad —respondió Opal—. Ya he pasado la valla. He perdido una manga.

—Te verás más guay sin ella.

Davin se situó a diez metros, un sprint directo a través del gris claro. El tipo de Eden tenía la mitad de eso. La rampa de embarque de la lanzadera estaba bajada y extendida, con luces esmeralda amigables corriendo por sus lados. Por lo demás, todo estaba cubierto de rojo oscuro y negro, como suelen ser las emergencias nocturnas.

Un láser azul brillante pasó junto a la nariz de Davin, lo suficientemente cerca como para que el capitán sintiera el calor. Demasiado grande para un disparo de pistola. Alguien allí atrás tenía un rifle y estaba decidido a usarlo.

—¿Opal? —preguntó Davin, tomando la decisión mental de arriesgarse a seguir a pie.

—Un cabroncete valiente —dijo Opal, sus contrarréplicas rojas jugando en la parte delantera de la lanzadera—. Se está escondiendo otra vez.

No se podía decir lo mismo del líder de Eden. El piloto alcanzó la rampa un par de segundos antes que Davin, con los pies golpeando hacia arriba. Davin levantó su pistola, decidió que una pierna asada no empeoraría las cosas demasiado, y disparó. El tiro falló por debajo, desapareciendo por la rendija entre la pierna, la rampa y el casco de la lanzadera, continuando en la noche de Eden.

—No dañes nuestra nave —espetó Opal—. No conseguiremos otra.

—Gracias, mamá —respondió Davin, alcanzando la rampa y sintiendo cómo sus palancas se movían mientras el piloto ordenaba a la lanzadera que se cerrara.

Dos largos impulsos metieron a Davin dentro del pequeño espacio de la lanzadera, no mucho más grande que la destartalada furgoneta prisión de la que habían escapado esta mañana.

El piloto recibió a Davin con una pistola. Davin captó el giro del piloto, su arma apuntando hacia donde debería estar su cabeza, y se agachó. El disparo pasó zumbando sobre su hombro y se incrustó en un desafortunado asiento de impacto.

Davin contraatacó, lanzando su propia pistola. El pequeño arma giró sobre sí misma hasta golpear la cara del piloto, provocando una maldición y un tropiezo, y creando una oportunidad.

Una nave más larga o la gravedad cero habrían convertido la embestida de Davin en una táctica arriesgada. La lanzadera no ofrecía protección en su interior, y si la piloto hubiera tenido más compostura, más tiempo, podría haberlo abrasado prácticamente donde quisiera. En cambio, cuando logró apuntar la pistola en la dirección correcta, Davin ya tenía una mano sobre ella, empujando el cañón hacia abajo.

La piloto disparó de todos modos, el proyectil naranja destellando contra las baldosas metálicas a sus pies.

—Para ya —dijo Davin, arrebatándole la pistola, solo para que la piloto cerrara su puño liberado y le propinara un golpe en el estómago—. Ay, maldita sea.

Bloqueó el siguiente golpe con su mano izquierda, dejando que su derecha tomara la pistola y empujara su cañón caliente justo bajo la barbilla de la piloto. Ella se estremeció al sentir el contacto, pero la cabina de la lanzadera no le dejaba ningún lugar donde huir.

—Estate quieta —dijo Davin, sintiendo palpitar su riñón. Había sido un buen puñetazo—. Estamos tomando prestada la lanzadera, y a ti. Después, te dejaremos ir. Sin daño.

—Que te jodan.

Una respuesta justa, considerando las circunstancias. Sin embargo, Davin no tenía tiempo para jugar a intercambiar insultos.

—Tus amigos van a estar disparándonos en un segundo —dijo Davin—. Si empiezan a hacerlo, voy a pegarte un tiro y probar suerte. ¿Realmente quieres morir por Eden? Porque te garantizo que no harán una mierda por ti.

La piloto no se movió ni un centímetro hacia los asientos del capitán, las palancas de vuelo o los arrancadores del motor. En su lugar, escupió a los pies de Davin.

¿Cuándo se había vuelto la gente tan difícil?

—¡Davin! —llamó Opal, su voz ascendiendo por la rampa

hasta la lanzadera—. ¡Ya es hora de irnos! ¡Mis baterías están casi vacías!

—¿Y bien? —preguntó Davin.

La piloto negó con la cabeza.

—Mi familia depende de este trabajo, no voy a...

Davin metió la mano en su chaqueta con la izquierda y sacó un pequeño táser como el que tenía el guardia de Eden esa mañana. Un pequeño seguro.

Antes de que la piloto pudiera protestar, Davin le clavó el aturdidor, dejándola caer al suelo. Davin, dejando la pistola a un lado, pasó por encima de la piloto y se sentó en el asiento del capitán.

La consola de lanzamiento de Eden le dio la bienvenida, con su logo verde jugando sobre un fondo blanco. Un pequeño texto en la parte inferior le indicaba a Davin que escaneara su identificación para poner las cosas en marcha.

—¿Te importa si tomo esto prestado? —preguntó Davin a la piloto, que se agitaba en el suelo de la lanzadera.

Se inclinó hacia un lado, agarró el brazo de la piloto y la pulsera adjunta, la tocó contra la consola de la lanzadera, y el aparato cobró vida útil, dando la bienvenida a Zoelie a su lanzadera.

—¡Opal, entra aquí! —llamó Davin, golpeando las dulces opciones ahora disponibles.

Los motores de la lanzadera se activaron con un agudo y delicioso zumbido. Las luces interiores se encendieron, y los pequeños pero estándares escudos de la nave florecieron. Un fuego de armas pequeñas repiqueteaba contra la lanzadera; los guardias que se apresuraban fuera se daban cuenta de que su compañera había perdido. Los rifles y pistolas podían dañar la nave, claro, pero no con el campo de absorción de energía activado.

A menos que Eden mantuviera artillería real en sus puertos espaciales de poca monta.

—Por favor, que no sea el caso —murmuró Davin.

Envolvió sus manos alrededor de la palanca de vuelo de la lanzadera mientras Opal subía. La rampa de embarque se cerró tras ella, señal para que Davin despegara.

—¿Adivina quién vuelve a pilotar? —preguntó Davin mientras Opal asomaba la cabeza a su lado. La pregunta obvia en su rostro no era la que Davin había hecho—. Zoelie no quería el trabajo, así que le estoy dando tiempo para que lo piense.

—Entonces la pondré cómoda.

Fuera, la lanzadera se alineó con esos focos rojos. Los escudos se mantuvieron firmes, la nave emitiendo una suave nota que indicaba a Davin que estaba recibiendo impactos inútiles. El radar rudimentario no mostraba nada en curso de intercepción, aunque una llamada entrante del control de vuelo de Quito rogaba ser respondida.

—¿Qué está pasando ahí? —dijo algún pobre diablo cuando Davin atendió la llamada.

—Mucha confusión —respondió Davin—. No te preocupes.

—¿Que no me preocupe por tiroteos alrededor de mi puerto espacial?

—Yo llamaría a Eden para quejarme —dijo Davin—. Solo estoy siguiendo sus órdenes.

Mientras hablaba, Davin consultó el plan de vuelo previsto, la ruta iba exactamente donde él y Opal sospechaban: una prisión orbital particularmente desagradable.

—Lo haré —dijo el control de vuelo—. ¿Cuál es tu nombre, para saber a quién culpar?

—Heath Swane —respondió Davin—. Diles que Heath se aburrió y decidió que esta noche era la noche para largarse de esta ciudad.

Suponiendo que eso concluía la conversación, Davin cerró la transmisión y echó un vistazo a su tripulación. Opal hacía uso de los preparativos de prisión de la lanzadera, tomando esposas aturdidoras de un casillero cerca de la escotilla y dejando inofensiva a la piloto. Los efectos del táser parecían estar desapareciendo, a juzgar por las maldiciones más inteligibles, insultos y vitriolo general que salía de los labios de la piloto tanto en Común como, Davin adivinó, en español.

—¿Todo bien ahí atrás? —preguntó de todos modos.

—Bien —respondió Opal. Zoelie también respondió, llamando a Opal algo particularmente atroz. Opal se rio—. Es divertida.

—También tiene buen puñetazo.

Si el estómago de Davin aún le dolía, la lanzadera no mostraba efectos adversos por la desesperada andanada de Eden. Ya se habían elevado más allá del alcance de las armas pequeñas, Quito desapareciendo bajo las nubes mientras la atmósfera superior de la Tierra se convertía en un paisaje estelar cada vez más abarrotado.

Hubo un tiempo en que esos puntos eran estrellas reales. Ahora Davin suponía que casi todos eran satélites, estaciones espaciales o naves estelares zumbando alrededor. Las viejas estrellas estarían allí atrás, escondidas.

—Estoy seguro de que Eden llegará a vosotras eventualmente —murmuró Davin.

La lanzadera manejaba su propio pilotaje ahora, canalizándose a lo largo de la ruta pre-trazada. Todo lo que Davin tenía que hacer era sentarse, observar e intentar convencer a su rehén para que colaborara.

Eventualmente, la estación penitenciaria preguntaría por qué demonios su lanzadera llegaba tan tarde, y a diferencia de esos pequeños trabajadores en el puerto espacial de Quito, la prisión tendría las armas para convertir la lanzadera en cenizas.

En ese momento, lo único que mantendría a Davin y a Opal con vida estaba sentado detrás de él, y por los sonidos, ella todavía tenía algunos problemas de ira.

Era hora de que el sinvergüenza desplegara su encanto.

CAPÍTULO 10
INTRUSIÓN

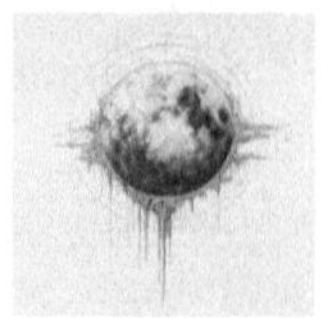

Un pellizco, un grito y una avalancha impregnada de androides, conspiraciones y situaciones desesperadas dejaron a la pobre piloto de Eden con ojos furiosos y una mano derecha temblorosa. Los dedos de Zoelie tamborileaban sobre el ligero cojín del asiento, contra el que se presionaba con fuerza mientras la lanzadera ascendía hacia la órbita de captura rumbo a la prisión personal de Eden.

Opal había intercambiado posiciones con Davin, llevando sus tibias habilidades de pilotaje a la parte delantera de la lanzadera. En cualquier momento, la prisión de Eden comenzaría a hacer toda una serie de preguntas incisivas para las que Opal no tenía buenas respuestas. Tendría que mentir, evadir y manipular, todas cosas que la francotiradora hacía tan bien como Davin cantaba canciones pop en el karaoke.

En otras palabras, si Davin no conseguía que Zoelie y sus códigos de acceso, procedimientos de acoplamiento y autoridad general estuvieran de su lado, este iba a ser un viaje muy accidentado.

—¿Me vas a pagar? —preguntó Zoelie después de reflexionar sobre todos los escenarios de pesadilla de Davin.

—¿Qué dices?

Davin formuló la pregunta sentado a la derecha de la piloto, al otro lado del estrecho pasillo que dividía la lanzadera. Había dudado si tomar el asiento justo al lado de la piloto, pero esa proximidad invasiva parecía un tanto agresiva, así que ahora se giraba hacia ella como un pasajero molesto que simplemente no podía evitar hablar con alguien durante el viaje.

La mirada fulminante de Zoelie reforzaba esa impresión.

—Me estás pidiendo que traicione a Eden, que me paga el sueldo. Eden paga por mi apartamento, mi perro y mi coche, que tiene un eje trasero de mierda a punto de romperse —dijo Zoelie, con un tono que sugería que había bastantes otras demandas en su cuenta bancaria también—. Así que si me pides que corte esos lazos, más te vale estar dispuesto a reemplazarlo con algo.

—¿Supongo que una conciencia limpia no cuenta mucho?

—¿Acaso compra plátanos?

Davin hizo una mueca y miró hacia la cabina. La lanzadera había dejado atrás la franja blanca azulada de la Tierra, el calor de la atmósfera sustituido hacía tiempo por el frío del espacio. En un par de minutos más, uno de esos puntos parpadeantes a la vista se convertiría en su futuro hogar.

—Mira —dijo el capitán de los Nueves Salvages, soltando un profundo suspiro—, no quería llevar la conversación por este camino, porque pareces una buena persona...

—No lo soy. Hago vuelos de mierda para Eden. Mi vida es una farsa.

—Me equivoqué —Davin asintió a nada, a nadie—. ¿Significa eso que amenazarte no me llevará a ninguna parte?

—Bingo, amiguito.

—¡Davin! —llamó Opal desde atrás—. Nos están contactando. Puedo ganar un minuto alegando dificultades técnicas, pero más te vale tener algo pronto.

—No soy yo quien tiene que convencer —murmuró

Davin. La piloto ceñuda mantenía los brazos cruzados, un público difícil—. ¿Qué te parece otra cosa, entonces?

—¿Qué? —preguntó Zoelie, sin una pizca de confianza en su voz.

—Aventura. Láseres. Acción. Una historia que contar a ese bombón del bar con quien siempre has querido hablar, pero nunca sentiste que tenías algo que decir.

Zoelie parpadeó. Un rubor amenazó con aparecer, pero luego se desvaneció en un ceño fruncido. Opal llamó de nuevo a Davin, esta vez seguido de una maldición.

—¿Y bien? —preguntó Davin—. Última oportunidad de hacer algo que merezca la pena recordar.

El ceño fruncido se asentó, se suavizó. Zoelie casi, casi sonrió.

—¿Dijiste que eres el héroe de la Tierra?

—Lo dije, y te garantizo que esto no va a ser aburrido.

A pesar de las palabras de Davin, Zoelie fue tan aburrida como podía serlo mientras intercambiaba códigos y coordenadas con la estación penitenciaria de Eden. El cilindro que orbitaba la Tierra proporcionaba detalles, desde exigencias sobre la velocidad de vuelo hasta números de puerto de acoplamiento, mezclándolos con las preguntas esperadas sobre por qué llegaba tan tarde, quiénes eran sus prisioneros, y demás. Zoelie respondió a cada pregunta echando la culpa donde correspondía: a los superiores universalmente burlados. Habían sido los mandamases de Eden quienes habían retrasado su lanzamiento, había sido un cambio inesperado de prisioneros lo que había confundido todo, y eso también explicaba por qué la estación penitenciaria no tenía nombres en su manifiesto de entrada.

—Dos saboteadores. Voz Roja —dijo Zoelie, repitiendo lo que Davin le había dicho cuando había silenciado la comunicación—. Tipos desagradables. Tampoco tengo ninguna ayuda aquí, pero están esposados y esperando.

La estación penitenciaria se lo tomó tan bien como cabía

esperar, las protestas y maldiciones se desvanecieron ante la inevitabilidad. Su bahía de acoplamiento cambió a una de máxima seguridad, y el control de vuelo de Eden dijo que habría mucho respaldo.

No era exactamente lo que Davin quería. Así que propuso una nueva historia.

—Lo siento, tendréis que cambiar ese plan —dijo Zoelie, siguiendo el juego—. Son bioterroristas. Se han infectado con algún nuevo virus desagradable. Poneos vuestros trajes de vacío para estos dos, y yo no arriesgaría a más gente de la necesaria.

Siguieron más maldiciones. La bahía de acoplamiento cambió por tercera vez, requiriendo ahora un atraque manual. Preguntaron a Zoelie si podía ayudar a escoltar a la pareja, a lo que ella accedió, diciendo que ya había estado expuesta.

—¿Y no estás muerta? —llegó la pregunta.

—Supongo que solo tengo genética afortunada.

La fascinante charla continuó mientras la estación penitenciaria se alzaba desde la negrura, su sombreado plateado y verde haciendo poco por hacer atractiva su vasta forma de rodillo. Las ventanillas eran escasas y distantes entre sí, con gruesas placas cubriendo el exterior. Davin no tenía que adivinar por qué: Eden y la Tierra meterían allí a sus peores prisioneros, y ninguno de ellos merecía una buena vista.

Tampoco merecían una oportunidad de rescate por parte de algún subordinado con una nave y un deseo de muerte. El grueso casco podía soportar un aterrizaje forzoso y mantener fuera a los bandidos, ganando tiempo para que las fuerzas de defensa de la Tierra llegaran con sus lentos traseros y láseres calientes. Por lo que Davin sabía, ni un alma había escapado por medios que no fueran mortales o legales, y los Nueves Salvages no tenían esperanza de lo segundo.

Peor aún, cerca del cilindro de la prisión flotaba una fragata maltratada. La nave de Heath Swane no navegaba sola: su volumen parecía retorcerse mientras naves robóticas de reparación se movían a su alrededor, reemplazando placas dañadas y soldando otras nuevas en su lugar. Tan cerca de la Tierra, el trabajo no llevaría mucho tiempo, y entonces podría...

¿Qué, exactamente? Con sus dobles androides haciendo de las suyas en la superficie de la Tierra, burlándose del plan idiota de Alyssa, Heath no tenía necesidad de derivar cerca de una prisión.

—Quizá nos tiene tanto miedo —reflexionó Opal mientras la piloto dirigía la lanzadera en el último tramo antes del acoplamiento—. Ni siquiera confía en que una prisión de Eden pueda retener a los Nueves.

—¿Los qué? —preguntó Zoelie, a quien ambos ignoraron.

—Casi soy lo suficientemente vanidoso como para creerte —respondió Davin—, pero no creo que Heath sea tan obsesivo. Eden debería estar coronándolo ahora mismo. Salvó sus culos y podría haber resucitado el programa androide al mismo tiempo. Debería estar recibiendo una fiesta de héroe.

—Supongo que tendrás que preguntárselo tú mismo.

—Eso significaría hablar con él. Me parece que si veo a Heath, lo primero que haré será dispararle un láser por la garganta.

Opal frunció el ceño.

—¿Cómo crees que funcionaría eso, Davin? ¿Dispararle un láser por la garganta? ¿Tienes una pistola tan pequeña?

—Cállate, Opal.

Incluso Zoelie, la del ceño perpetuo, se rio.

El aterrizaje llegó y pasó con una suave precisión que ridiculizaba los continuos traqueteos de Davin y Phyla con el *Jumper*. No era tanto un reflejo de la habilidad de Phyla como de cómo las bahías donde atracaban gestionaban sus atraques. Eden prefería estándares estrictos, un cuadrado blanco con halo contra metal pintado de negro que daba a la piloto una zona clara para aparcar la lanzadera. El resto de la bahía, marcada para entregas de prisioneros sensibles, tenía señales de peligro biológico resplandeciendo en las paredes. Esos diagramas giratorios y entrelazados se reflejaban en los uniformes verde bosque del personal de Eden que les recibía, un cuarteto sellado de pies a cabeza con lo que podrían haber sido trajes espaciales antiguos.

Dos llevaban porras aturdidoras en sus gruesos guantes, uno sostenía una tableta tecleando sin parar, y el último deambulaba alrededor de la lanzadera mientras aterrizaba, aparentemente curioso por si había polizones en el exterior.

—No hay forma de que se puedan mover bien con eso —dijo Opal mientras ella y Davin tomaban posiciones a ambos lados de la puerta de embarque—. Cada uno toma una porra, y entonces empieza la diversión.

Aunque Davin era fan de la aparente sed de sangre de Opal, tenía algunas reservas sobre iniciar una pelea en una prisión gigante. Eden tendría refuerzos, y vendrían corriendo con láseres bastante rápido. Aturdir a estos cuatro no sería...

—Espera —dijo Davin—. Tengo una mejor idea.

—Me pongo nerviosa cuando tienes ideas, Davin.

—No es mía. La robé de una película.

El suspiro de Opal decía todas las cosas equivocadas, pero para cuando Davin terminó la explicación, cuando Zoelie desbloqueó la puerta y bajó la rampa, la francotiradora había aceptado.

Zoelie saludó al par que subía pesadamente a la lanzadera, los dos guardias patosos con las porras aturdidoras. La pareja miró más allá de la piloto hacia Opal y Davin, ambos sentados en sus asientos con esposas aturdidoras descansando en sus muñecas. Expresiones sombrías junto con hombros caídos y un afectado sollozo o dos completaban la imagen de prisioneros que esperaban una eternidad rodeados de espacio y acero.

Los guardias de Eden le dijeron a la piloto que se largara. Tendría informes que rellenar sobre todo mientras la lanzadera recargaba sus baterías para el regreso a casa, y Zoelie no protestó, se escabulló y bajó. Si la apelación de Davin y su promesa de la gran cuenta bancaria de Alyssa funcionaría era irrelevante ahora: no podía hacer una maldita cosa excepto esperar que la conciencia de la mujer se pusiera de su lado.

A su lado ahora, pero ciertamente no de su parte, estaba el guardia de Eden, cerniéndose sobre él con la porra aturdidora crepitando junto a la oreja de Davin. El traje cubría la cara del guardia con plástico sombreado, un escudo que hizo que la sorpresa de Davin fuera más fácil: su mano izquierda agarrando la empuñadura de la porra mientras su derecha golpeaba la barbilla del hombre.

El guardia gruñó, tropezó hacia atrás cruzando el estrecho pasillo hacia el asiento de Opal. La francotiradora se levantó, lanzó sus esposas aturdidoras y el vínculo entre ellas sobre el cuello del guardia y apretó con fuerza. Los ahogos comenzaron mientras el compañero del guardia, maldiciendo, intentaba levantar la porra, solo para dudar. Un problema difícil: ¿salvar a tu amigo en apuros o lidiar con el enemigo que arrancaba la porra aturdidora del mismo?

Davin ayudó al guardia a responder la pregunta tomando esa porra aturdidora liberada y empujándola, estilo lanza, hacia la persona (los trajes impedían saber si un hombre, mujer o androide se ocultaba debajo). El guardia de Eden se echó hacia atrás, tropezando con las gruesas botas, mientras su colega seguía emitiendo sonidos guturales junto a Davin.

—Deja de resistirte y ella no te matará —dijo Davin, dando un ligero salto sobre las botas que pateaban.

Eden mantenía su prisión girando, generando suficiente gravedad para impedir que huesos y músculos se convirtieran en papilla, pero un pequeño giro permitía mucha elevación para piernas recién salidas de la Tierra. La cabeza de Davin rozó el techo de la lanzadera y encogió sus rodillas en una voltereta, liderando con la porra en una exhibición que podría haber encajado en un circo de bajo presupuesto.

Su objetivo no tenía ni idea de qué hacer. Con una mano

estabilizándose tras la inestable retirada, la otra agitaba la porra hacia la forma que se acercaba de Davin. Un simple empuje apartado por el agarre a dos manos de Davin, el giro girando a Davin lo suficiente para que su hombro liderara el impacto. La pareja cayó contra la popa de la lanzadera, pasando junto a la puerta de embarque abierta.

No era exactamente el plan, eso, y ciertamente no ayudaban los gritos más allá. El que tecleaba en la tableta y su amigo estarían haciendo todos los anuncios equivocados.

Lo que significaba que Davin necesitaba una nueva idea. La película sugería que un simple noqueo y cambio de disfraz comprarían a Davin y Opal una entrada rápida, pero sin eso...

El guardia golpeó a Davin con la cabeza, el duro plástico haciendo estragos en la sien derecha del capitán. Davin ignoró las estrellas y clavó la empuñadura de su porra aturdidora en el pecho del guardia, antes de soltar su mano derecha para agarrar el arma salvaje del guardia. El alcance puso la espalda de Davin contra el guardia, haciéndole sentar, tanto como podía, en el regazo del guardia.

Una pose ridícula, terrible, pero mantenía el maldito extremo chispeante lejos de adormecer el vientre de Davin, así que la mantuvo. Clavó los codos en el blando traje, provocando gruñidos y gemidos cada vez, pero pequeños moretones no ganarían esto. Y con nuevas caras con traje apareciendo en la rampa de embarque, Davin no podía permitirse jugar a largo plazo.

La lanzadera se sacudió. Los motores rugieron hasta la vida de emergencia, enviando la lanzadera en un giro brusco hacia un lado. El que tecleaba en la tableta y su camarada en la rampa salieron volando hacia aterrizajes duros, mientras Davin y su compañero de boxeo se separaban volando. Davin se estrelló contra y rodó sobre la última fila de asientos, deteniéndose con un agarre delirante en un viejo cojín. Las porras aturdidoras golpeaban alrededor, sus extremos adormecedores apagándose sin presión en las empuñaduras.

Durante su rápido vuelo y giro, Davin había visto la causa del repentino chasquido de la lanzadera: Opal, con su guardia aturdido en el suelo, había ido a la silla del piloto y había usado su absoluta falta de habilidad para volar para enviar la nave a un frenesí.

—¡Davin! —gritó Opal—. ¡Mueve tu culo aquí y pilota esta cosa!

Llegar a cualquier parte mientras se está en una lanzadera que da vueltas, girando en el sitio, era un desafío. Davin se arrastró hasta el pasillo, vio cómo el guardia asfixiado pasaba retumbando, luego se lanzó una fila adelante cada vez. Ir a la bahía de acoplamiento de peligro biológico había dado más dividendos de los esperados, ya que su espacio vacío significaba que la lanzadera podía hacer la maniobra estúpida sin aplastarse.

Al menos por el momento.

—Aterrízala —gritó Davin a la francotiradora, que estaba tirada entre ambos asientos de pilotaje, agarrando la consola para mantenerse estable—. No estamos...

—Actúas como si supiera cómo hacer eso —gruñó Opal en respuesta—. Presioné un par de botones, Davin. No soy piloto.

Siguió lo último mirando a un lado y vomitando algo de pasta nutritiva por el suelo, un parche que Davin esquivó con otro salto bien sincronizado. Esta vez rebotó contra el techo y encontró descanso en la silla del piloto, lanzando a Opal una mueca comprensiva (sus propias tripas también se revolvían) y analizando lo que ella había hecho a la lanzadera.

Dar manotazos a unos cuantos botones aleatorios en una nave espacial no debería lanzarla a un pánico giratorio, pero Opal había logrado hacer lo único que podría: había reiniciado los propulsores de maniobra y había empujado el timón todo a estribor. Davin lo invirtió, y la lanzadera suspiró en un suave aterrizaje. El capitán no esperó a que la nave se asentara, y tampoco lo hizo Opal.

La francotiradora, limpiándose el vómito que goteaba, se tambaleó por el pasillo hacia los guardias con traje. Por el camino, Opal recogió una porra aturdidora del suelo, activó su poder de choque y la clavó en la pareja antes de que pudieran hacer más que levantar una mano indefensa. Davin, siguiéndola, agarró la otra arma, y juntos bajaron tambaleándose por la rampa hacia la bahía.

El de la tableta y su amigo yacían arrugados junto a la pared lateral, lanzados a velocidades altas y duras contra el metal. Ninguno se movía, y Davin no fue a mirar más de cerca. Si vivían o morían no era una pregunta que necesitara o quisiera responder en ese momento.

Preferiría un recuento bajo de cadáveres, pero no a costa del suyo propio.

Zoelie esperaba junto a la salida de la bahía, con la boca aún boquiabierta por lo que acababa de ver. Cuando Opal y Davin se acercaron, Zoelie comenzó a decir que la pareja estaba tan jodida, solo para que Opal la pinchara con la porra aturdidora, dejando caer a la piloto allí mismo en la puerta.

—Eso ha sido mezquino —dijo Davin.

—Un acto de bondad —respondió Opal mientras se deslizaban más allá de la puerta hacia el pasillo—. Ahora tendrá una excusa lista, como víctima de prisioneros buscados. Eden no la despedirá por eso.

—Eso dices tú —. Pero Davin podía conceder el punto. Ser apuñalado-aturdido por enemigos era solo otro riesgo del empleo en Eden—. ¿Y ahora adónde?

—Simple. Saneamiento.

La lógica de Opal era difícil de refutar: ni ella ni Davin parecían pertenecer a la estación. El lugar con menos probabilidades de escapar a una inspección minuciosa, con más probabilidades de estar lleno de robots en lugar de personal de Eden, serían los vastos tanques que convierten la mierda de los prisioneros en consumibles. Llegar allí desde la bahía de descontaminación podría haber sido una prueba imposible. En cambio, mientras Davin y Opal miraban las paredes cubiertas con signos ruidosos (todos rojos, negros y oficiales), el vertedero de la prisión estaba en su nivel, justo a la derecha.

—Supongo que tiene sentido poner toda la mierda infectada cerca del incinerador —murmuró Davin mientras él y Opal giraban por el pasillo curvo.

Eden hacía sus prisiones espaciales de la misma manera que sus naves: con una actitud de escasez desaliñada. Las paredes y el techo, aparte de las advertencias oficiales, tenían manchas y marcas. Las líneas entre las placas generaban zarcillos oxidados aquí y allá, mientras que el polvo salía de los conductos de ventilación que llevaban mucho tiempo sin limpieza. Al menos corría aire suave, lo que demostraba que la prisión no había descuidado lo esencial absoluto.

—¿Y quieren que esta empresa dirija el sistema solar? ¿En serio? —dijo Opal en voz baja mientras pasaban junto a habitaciones oscuras.

Oficinas vacantes, armarios de suministros y otros pasillos desconocidos, todos sellados con escáneres de seguridad parpadeantes. Que no sonara ninguna alarma, que no vinieran guardias corriendo hacia ellos a pesar del percance de la lanzadera, era a la vez asombroso y extraño. Sin mucha explicación, Davin quería achacarlo a la incompetencia de Eden, pero la proximidad de Heath Swane sugería algo tanto más estúpido como más siniestro.

—¿Qué, crees que esto es otra estratagema? —preguntó Opal mientras el pasillo continuaba su envolvente—. ¿Heath nos deja organizar un asalto a la prisión para que sus androides nos atrapen?

—Parece tan probable como cualquier otra cosa —respondió Davin—. Eden es terrible, pero no puedo imaginar que sean tan perezosos.

Esa pregunta se puso de nuevo a prueba cuando llegaron a la entrada de saneamiento, una puerta doble hacia adentro de nuevo cerrada con un panel de seguridad. La prisión no funcionaba con tarjetas de identificación fácilmente robables, en su lugar exigía tanto una huella digital como una identificación de voz para abrirse, un hecho que Davin descubrió cuando tocó el escáner y encontró poco margen de maniobra.

—Podría darle una descarga —dijo Opal, encendiendo y apagando la porra para que pequeñas chispas saltaran al aire—. Tal vez se cortocircuite.

—Estás sintiéndote violenta hoy.

—Oh, lo siento, Davin. ¿Es demasiado para ti?

—Solo porque Marc no esté aquí no significa que tengas que ser mala.

Opal se rio, luego invirtió su agarre y golpeó la puerta doble con la mitad trasera de la porra aturdidora. El sonido resonó.

Davin resopló.

—¿Qué vamos a decir, que estamos vendiendo seguros?

—Si son lo suficientemente tontos como para abrir esta puerta, no vamos a decir nada.

También quedó sin decir el plan si la puerta no se abría. Volver por el pasillo los haría correr, Davin tenía que imaginar, hacia algún tipo de resistencia de Eden. Incluso si no, asumiendo que todos los caminos fuera del nivel estaban cerrados, significaba que Davin y Opal estaban atrapados, y había pocos infiernos más desagradables que un corredor de prisión espacial para quedar atrapado.

Davin estaba a punto de expresar ese resultado nefasto cuando la puerta se estremeció y se separó.

—Vaya, vaya, vaya —dijo el hombre que estaba dentro, uno que Davin no esperaba, definitivamente no esperaba ver de nuevo—. Qué agradable verte después de todo este tiempo.

El capitán de los Nueves Salvages no dijo una palabra. Preparó su puño izquierdo, sin porra aturdidora, y golpeó.

Algunas personas solo merecen un puñetazo en la cara.

CAPÍTULO 11
CARAS CONOCIDAS, NUEVAS IDEAS

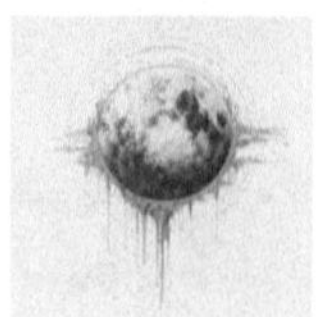

Uros, el barbudo y silencioso capitán rebelde, había adoptado una dieta severa y un mono sucio y manchado. Aquella barba, espesa, pelirroja y salvaje, parecía ser lo único que se aferraba a lo que había sido el hombre, y Davin sintió que su puñetazo se enredaba en sus cerdas, perdiendo fuerza antes de conectar con la barbilla de Uros. El hombre retrocedió un paso y luego estalló en una risa desquiciada.

—¿Después de todo este tiempo, ese es el puñetazo que lanzas? —declaró Uros mientras Davin miraba su mano derecha como si fuera un traidor.

Noquear a alguien nunca había sido el fuerte de Davin, pero ¿la risa? Eso era insultante. Ahora tendría que ir a practicar.

El saludo de Opal resultó mejor en la escala humana, la francotiradora extendió la mano y estrechó la de Uros antes de atraer al hombre a un abrazo amistoso. Después, Opal examinó al capitán antes de declarar que el hombre tenía un aspecto terrible.

—El estilo de vida de Eden no me sienta bien —respondió

Uros, seguido de un gesto de pesar—. Me da la impresión de que a vosotros tampoco os sienta bien.

—¿Por qué dices eso? —Davin se inclinó alrededor de Uros, mirando hacia el nido oscuro y retumbante detrás del hombre—. Somos adaptables.

—Porque estáis huyendo. —Los ojos de Uros brillaron al hablar.

—¿Tan obvio es?

Opal resopló y luego pasó junto a Uros. Davin la siguió, y la puerta se cerró silbando. Las instalaciones sanitarias de la prisión espacial se extendían, un laberinto de varios niveles de tuberías, piscinas y rotores giratorios que garantizaban que cada posible fluido, alimento o compuesto químico que pudiera reutilizarse fuera limpiado y devuelto a la rotación.

La economía de la vida en el espacio no exigía menos.

Salpicaduras y manchas añadían color a los avisos y demandas estándar colgados en la pared, todos ignorados por los prisioneros apáticos que trabajaban en diversas áreas, limpiando lodos demasiado espesos, basura o sus propios demonios de lugares donde no pertenecían. Uros no fue mucho más allá de los pocos pasos que ya habían dado, examinando el lugar con ellos con su barbilla peluda y un aire de orgullo.

No exactamente la vibra que Davin habría esperado, dado el olor que retorcía la nariz y el peso que pudría las entrañas en el aire, pero todo el mundo está hecho diferente.

Opal expuso las circunstancias y la idea de liberar a los Nueves y demostrar que la jugada de Heath Swane era una mentira. No entró en el detallado plan maestro de Alyssa para hundir el mercado, una omisión que Davin no corrigió, porque pensaba que el plan era francamente descabellado. Una consecuencia de demasiadas horas a solas con sus propios pensamientos.

Sería más fácil simplemente tomar un soplete y quemar los bits de Eden y esperar a que se rindan.

—Entonces déjame tranquilizarte —dijo Uros mientras Opal terminaba—. No tendréis que liberar a vuestros amigos.

—¿Cómo has dicho? —preguntó Davin.

—Esta es una prisión de Eden. Solo unos pocos guardias. Creo que los que ya habéis herido son prácticamente todos los que hay en la estación.

Esa frase, después de hacer que Davin comprobara su realidad, provocó más de una pregunta y una respuesta mordaz de Uros. Esa misma economía del espacio exterior, junto con el deseo de Eden de reducir gastos por cualquier medio necesario, significaba que los prisioneros eran dejados a cargo. No había cápsulas de escape, ni lanzaderas para capturar, ni formas de salir de la estación, y si los prisioneros no mantenían las cosas en buen estado, todos morirían.

Lo que, por lo que Uros podía decir, le convendría perfectamente a Eden.

El administrador simbólico y el trío de guardias que Eden mantenía estacionados existían solo para supervisar los envíos de suministros y arrojar a los recién llegados a los niveles centrales, donde todos los prisioneros vivían, luchaban y aceptaban, a veces con amenazas, sus tareas asignadas.

—¿Quién les asigna sus tareas? —preguntó Davin.

—Es una lista, y la gente ocupa los puestos. Si holgazaneas, no comes. —Uros asintió mientras hablaba—. Funciona, en su mayor parte.

Que un grupo entero de rebeldes, criminales y alborotadores aleatorios se uniera para mantener en funcionamiento una prisión espacial parecía inverosímil, pero Uros presentó el argumento convincente de que mantenerse vivo, alimentado y libre de tus propios desechos tendía a motivar a la gente. Más allá de eso, Eden entregaba películas baratas, libros y diversiones para pasar los días.

—Para algunos aquí, es mejor vida de la que tenían —concluyó Uros, momento en el que Davin estaba frotándose la frente y Opal se apoyaba, con los ojos cerrados, contra la pared cercana—. Podríais encontrarla así.

—Sí, pero no —murmuró Davin—. No nos quedaremos aquí. Mi nave está en la Luna, y hay gente cerca de Saturno que depende de nosotros.

—¿Entonces queréis marcharos?

—Uros, ¿fue tu capacidad para ver lo obvio lo que te llevó al sillón del capitán?

—Eso, y mi buen aspecto.

Davin parpadeó, tomó una respiración profunda de la que inmediatamente se arrepintió, y luego tosió hasta llegar a otra pregunta.

—¿Alguna idea de cómo salimos de este lugar?

—¿No vinisteis aquí en una lanzadera?

Vaya, otra vez con lo obvio. Junto con las revelaciones del hombre de que Eden consideraba su prisión espacial como un sumidero de dinero mejor ignorado, Davin se dio cuenta de que tal vez estaba pensando demasiado. Quizás, habiendo llegado hasta aquí, podrían entrar tranquilamente y sacar a su tripulación.

Un paso a la vez, entonces.

El acceso a la estación venía cortesía de esos teclados y cambios de código diarios entregados a los prisioneros que asumían los trabajos de cada área. Decide palear basura con Uros y teclearías tres-dos-tres-uno y te taparías la nariz cuando llegaras. Salir era una elección más simple, que Uros explicó dando a Davin y Opal direcciones al anillo central de ascensores de la prisión espacial.

—¿No se interpondrán esos guardias en nuestro camino? —reflexionó Davin mientras Uros les guiaba de vuelta a la salida del sector de sanidad, con su turno lejos de terminar.

—No les pagan lo suficiente. Si se están moviendo, os dejarán en paz.

La confianza en la voz de Uros sugería más de un altercado que se había dejado pasar. Como Davin y Opal todavía tenían las porras aturdidoras, el capitán no insistió en el asunto. Podría ser agradable tumbar de nuevo a esos vagos de Eden si aparecían al alcance.

El hecho de que su caminata transcurriera sin interrupciones reivindicó el juicio de Uros. Por mucho que a Davin le molestara dar crédito al capitán rebelde, ni un alma acosó a Davin y Opal durante su paseo, y el triángulo central de ascensores vino, efectivamente, sin seguridad. Un único botón llamaba al ascensor más cercano, y cuando llegó, el cubo sin características dividió sus opciones en dos: a la izquierda, un solo botón que declaraba la planta principal. A la derecha, un teclado y un simple cartel que enumeraba códigos para los niveles de los bloques de celdas y la cafetería.

—Introduce el código, alcanza tu destino —dijo Davin, preguntándose qué pasaría si empezara a pulsar números aleatorios.

—Mantén esos pensamientos intrusivos para ti —replicó Opal, golpeando el botón único y moviendo su cuerpo para bloquear el alcance de Davin.

—Es como si pensaras que no puedo controlarme.

—Años de experiencia me darían la razón.

Davin resopló. —¿Sabes? Podría lanzarte uno o dos insultos, pero no lo hago porque soy un buen tipo.

—¿Ah, sí?

La sonrisa burlona de Opal forzó una respuesta con un suspiro.

—Vale, es porque podrías hacerme cosas terribles con esa porra.

—Exactamente.

El ascensor terminó la horrible conversación con una declaración audaz: la pared trasera se abrió hacia lo que parecía puro caos. La abarrotada prisión de Eden hacía un uso denso de su espacio, con el anillo central dedicando algunos pisos a recreación al aire libre antes de llegar a un duro techo de cilindro interior donde comida, entretenimiento y otras opciones esperaban a través de ascensores abiertos. Los bloques de celdas se situaban encima del patio principal, los ascensores centrales y las escaleras perimetrales eran las únicas formas de subir o bajar.

Los prisioneros demostraban el débil agarre de la gravedad con retozos salvajes, participando en absurdos juegos de baloncesto, levantamiento de pesas y otras actividades atléticas ociosas que habían ganado devoción en la atmósfera de la amigable física del espacio. Otros permanecían en grupos aturdidos, lanzando cartas o boquiabiertos en miradas simultáneas y silenciosas a la nada, la mirada abismal que Davin había visto con demasiada frecuencia entre sus compañeros en Vagrant's Hollow mientras contemplaban una vida larga e inmutable.

Mezclándolo todo había una banda sonora pulsante, en ese momento un bajo palpitante y rebotante que hacía que cualquier palabra hablada fuera ininteligible. La música resonaba en las paredes metálicas, un desastre de ruido que a nadie parecía importarle.

—Tortura —murmuró Opal mientras entraban en el espacio—. Eso es lo que es.

—No veo a nadie intentando salir.

—Dales una manera, Davin, y creo que tendremos un montón de nuevos amigos.

La pregunta, sin embargo, era ¿dónde se habían ido sus viejos amigos? Mox debería haber destacado entre este grupo con facilidad, pero el exoesqueleto del hombre grande no apareció. Phyla y Merc no se acercaron con comentarios sarcásticos sobre la tardía llegada de Davin, mientras que Viola y Riley no estaban merodeando a un lado, confundidas y preocupadas por los alborotadores reunidos de Eden. Si los Nueves estaban aquí, habían sido escondidos en otro lugar.

—Dos opciones, entonces —dijo Opal mientras seguían abriéndose paso en la mezcla, sin llamar la atención en absoluto. Davin se dijo a sí mismo que nadie esperaría verle aquí, así que su celebridad no era reconocida, aunque era un poco duro para su vanidad que ni un alma dejara siquiera una mirada persistente en el capitán—. O bien escrutamos todas las celdas buscándolos, lo que realmente no me apetece, o nos ponemos un poco raros.

—Opal, no sabes cuánto tiempo he estado esperando que dijeras eso.

—¿Qué, raros?

—Siempre tan seria, es hora de que te unas a la peculiar marca de los Nueves Salvages.

—¿Tenemos una marca?

Davin desechó las palabras con un gesto, le preguntó a Opal qué estaba pensando, y la francotiradora lo explicó. Necesitaban dos cosas: encontrar a sus amigos y convencer a Eden de que aterrizara un barco aquí—o robar de nuevo la lanzadera—para que todos pudieran escapar. En cuanto a conseguir que Eden mordiera el anzuelo, Opal pensó que la manera más fácil era la ruta del rehén.

—Vamos a buscar a esos tipos que apaleamos, hacer que convenzan a Eden de enviar un grupo de rescate, y dejar que Mox se desahogue —dijo Opal mientras ella y Davin seguían deambulando por los grandes terrenos centrales, ganándose miradas casuales aquí y allá, pero nada más personal. Tampoco aparecía ningún Nueves—. Luego volveremos tranquilamente a la Luna, cogeremos el *Jumper*, y desapareceremos.

—¿Desaparecer? ¿Quieres rendirte?

—Yo no, Alyssa sí. Su loco plan de, ¿qué?, ¿hacer que los inversores de Eden la obliguen a cambiar de rumbo? ¿Sabes cómo me suena eso? Está perdiendo los nervios. Volviéndose cobarde. Perdiendo su mojo.

Davin parpadeó. —Creo que lo entiendo.

—Igual que tú después de que Bosser cayera. Todos esos programas de entrevistas, todos esos agradecimientos, y ni una sola vez conseguiste algo para todos nosotros.

El capitán de los Nueves se enfrentó a Opal mientras estaban bajo el fondo plano del cilindro interior. Los tres ascensores subían y bajaban perezosamente sobre gruesas vigas, con pasajeros tan sin rumbo como los que esperaban para subir. Algunas mesas cercanas les hacían compañía, la mayoría ocupadas por prisioneros tomando comida de noche. Davin pensó que la hora podría haber estado detrás del corte ácido de Opal, pero no iba a dejarlo pasar.

Ella le estaba poniendo a prueba, para ver cuánto fuego tenía Davin.

Si hubiera tenido un trago de whisky en la mano, el capitán podría haber lanzado algunas palabras más duras, pero tal como estaban las cosas, después de un día largo y no particularmente bueno, Davin le dio a Opal un suspiro entrecerrado.

—¿Crees que había algo detrás de todo eso excepto algo de dinero y un montón de formularios prometiendo que si decía la palabra equivocada, me arrojarían directamente a esta condenada prisión? —respondió Davin—. Eden necesitaba mejorar su imagen y yo era un buen poni de exhibición. No tenía poder, a menos que quisieras bebidas gratis en el camerino. Podría haberte conseguido esas. —Davin esbozó una sonrisa—. Algunas eran bastante buenas también, como una con piñas en...

—Te lo juro, Davin —comenzó Opal, pero su argumento se desvaneció en un movimiento de cabeza—. Es tarde, estoy cansada. ¿Crees que encontraremos a nuestra tripulación si subimos?

—Con nuestra suerte, no apostaría por ello.

Davin debería haber hecho esa apuesta, porque los Nueves estaban exactamente donde, si hubiera pensado un minuto, el capitán habría esperado encontrarlos: comiendo en la estrecha banda de la cafetería, donde los dispensadores de papilla nutritiva ofrecían opciones interminables y pastosas para el convicto exigente. Los cinco Nueves, desde Merc hasta

Riley, estaban agrupados alrededor de una sola mesa en el grasiento círculo.

Como lugares, la cafetería de la prisión espacial de Eden continuaba la tendencia de la compañía de ahorrar la mayoría de los gastos. La propia papilla nutritiva provenía de diez tanques de sabores en el centro de la habitación, cada uno extendiéndose hasta el techo varios metros por encima. Davin imaginó que vastas tuberías transportaban la horrible sustancia a todas horas. Boquillas en su extremo colocaban la papilla en tazas metálicas bajo etiquetas escritas a mano que describían el contenido en un lenguaje colorido tanto preciso como impronunciable en sociedad educada.

No es que esta sociedad fuera muy educada, ya que la conversación que flotaba alrededor, incluyendo los entusiastas improperios que salieron de la boca de Merc cuando vio a Opal, ponía la cafetería de la prisión bien dentro del territorio para adultos.

Los Nueves estallaron de sus sillas después del arrebato de Merc, atrayendo atención superficial de los otros prisioneros, quienes volvieron a sus cenas tardías tras determinar que el caos actual no estaba dirigido hacia ellos. Davin contribuyó, rompiendo en una corta carrera hacia Phyla y envolviéndola en un abrazo, uno que ella devolvió con un agarre lo suficientemente apretado como para despertar cierta preocupación.

—¿Realmente me has echado de menos? —dijo Davin, retrocediendo.

—Siempre. Cuando estás cerca, nadie se molesta en dispararme.

—¿Porque tienen miedo?

—Porque eres un blanco tan fácil.

Davin se relajó en una sonrisa. —Ahí está, esa es la Phyla que conozco.

Las historias volaban de un lado a otro, añadiendo color al repentino secuestro que había ocurrido en el escondite de

Alyssa en Quito un par de noches atrás. Los diversos clones androides habían atacado a los Nueves uno por uno, haciéndose pasar por sus amigos de la vida real hasta que llegó la oportunidad adecuada para un bastonazo aturdidor por la espalda. Habían sido arrojados a una lanzadera y depositados aquí arriba sin muchas palabras, sin una sola maldita pista.

—¿Pero Alyssa no está aquí? —preguntó Davin.

—No la hemos visto en absoluto —respondió Merc, regresando de las boquillas con un poco de papilla nutritiva azulada fresca. Opal empezó a sorber la suya, pero Davin apartó su estómago gruñendo. Aún no estaba lo suficientemente desesperado—. No en la lanzadera aquí, ni tampoco antes del ataque en la superficie.

Así que había sido arrestada y enviada a otro lugar. Una pregunta que Davin no estaba tan seguro de querer responder.

—Así que este es el plan —dijo el capitán de los Nueves, recurriendo a la Voz de Autoridad que todo verdadero capitán tiene para momentos como estos—. Vamos a escapar de aquí, recuperar nuestra nave, y... —Davin se detuvo, recorriendo con la mirada a la tripulación, viendo lo que todo líder de combate quiere encontrar mirándole.

No lealtad, no felicidad, sino un ardiente deseo de venganza.

—Vamos a acabar con Heath Swane y sus robots. Con todos y cada uno de ellos.

Opal tosió. —¿Y los rebeldes, Davin? ¿Cass y los demás?

—Fácil —respondió Davin, recostándose en la rígida silla de plástico—. Cuando hagamos pedazos a Heath Swane, nos aseguraremos de que todos sepan que fue culpa de Eden.

La confusión se reflejó en los rostros y Davin dejó que su sonrisa se ensanchara. La tensión aumentaba, y Davin pensó que podía dejarla hervir a fuego lento. Tomar unos bocados de aquella papilla nutritiva.

Era, como Davin esperaba, horrible.

Phyla le hizo un corte de mangas a Davin mientras ocupaba su lugar en el nivel central, donde los prisioneros empezaban a congregarse tras una larga noche en sus literas duras como piedras. Davin no había dormido más de una hora, incluso contando un pequeño momento de diversión de reencuentro con Phyla después de que su gran plan obtuviera la aprobación de los Nueves. Lo que había sonado bien durante la noche tenía un matiz diferente por la mañana, especialmente cuando significaba dirigir la atención de todos hacia una piloto de balas en particular.

Tú puedes, le articuló Davin sin voz, con los brazos cruzados y el pelo mojado tras una ducha rápida con toallas demasiado delgadas como para secar un desierto.

La piloto del *Jumper* no respondió a eso excepto para levantar su brazo derecho, con un vaso metálico de papilla nutritiva en la mano. Phyla lanzó el recipiente, golpeándolo contra la mesa a sus pies. El momento fue preciso, coincidiendo con la pausa entre dos canciones de ritmo ensordecedor —un asalto musical que nunca cesaba, sin importar la hora, en este nivel— y captando algunas miradas.

No muchas, porque esto era una prisión y a quién le importaba, pero las suficientes para que la noticia empezara a correr.

—Seis horas —anunció Phyla—. Seis horas, y vamos a derribar este lugar.

Davin repitió el tiempo, gritando seis horas y escuchándolo repetido por todo el nivel por Mox, Riley y Merc. Opal y Viola estarían diciendo lo mismo en la cafetería, abarrotada de prisioneros resignados a otro desayuno de papilla nutritiva. Recibirían miradas, quizás preguntas, pero nada de eso importaba.

La hora, la frase, se repetiría, y llegaría a los oídos adecuados.

Davin había encendido la chispa. Era hora de avivar las llamas.

—¿Listo? —dijo Davin a Mox, encontrándose con él cerca del mismo ascensor en el que había llegado con Opal.

Se habían separado para la fase de agitación, pero la pareja volvía a reunirse para la fase dos. Cuántas fases acabaría habiendo, Davin no estaba seguro. Mejor mantener los planes flexibles.

Mox, luciendo el mismo mono verde bosque holgado disponible para cualquiera que hubiera arruinado o desgastado la ropa con la que había llegado, gruñó y golpeó el botón de llamada en la columna de soporte del ascensor. El motivo por el que Davin había elegido a Mox para el papel ya estaba demostrando ser profético: el exoesqueleto del grandullón tenía una forma de mantener a la gente alejada, así que nadie buscó unirse a ellos en el viaje en ascensor.

Sin duda, la mirada hueca y metálica del hombre ayudaba.

Davin estudió el teclado del ascensor, tratando de encontrar alguna intuición que pudiera llevarlos al nivel administrativo de Eden. Cuando la suerte ciega falló —probó el clásico 1-2-3-4 sin éxito—, Davin los llevó de vuelta al piso de saneamiento gracias al conocimiento privilegiado de Uros. Mox se acomodó contra la parte trasera del ascensor, sin decir palabra mientras el elevador descendía, hasta que el hombre soltó un graznido de sorpresa cuando su improvisado respaldo se retrajo, convirtiéndose en la puerta hacia el corredor insulso y con logotipos.

—Podrías haberme avisado —refunfuñó Mox mientras Davin pasaba de largo.

—Tengo que divertirme de alguna manera.

—Recordaré eso la próxima vez que quieras mi ayuda.

—Apuesto a que lo olvidarás bastante rápido. —Davin giró mientras caminaba, le lanzó a Mox un guiño descarado, antes de volver a darse la vuelta—. Es parte de mi encanto, Mox.

—Tu encanto se está haciendo viejo, como nosotros.

—Joven de corazón, digo yo.

El improperio murmurado por Mox solo hizo que la sonrisa de Davin se ensanchara más, aunque la ausencia de la lanzadera en la bahía de descontaminación amenazaba con reducirla. La fase dos era un paso ramificado, que ofrecía opciones dependiendo de cómo Eden gestionara las cosas, y si hubieran dejado la lanzadera aquí, la vida habría sido mucho más sencilla.

En cambio, Davin pasó al segundo plan.

La prisión espacial de Eden, como casi cualquier estación espacial moderna, tenía formas de hacer llegar palabras a prácticamente cualquier lugar que quisieras. La clave, aquí, era conseguir que la persona adecuada escuchara. Fuera de la bahía de aterrizaje, un simple comunicador de pared y un teclado esperaban, instalados para que cualquiera con problemas de atraque pudiera pedir ayuda. La pantalla negra no ofrecía opciones fáciles, pero Davin supuso que Eden no rompería los estándares de emergencia.

Cuatro ceros en el teclado del ascensor no los llevaban a ninguna parte. Cuatro ceros en el comunicador hicieron lo que Davin esperaba: ponerlos en contacto con los inútiles que dirigían este lugar.

—¿Problema? —preguntó la misma voz aburrida que había estado charlando con la piloto durante su aproximación —. ¿Y qué estáis haciendo ahí abajo? A los residentes no se les permite estar en ese corredor a menos que vayáis o vengáis de una tarea asignada.

—¿Residentes? —replicó Davin—. ¿Es así como nos llamáis realmente?

—Vivís aquí. Por lo tanto, sois residentes.

—Vaya, Eden os tiene bien atados, ¿eh?

Un suspiro. —¿Qué queréis?

—Llegué ayer, a esta bahía de aquí. En una lanzadera.

Davin se apoyó contra la pared mientras hablaba, puso los ojos en blanco ante Mox, que también se recostaba con los brazos cruzados.

—¿La que tuvo la pelea?

—Esa misma.

—Tenéis suerte de que no os matemos por lo que hicisteis.

—Bueno, aquí está la cosa, he cambiado de opinión —dijo Davin—. Verás, tomamos a esa piloto como rehén. La obligamos a aterrizar la lanzadera o la estrangularíamos hasta el otro mundo. Pero eso no fue todo. Somos piratas espaciales, ¿sabes?, y hemos preparado la lanzadera para que explote en unas cinco horas y media.

—¿Qué?

—Me has oído. Sobrecarga del motor. Gran boom. No puedes hacer nada al respecto, a menos que...

El ruido de fondo llegó a través de la entrada, la confusa ráfaga de voces lejos del micrófono enfrascadas en un frenético tira y afloja.

—Te lo digo —continuó Davin—, no lo encontraréis. No importa lo mucho que busquéis. Somos profesionales. Es por eso que Eden nos quería tanto. —La conversación murió al otro lado, alguien probablemente yendo a mirar la lanzadera totalmente inalterada y encontrar, efectivamente, ninguna evidencia de trampa—. El caso es que me he dado cuenta de que la vida aquí no está mal. Comida gratis, sin cobradores de deudas viniendo a desollarme vivo. He cambiado de opinión.

Vacilación vacía al otro lado. Mox movió un dedo, diciéndole a Davin que sería mejor explicar todo el asunto en lugar de confiar en que Eden juntara las piezas. Probablemente la jugada más segura.

—Lo que estoy diciendo es que traigáis esa lanzadera aquí abajo o me digáis cómo llegar hasta ella, y desactivaré todo el asunto. Vuestro trabajo estará a salvo, nadie tiene por qué enterarse.

—No te creo —respondió la voz, pero Davin podía reconocer una garganta seca cuando la oía.

—Búscame. Davin Masters. Criminal notorio. Una recompensa del tamaño de Júpiter por mi cabeza. ¿Vas a arriesgarlo todo llamándome mentiroso?

—Yo, eh, dame un minuto.

Davin miró a Mox, tratando de decidir qué gesto debería usar para mostrar su confianza burlona. Ya había guiñado un ojo antes, y un chasquido de dedos no parecía adecuado. Asentir a nadie siempre era bueno, pero cuando Mox extendió un puño, la respuesta fue bastante fácil.

Un choque de puños, una tos en la otra línea, y Davin Masters estaba en marcha.

CAPÍTULO 12
BAJO FUEGO

Davin se lamió un dedo y lo pasó por su cabello cada vez más salvaje. Hacía mucho tiempo que no se sentaba bajo las tijeras de un barbero, y su aspecto estaba pasando de capitán lleno de chulería a renegado desaliñado. Lo cual, dado adónde se dirigía, podría servirle bastante bien.

Eden había invitado a Davin a su hogar, y él iba solo, subiendo en el ascensor hacia el nivel sellado reservado para el escaso personal de la prisión espacial de Eden. No eran tan estúpidos como para permitir que Davin subiera con Mox, un problema que tendría que resolver mientras los Nueves movilizaban al resto de la prisión para un levantamiento coordinado en aproximadamente...

Cinco horas.

En circunstancias normales, Davin podría haber usado una pulsera, comunicador u otro dispositivo para programar un temporizador. Una comodidad no tan moderna que le había sido arrebatada por la espartana existencia de convicto: ¿qué necesidad había de controlar el tiempo en el aislamiento perpetuo de Eden? Sin embargo, los monitores aquí y allá mostraban relojes, probablemente para ayudar a mantener a los prisioneros en horario. Davin había mirado uno por última vez en el patio central, al dejar a Mox, antes de subir al ascensor e introducir el código que le enviaría hacia arriba.

Con el pelo tan arreglado como un poco de saliva y brillo podían conseguir, Davin se apoyó contra la parte trasera del ascensor mientras este dejaba el área abierta y desaparecía en las descuidadas paredes blancas de la estación. La cafetería y su papilla nutritiva pasaron zumbando, seguidas por anillo tras anillo dedicados a las almas atrapadas aquí durante, bueno, otras pocas horas. Después siguieron un par de niveles de mantenimiento, dedicados a la generación de energía, filtración de oxígeno y todos esos detalles mecánicos que Davin conocía demasiado bien por los muchos caprichos y problemas del *Jumper*.

Si tuviera un comunicador —otra razón para desear uno— Davin estaría llamando ahora a Phyla para un último repaso, un deseo de buena suerte y una respuesta sarcástica de la mujer que amaba diciéndole que prestara atención, que lo hiciera bien y que no fuera estúpido.

Esto último era imposible, simplemente parte del encanto de Davin.

Cuando el ascensor se ralentizó, Davin cruzó los brazos y esbozó una sonrisa divertida. Claro, existía la posibilidad de que Eden tuviera cámaras en el ascensor y estuviera observando cada uno de sus movimientos, pero la bravuconería siempre valía la pena. Especialmente cuando las puertas se abrieron para revelar a un nervioso cuarteto sin trajes de descontaminación, pero con porras aturdidoras.

Davin había dejado su propia porra robada con los otros Nueves. Eden sabía que la tenía, y no había necesidad de presionar más a estos nerviosos individuos.

—Hola —dijo Davin, incorporándose de su postura relajada—. ¿Cómo estamos?

—No muy bien —dijo un hombre demacrado con bolsas bajo los ojos en el centro. Los cuatro vestían los uniformes verde bosque de Eden, aunque Davin notó numerosas arrugas y manchas. Los cuatro, además, parecían estar en el extremo superior del espectro de contratación de Eden, quizás almacenados aquí al final de sus carreras—. No me hace ninguna gracia que haya una bomba en mi estación.

—Espero poder solucionar eso por usted. —Davin extendió la mano, casi se rio cuando el hombre de ojos cansados se la estrechó—. Davin Masters, aquí para salvar el día.

—Tam Ways —dijo el hombre—. Dirijo esta estación.

—¿Y ellos? —preguntó Davin, recorriendo con la mirada a los otros dos hombres y a una mujer de ojos cansados que completaban el semicírculo de Eden alrededor del sencillo vestíbulo metálico del ascensor.

—No necesita saber sus nombres —dijo Tam, descartándolos con un gesto de la mano derecha—. Preferimos que nuestro personal permanezca en el anonimato. Evita conflictos.

—¿Conflictos?

—Algunos de nuestros prisioneros pueden tener amigos en libertad. Si hacen correr la voz, esos asociados podrían amenazar a nuestras familias.

—¿Pero a usted no?

Tam esbozó una sonrisa agrietada. —No todos los nombres son reales, Davin Masters, como estoy seguro que ha descubierto durante su auspiciosa existencia.

—Ah, entonces ha oído hablar de mí.

Tam lo había hecho, y explicó que las hazañas de Davin habían circulado por los foros internos de Eden durante años. Al principio como un héroe y luego como una espina, un granuja y un hombre ruinoso que no merecía menos que un láser en los ojos.

—¿En los ojos? —comentó Davin mientras pasaban por habitaciones de personal no muy diferentes de las celdas de la prisión en tamaño y escasas comodidades—. Eso es cruel.

—Has matado o herido a mucha gente de Eden y, por tanto, a muchos de nuestros amigos.

—Sí, bueno, alegaré defensa propia.

Tam resopló. —Los de tu tipo siempre seréis violentos, sin importar la situación.

Afortunadamente, Davin no tuvo la oportunidad de preguntar qué demonios quería decir Tam, ya que habían llegado al pequeño muelle de atraque reservado para transportes privados, pequeñas entregas y cualquier cosa que Eden considerara que no podía confiarse cerca de los prisioneros. Allí, prácticamente igual que el día anterior, estaba la lanzadera.

Una totalmente inofensiva.

De pie junto a ella, sin que el ceño fruncido hubiera abandonado su rostro, estaba Zoelie. Había recibido el mismo tratamiento de acicalamiento que Davin, y parecía estar funcionando con la misma mezcla de adrenalina y cafeína que había alimentado a los Nueves durante décadas.

Claro, Zoelie no conocía el plan que los Nueves habían tramado abajo, pero la piloto había hecho la conexión de que la proximidad a Davin Masters significaba que "lo habitual" se iba de vacaciones prolongadas.

—Hola —dijo Davin mientras Tam se quedaba un paso atrás, ya fuera porque pensaba que un solo paso podría mantenerlo vivo si la lanzadera explotaba o porque el hombre quería juzgar la reacción de Zoelie. De cualquier manera, Zoelie gruñó un reconocimiento y se apartó para dar a Davin un camino despejado por la rampa de embarque—. ¿Eso es todo lo que recibo después de nuestra conversación?

—¿Conversación? —Los ojos de Zoelie destellaron—. Me tomaste como rehén, casi me matas con mi propia nave cuando hiciste esa maniobra en el muelle de atraque. ¿Qué esperas? ¿Una sonrisa y un abrazo?

—No estaría mal.

—Me dolería bastante. Entra ahí y arregla mi nave.

—Entendido.

Mientras Davin subía por la rampa, notó dos cosas: primero, el muelle de atraque estaba herméticamente cerrado. Gruesas puertas metálicas se habían deslizado a través de la abertura hacia la negra extensión del espacio exterior, impidiendo una fuga fácil, algo factible si el muelle hubiera dejado su apertura protegida solo con escudos magnéticos. Segundo, Zoelie no siguió a Davin.

¿Creía Zoelie que Davin había preparado la lanzadera para explotar de alguna manera, o todavía estaba eligiendo bando?

La respuesta a ese preocupante acontecimiento no se reveló mientras Davin entraba en el compartimento principal de la lanzadera, avanzando por el pasillo y asomándose por las ventanas para ver a la piloto intercambiar unas palabras breves y cortantes con Tam antes de abandonar el muelle. Tam frunció el ceño, cruzó los brazos bajo las axilas en la postura clásica de alguien poco acostumbrado a las rarezas.

Al menos no parecía que fueran amigos.

Davin se acomodó en el asiento del piloto de la lanzadera, y las varias pantallas se encendieron mostrando todo tipo de detalles interesantes. Primero, Zoelie había cargado las baterías de la lanzadera mucho más allá de las necesidades de un vuelo normal. O bien Zoelie planeaba hacer una carrera a la Luna o había apostado a que lo que venía podría necesitar algo de margen adicional. Segundo, varias trayectorias trazadas habían sido introducidas en el piloto automático, incluida una que tenía la lanzadera saliendo de este muelle y volando directamente de vuelta al nivel de descontaminación.

Una recogida perfecta que hizo que Davin respirara su primer suspiro de alivio en demasiados minutos.

Los Nueves habían persuadido a Zoelie, y con ella, la oportunidad—

—¿Cuánto tiempo va a llevar esto? —gritó Tam, prefiriendo vociferar desde su lugar seguro fuera de la nave.

—Solo necesito asegurarme de hacerlo bien —respondió Davin, realizando rápidamente algunas comprobaciones previas al vuelo—. No querrías que metiera la pata y activara las cosas incorrectamente, ¿verdad?

—Por favor, no lo hagas.

La lanzadera pasó sus comprobaciones sin problemas. Lista para funcionar. Lo que significaba que, aunque iban adelantados, era hora de poner en marcha esta pequeña empresa.

Davin activó el comunicador de la lanzadera, abriendo su enlace al mismo canal de control de vuelo ya configurado por Zoelie.

—Hola, ¿hay alguien escuchando? —preguntó Davin, inventando varias mentiras, excusas y dulces palabras que podría usar para conseguir que abrieran esas puertas.

—Yo lo estoy —llegó la voz de Zoelie, tensa con algo diferente al desprecio esta vez—. El hombre que estaba aquí ha ido al servicio, así que date prisa.

—Y yo que dudaba de ti.

—Quiero ese dinero, Davin. Si no me lo entregas antes de que acabe el día, esa lanzadera realmente va a explotar contigo dentro.

Vaya, eso era un giro interesante. ¿Podría Zoelie haber preparado la lanzadera para explotar? Probablemente era un farol, pero ¿por qué arriesgarse si no era necesario?

—Lo tendrás —juró Davin—. ¿Te importa abrir estas puertas?

—Tam lo va a notar.

—Si no lo notara, me preocuparía.

Zoelie se rio y le dio a Davin cinco segundos de ventaja. Una ventaja que Davin aprovechó para retraer la rampa de embarque. Tam, efectivamente, lo notó y comenzó a gritar amenazas sin moverse ni siquiera sacar su porra aturdidora.

—¿Adónde crees que vas a ir? —gritó Tam mientras la

rampa completaba su retracción—. ¡Las puertas están cerradas!

—Creo que probaré suerte. Mejor ponte a correr, Tam.

El hombre de Eden maldijo, pareció decidir que Davin podría ser la clase de maníaco temerario que intentaría embestir para liberarse de la estación, y huyó. Justo a tiempo para que las puertas del muelle se abrieran deslizándose. Davin aceleró los propulsores de la lanzadera, encontró el zumbido tranquilo mientras la nave se elevaba unos milímetros sobre el suelo. La palanca de vuelo no tenía la solidez del *Jumper* ni su variedad de accesorios —y, podía Davin creerlo, echaba de menos los comentarios lacerantes de Fournine—, pero la nave de Eden tenía un mantenimiento de primera clase y giraba como una joya cuando empujó la palanca hacia la izquierda. Un giro tranquilo y pronto la gran mole de la Tierra cortaba la mitad del negro vacío, la otra mitad un desorden brillante de otras naves, estaciones y...

La fragata de Heath Swane. Todavía estacionada en órbita cercana a la prisión espacial. Davin observó la gran nave, marcada por la bomba sorpresa de la lanzadera del *Jumper* allá por Saturno. Suficiente potencia de fuego para reducir la prisión espacial a polvo. Que Heath no lo hubiera hecho ya si quisiera calmaba algunos temores, pero daba lugar a otros.

Mientras Davin sacaba la lanzadera del muelle de atraque y activaba el primer plan trazado, hacia la bahía de descontaminación, la fragata pareció despertar. Las torretas a lo largo de la nave giraron, algo que Davin solo supo porque su lanzadera se iluminó con advertencias. Mientras tanto, las ranuras en la fragata se volvieron amarillo-blancas cuando se abrieron las bahías de atraque, liberando lanzaderas como la de Davin.

Nunca era una experiencia agradable sentir que el estómago se le congelaba, y esta vez no fue diferente. La única forma en que Davin sabía combatir esa sensación era...

Tomar el control.

Mientras las torretas de la fragata abrían fuego, Davin pisó el acelerador de la lanzadera y rezó para vivir lo suficiente como para impartir la justicia que Heath tan merecidamente necesitaba.

Esquivar láseres en la lanzadera de la prisión se sentía demasiado como esquivar golpes después de varios martinis marcianos: cada movimiento lento y propenso a dejar a Davin en el suelo. La fragata de Heath tendría munición sólida, proyectiles físicos que perforarían los delgados escudos de energía de la lanzadera como las ingeniosas réplicas de Davin penetraban en las conversaciones aburridas durante la cena, pero los informes de daños de la lanzadera eran solo de energía. Fácil de explicar: con la prisión flotante a la izquierda de Davin, cualquier disparo desviado golpearía la estación. Un láser sería absorbido por los propios escudos de la estación, pero una ronda explosiva podría dejar marca.

Lo que le daba a Davin una oportunidad.

—Dime que estás escuchando —escupió Davin a través del sistema de comunicación de la lanzadera, abriendo ampliamente la banda. La piloto de arriba lo oiría, pero ella no era la importante—. Voy a necesitar una mano amiga en la bahía de descontaminación muy rápido, porque esta nave no va a llegar en buen estado.

Cualquier respuesta se distorsionó bajo el asalto. El capitán de los Nueves hizo una mueca cuando la ventana cerca de su cara destelló en blanco y naranja, colores que mostraban láseres de baja potencia destinados a convertir la huida de Davin en un desastre tambaleante más que en una aniquilación absoluta. O, nuevamente, evitando daños colaterales a la prisión. Los impactos no sacudían la lanzadera, no arrancaban placas del casco. En su lugar, donde las fintas de Davin no conseguían evadir los zumbidos a la velocidad de la luz, los cables de la lanzadera se derretían. Los circuitos se freían y el metal hervía, acercándose lentamente a una fuga de vacío y a la rápida muerte de Davin por asfixia.

Un final encantador que Davin no tenía planes de experimentar.

Giró la lanzadera bruscamente a babor, orientándola hacia la línea suave de la prisión Eden. A la lanzadera no le gustó ni un poco, haciendo sonar nuevas alarmas sobre colisiones inminentes y la atomización que ocurriría si Davin no ajustaba su trayectoria.

—Llorona —murmuró Davin a la nave. Fournine lo habría entendido—. Cállate.

Con la gran estación engullendo el espacio a babor de la lanzadera, los disparos de la fragata disminuyeron. Se volvieron más precisos en lugar de ser una andanada salvaje. El viejo truco de acercarse a la nave más grande seguía funcionando después de todos estos años; las computadoras de puntería y los artilleros mal entrenados tenían dificultades para definir la pequeña silueta contra la estación más grande. Al menos, eso es lo que había dicho Opal, lo que había sido una parte fundamental de las tácticas rebeldes en los últimos años de ataques y fugas, y parecía ser cierto aquí también.

No es que la lanzadera estuviera encantada. Davin escaneó la consola, leyó suficientes alarmas de integridad —y olió ese clásico y aterrador aroma a cableado quemado— para garantizar que esta pequeña caja no atravesaría la atmósfera de nuevo sin grandes reparaciones.

Por suerte, no tendría que hacerlo.

Heath no solo había lanzado rayos láser hacia Davin: la fragata unió sus armas a una oleada de lanzaderas. Las elegantes naves, fabricadas para trabajo militar y por tanto equipadas con más armamento y un marco verde más reluciente que la destartalada nave de Davin, se precipitaron hacia la prisión. Algunas parecían dirigirse hacia la bahía de descontaminación de Davin, mientras otras aceleraban hacia las bahías superiores de la prisión. Un asalto en toda regla, con mucha más potencia de fuego de la que requería la pequeña escapada de Davin.

Si eso resultaría favorable para los Nueves estaba por verse, y Davin no confiaba mucho en su suerte.

Algunos láseres más impactaron contra la lanzadera mientras Davin maniobró la nave en un brusco giro hacia la bahía de descontaminación. Davin ejecutó el giro de noventa grados con un fuerte impulso de los propulsores de maniobra de estribor, girando la proa de la lanzadera hacia la abertura mientras activaba los propulsores frontales para reducir la velocidad. La velocidad en el espacio era una bestia difícil de dominar, y la lanzadera no estaba hecha para aterrizajes que no fueran tranquilos.

La ventanilla pasó de mostrar una pantalla dividida entre la estación, el espacio negro y la bruma azul de la Tierra, a la bahía de descontaminación bañada en rojo, un cambio que habría estado bien si el deslizamiento no hubiera continuado hasta el borde de la bahía y el casco de la prisión más allá.

Davin se abrochó el arnés de choque sobre el pecho y masculló una maldición.

La lanzadera se estrelló contra el borde inferior de la bahía. La ventanilla se agrietó y la nave giró mientras su velocidad restante convertía la colisión en un punto de apoyo. La parte trasera de la lanzadera se elevó hasta abarcar la altura de la entrada de la bahía, convirtiéndose en el nuevo pilar vertical de la prisión. Davin se balanceó de un lado a otro mientras la lanzadera se incrustaba en el casco de la prisión. Humo, chispas y más alarmas absurdas le indicaron a Davin lo obvio: necesitaba salir, y rápido.

Normalmente, evacuar cualquier cosa en el espacio requería un traje para sobrevivir. La temblorosa detención de la lanzadera parecía dar a Davin la oportunidad de trepar hacia la popa para encontrar uno, un trayecto que comenzó quitándose el arnés de choque, poniendo un pie en la consola de la lanzadera y preparándose para impulsarse, hasta que miró hacia donde se dirigía.

Lo que había sido unas pocas filas de asientos tranquilos

seguidos por un baño y un pequeño compartimento de carga se había convertido en un desastre ardiente. Cables colgaban libres de los confinamientos abiertos por el impacto. Tornillos, remaches, cojines y metralla flotaban por el aire en giros vertiginosos, algunos trozos en llamas. Junto con las chispas azul-blancas, el humo y el crujido tecno-metálico de metal doblándose y rompiéndose, toda la escena formaba un hermoso lienzo de arte moderno. Definitivamente le indicaba a Davin que cualquier intento de llegar a un traje era imposible.

Girando de nuevo hacia la consola, Davin miró fijamente la grieta de la ventanilla. El suelo de la bahía yacía debajo, con el casco exterior de la estación espacial y el espacio mismo aún visibles en el lado de estribor. Incluso si atravesaba la fina línea astillada, Davin tendría que apretujarse entre la lanzadera y el suelo de la bahía para llegar a un lugar seguro, algo para lo que no era lo suficientemente delgado como para intentarlo. Cualquier eyección desde las opciones de emergencia de la lanzadera también sería un suicidio aquí, probablemente salpicando a Davin a alta velocidad contra la bahía de atraque.

—Vamos, dame algo —dijo Davin, presionando sus manos contra los mamparos a su alrededor sin conseguir nada.

¿La lanzadera estaba tan destrozada, pero la única parte que mantenía su integridad era la cabina? ¿Justo aquí?

Davin maldijo de nuevo, sintió un estallido en su oído izquierdo. Una señal reveladora de que la lanzadera estaba perdiendo presión. El oxígeno desaparecería con ella, sumiendo a Davin en una inconsciencia de la que nunca volvería. Davin se volvió de nuevo hacia la ventanilla agrietada. No era lo suficientemente delgado, pero tal vez habría algún milagro allí.

De todos modos, quedarse en la lanzadera significaba la muerte.

Una patada con el talón, luego otra, y la línea astillada no se extendió. El cristal diseñado para soportar la atmósfera de la Tierra podía, aparentemente, absorber una patada de Davin sin mucha dificultad. El capitán miró a su alrededor, sus pulmones comenzando a esforzarse por cada respiración, y agarró un largo trozo de metal que una vez perteneció al techo de la lanzadera. Los bordes cortaron las manos de Davin, añadiendo gotas sangrientas al aire, pero Davin consideró el dolor como un elemento más en una larga cadena de cosas que seguiría ignorando.

Blandió la barra como un bate, golpeándola contra la ventanilla y, con la fuerza, empujándose hacia atrás. La gravedad cero era tan buena en tantos aspectos, y tan mala en tantos otros. Aun así, Davin aprovechó el impulso, pateando un asiento de pasajero y volando hacia adelante, liderando con la barra como un ángel vengador. Que Davin y los ángeles probablemente no se llevarían bien no marcaba mucha diferencia; que el impulso y el metal destrozaran un agujero en la ventanilla, sí lo hacía.

Si la lanzadera hubiera estado flotando libremente en el vacío, Davin habría sentido cómo bajaba la temperatura de su cuerpo. Se habría encontrado jadeando por aire en el breve tiempo antes de que la presión tomara sus entrañas y las rompiera. En cambio, cayó sobre el suelo de la estación, todavía atrapado dentro de la aplastada cabina de la lanzadera, pero vivo. Las bahías de atraque de la prisión, como casi todas las estaciones en la sociedad civilizada, aprovechaban un campo magnético de consumo energético para mantener la presión, el oxígeno y otros elementos esenciales donde debían estar.

Un metro más a la derecha de Davin y habría abandonado el campo, derivado hacia el espacio abierto y muerto rápidamente.

Aun así, una mirada a su izquierda, a través de los brillantes y afilados restos de la ventanilla, mostraba el casco de la lanzadera y las vigas de soporte arrugadas. Un enredo de metal que Davin no podía esperar navegar. No podía pasar a través de él.

Pero tenía que intentarlo, ¿verdad?

—¿Eres tú ahí abajo, Davin? —llegó la pregunta, llegó la única voz que Davin necesitaba oír en ese momento, en ese lugar.

—Maldita sea, Mox. Quítame esta lanzadera de encima.

Ayudado por su exoesqueleto y el débil agarre de la gravedad en el borde de la estación, Mox consiguió, de hecho, quitar la lanzadera de encima de Davin. La extracción vino con metal desgarrado, con Davin encogiéndose en una posición no muy distinta a aquella en la que había nacido, y con chispas volando mientras la nave continuaba su colapso. La lanzadera raspó el labio superior de la bahía de atraque mientras se deslizaba hacia un inestable descanso, un tercio de su maltratado volumen colgando más allá del escudo magnético hacia el espacio abierto. Mox, respirando con dificultad, se apartó de su hazaña y emitió un solo y suspirante expletivo.

—Tú crees que lo has pasado mal —respondió Davin, aplastando cristal mientras se levantaba—. Intenta esquivar láseres en esa cosa.

—Yo no me pondría en esa situación.

—Sí, sí. —Davin dio a Mox una amistosa palmada en el hombro—. Siempre me sorprende lo fuerte que eres.

—Baterías —dijo Mox—. No esperes nada parecido durante un tiempo.

—Oh, no te preocupes. Puedes tomártelo con calma el resto del día.

Mox no se rió, no le dio una sonrisa a Davin. Una mirada torva, otra maldición, y la pareja se dirigió a la salida de la bahía. La lanzadera estrellada tenía un beneficio incidental: con el daño a la bahía de descontaminación, ninguna de las fuerzas de invasión de Swane podría entrar por aquí, lo que significaba que Davin podría preparar una defensa adecuada.

O, más bien, unirse a la que Opal y Merc ya habían improvisado.

Los guardias de la prisión de Eden dieron voz al trabajo antes de que Davin lo viera con sus propios ojos, sus transmisiones advirtiendo a todos que regresaran a sus celdas, pidiendo a varios grupos que se alejaran de otras bahías de aterrizaje y ascensores, una pista de que los compañeros criminales de Davin habían aceptado su oportunidad de, si no libertad, al menos una pelea satisfactoria. La sonrisa de Davin creció mientras él y Mox caminaban por los pasillos hacia el ascensor principal de su nivel, el que los llevaría de vuelta a los Nueves, listos para hacer una valiente resistencia y, naturalmente, una animada huida.

Esa sonrisa, sin embargo, se desvaneció tan rápido como tantas otras en el accidentado pasado de Davin cuando el capitán pulsó el botón de llamada del ascensor y recibió un pitido enojado a cambio.

—¿Ascensores bloqueados? —preguntó Mox—. Desafortunado.

—Supongo que tendremos que tomar el camino largo, entonces —respondió Davin—. ¿Te queda suficiente energía?

—Para esto.

Davin se hizo a un lado y Mox cumplió, con un golpe doble que abolló y luego rompió la puerta del ascensor hacia el largo conducto. Como en cualquier construcción buena y competente, unos peldaños grises recorrían el lado izquierdo del conducto. El mantenimiento una vez más ayudando a los merodeadores. Mientras Mox se frotaba la mano, con los guantes desgastados por el impacto, Davin se ofreció a dar el primer paso.

—Tú eres el capitán, capitán —dijo Mox.

—Así es.

Davin se impulsó hasta el primer peldaño, mirando hacia arriba para asegurarse de que ningún ascensor se precipitaba hacia él, y comenzó la larga escalada. Mano, pie, uno tras otro. Mox lo siguió, y juntos llegarían al patio de la prisión muy pronto. Refuerzos perfectos para una pelea que probablemente ya estaría bien avanzada. Davin podía aceptar ese momento, podía...

—La puerta se está abriendo —gruñó Mox, mirando por encima de Davin hacia el nivel que estaban a punto de alcanzar. El ascensor no estaba bajando en picado, pero las puertas se estaban separando de todos modos.

La razón por la que esto provocó un dolor de cabeza, hizo que Davin se estremeciera, fue porque mirándolo directamente cuando esas puertas se abrieron, blandiendo una réplica casi perfecta de su escopeta, estaba su propio maldito yo.

CAPÍTULO 13
COPIAS ASESINAS

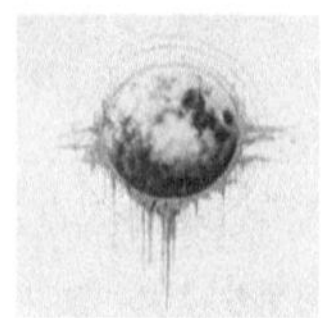

Valía, sería su maldito yo si Davin hubiera seguido una rutina rigurosa de cuidado de la piel en lugar de pasar décadas empapado en radiación cósmica en asentamientos del espacio exterior y adoptar una estrategia de hidratación compuesta principalmente de bebidas alcohólicas en todas sus variantes. Sin embargo, podría decirse que el androide que miraba fijamente a Davin era su viva imagen.

Desde luego Davin escupió. Una sonora maldición seguida de lo único que podía hacer para evitar ser perforado por un láser de los malos.

—¡Bomba en picado! —exclamó Davin mientras se impulsaba desde el peldaño, precipitándose por el conducto con Mox justo detrás.

Un destello tras la cabeza de Davin demostró que su teoría era correcta: su clon robótico no estaba aquí para jugar. Al láser no le siguieron disparos secundarios, sino el ruido metálico, el estruendo y los golpes siniestros cuando los androides optaron por la persecución.

Davin se habría estrellado contra el fondo del ascensor y habría acabado como una tortita de no ser, otra vez, por su amigo equipado con exoesqueleto. Mox, que superaba a su capitán en varios kilos metálicos, llegó al fondo del conducto antes que Davin. Hizo un rápido agarre y lanzamiento que frenó el descenso de Davin y lo hizo rebotar por la caja metálica. Mox aterrizó con fuerza, con el exoesqueleto crujiendo bajo un impacto suavizado por la baja gravedad. Davin lo siguió, agarrándose y empujándose de los peldaños lo justo para darle a Mox la oportunidad de atraparlo.

Aun así, el aire salió expulsado de la boca de Davin cuando las manos de Mox comprimieron su pecho. Se le nubló la vista y su rodilla se sacudió, golpeando a Mox en la boca.

—Maldita sea, Davin —gruñó Mox, dejando caer al capitán sobre el suelo del conducto.

Por alguna razón, Davin había esperado volver al nivel de saneamiento, donde habían roto la puerta cerrada del ascensor. En cambio, habían caído bastante más, hasta el punto más bajo de la estación, donde una delgada salida olía a desuso. Ese estado terminó rápido, con Mox echando el brazo hacia atrás y rompiendo la puerta de un solo puñetazo. La puerta salió volando, sin raspar nada, hacia un espacio abierto al otro lado.

Tosiendo, Davin agarró la pierna de Mox y se incorporó.

—Lo siento, amigo. Gran rescate.

—Necesito mantener vivo a mi escudo humano.

—¿Qué has dicho?

Mox alzó la mirada, Davin le siguió y vio a un trío de androides, liderados por el doble del capitán, saltando arriba y abajo por el conducto. El hecho de que no estuvieran disparando indiscriminadamente indicaba que los daños colaterales eran algo que convenía mantener al mínimo; que se preocuparan por semejante tontería significaba que Heath, de nuevo, tenía otros motivos.

—Este tío —murmuró Davin, arrastrándose fuera del ascensor con Mox—. ¿Por qué todos los que conocemos intentan jugar a algún juego complejo?

—Yo no.

—Sí, bueno, tú eres de los buenos.

La pareja se enderezó en el sótano de la prisión, encontrando exactamente lo que cabría esperar en un espacio poco utilizado: pilas de material, desde esposas aturdidoras hasta catres, dispensadores de papilla nutritiva de repuesto y filtros de oxígeno. Fila tras fila se extendían ante ellos, iluminadas por suaves luces blancas empotradas en el techo. Un pequeño panel a la izquierda del ascensor se iluminó cuando Davin dio el primer paso en el interior, ofreciendo un catálogo táctil de trastos inútiles.

—¿Quieres apostar a que solo hay una salida? —dijo Davin, con la voz volviendo a la normalidad mientras sus pulmones se recuperaban por completo.

—Ni hablar. —Mox asintió hacia adelante—. Dos contra tres. ¿Listo?

—Los Nueves siempre estamos listos, Mox.

—Yo soy un Nueve, Davin. Sé que eso no es cierto.

El capitán sonrió, luego se adelantó y giró a la derecha. Mox igualó a Davin durante dos zancadas antes de agacharse y recoger la maltrecha puerta del ascensor. La estrujó y la estrechó aún más. En un solo movimiento, mientras Davin llegaba a la primera estantería llena de piezas de repuesto para la mierda de Eden, Mox arrojó la puerta de vuelta a la entrada del ascensor, justo cuando el clon de Davin aterrizaba en ese espacio.

Si Davin alguna vez necesitaba una imagen de cómo se veía con una gran lanza metálica sobresaliendo de su pecho, Mox le proporcionó esa imagen visceral. El androide, con la barba incipiente de Davin, se sacudió y soltó chispas alrededor del borde afilado de la puerta lanzada. La copia de Melody quedó colgando por un momento, antes de que Mecha-Davin apartara de un golpe la puerta doblada, levantara la escopeta y disparara.

Sin embargo, Mox no se había quedado para ofrecerse

como blanco. Las bolas de energía verde brillante de Melody salieron disparadas para golpear basura aleatoria en lo más profundo del nivel. Davin sintió una leve punzada de pérdida antes de transformar esa visión en una nueva posibilidad.

Mecha-Davin podría morir, y dejarle a Davin una Melody completamente nueva.

Con este nuevo objetivo adquirido, Davin agarró un largo tubo de la estantería y retrocedió contra la pared curva del nivel. La forma cilíndrica de la prisión espacial daba a la mayoría de sus bordes un aspecto envolvente, y la parte inferior no era diferente. Davin se agachó, observando la entrada del pequeño pasillo a la gran sala. Mox había desaparecido entre las estanterías, planeando su propia emboscada.

Si Davin pudiera...

Su clon no fue el primero en entrar. En cambio, el clon androide de Opal avanzó. La copia robótica de la francotiradora no llevaba su arma letal con mira, optando en su lugar por las manos desnudas. El hecho de que esas manos pudieran arrancarle la cabeza a Davin como si estuviera abriendo una cerveza significaba que debería darse la vuelta y esconderse.

En cambio, Davin hizo lo estúpido y atacó.

A lo largo de su vida de duración media, Davin había empuñado un número de armas muy por encima de la media, pero un trozo de tubo de repuesto de un metro de largo era algo nuevo. El silbido del tubo al atravesar el aire desmentía su pesada construcción, una mezcla de plástico y yeso, golpeando el hombro del androide. Mecha-Opal se tambaleó, como si Davin la hubiera empujado de camino al bar, mientras el tubo rebotaba. Las manos de Davin temblaron con el golpe, un temblor que el capitán aprovechó literalmente mientras continuaba con un segundo ataque.

La biología tenía un duro trabajo cuando se enfrentaba a la computación cinética de un androide. Mecha-Opal podría haber sido descuidada en el primer golpe, pero giró más rápido de lo que el ojo de Davin podía registrar, atrapando el segundo golpe y arrancándole el arma. Levantó el tubo mientras Davin intentaba invertir su impulso, como si pudiera escapar de la represalia.

—No lo mates —dijo la propia voz de Davin, haciendo que el capitán mirara a la izquierda, donde su clon seguía quitándose trozos de sí mismo de la herida causada por el lanzamiento de Mox. A su lado estaba otra Mecha-Phyla, porque matar a una de estas cosas no contaba—. No detecto cámaras aquí abajo. Solo incapacitarle.

Heath Swane. Menudo pardillo.

El reajuste de sus órdenes le dio a Davin tiempo para alejarse un par de zancadas de Mecha-Opal, lo suficiente como para poner las estanterías de tubos a su alcance. Con un tirón fuerte y un fuerte raspado, el capitán sacó otro tubo.

—¿Lista para la pelea de espadas más tonta de la historia? —dijo Davin mientras Mecha-Opal empuñaba su tubo con ambas manos.

No respondió a la provocación, añadiendo otra marca negra junto a los androides en el libro de Davin. Al menos Fournine y los modelos anteriores respondían con alguna pulla. Las creaciones de Heath y Ava tenían la misma personalidad que un asteroide.

Y también golpeaban como uno.

Mecha-Opal se lanzó contra Davin con un barrido cruzado, conduciendo el tubo a través de las estanterías y rompiéndolas, esparciendo el contenido en una lluvia salvaje. El capitán intentó bloquear, pero el tubo estaba lejos de ser un escudo ideal, por lo que objetos aleatorios de todo el espectro metálico y plástico se estrellaron contra el costado de Davin, seguidos por el propio tubo de Mecha-Opal.

El abrigo y la ropa de Davin, sin cambiar desde Quito —y probablemente oliendo como tal—, absorbieron el golpe, frenado por el arado a través de toda esa porquería, con un poco más de aplomo del que Davin esperaba. Ninguna costilla se rompió, ninguna sangre brotó, pero el capitán se encontró aplastado contra la siguiente fila, medio enterrado bajo más tubos, cajas de tornillos y herramientas.

—Cuando quieras, Mox —gruñó Davin a la nada, plantando la mano en el suelo lleno de escombros y ganándose arañazos por su esfuerzo. Aun así, se puso de pie, sacudiéndose los desechos, y le dedicó a Mecha-Opal una sonrisa torpe—. Casi me tenías.

Mecha-Opal respondió con otro golpe, rápido y dirigido directamente al estómago de Davin. Sin embargo, Davin hizo lo que ningún androide esperaría: acercarse, esquivando el golpe del androide y clavando su propio tubo en el lado izquierdo de Mecha-Opal. El simple mono que llevaban todos los androides, de un insulso verde bosque de Eden, se hizo jirones con el golpe, pero la piel falsa reforzada que había debajo hizo que el tubo cediera. El tubo se agrietó, Mecha-Opal ni pestañeó. En cambio, dejó caer su fallido golpe y lanzó su brazo izquierdo desde el agarre doble en un fuerte revés.

En lo que a mejillas se refiere, Davin siempre consideró las suyas todo un espécimen. Definidas y firmes.

Ya no.

El golpe rompió algo en la mandíbula de Davin y lo envió volando por el pasillo central del nivel hasta chocar contra más estanterías. La chatarra se precipitó en una lluvia metálica que habría encajado perfectamente en algún insípido sketch cómico, salvo por la sangre que se acumulaba en la boca de Davin y las manchas que bailaban en sus ojos.

Realmente, Davin necesitaba encontrar enemigos de peor calidad.

—Tráelo —ordenó el androide de Davin.

Mecha-Opal apartó los escombros de una patada mientras se acercaba a Davin, incapaz el capitán de los Nueves de soltar una broma ingeniosa cuando ella alargó la mano hacia su pelo. Que arrastrar a Davin le arrancaría los frágiles mechones del cuero cabelludo era algo que empezó a señalar, con palabras húmedas y sabor a hierro y todo, hasta que un martillo giró de un extremo a otro para golpear la cabeza demasiado perfecta de Mecha-Opal.

Claro, si Davin hubiera lanzado la cosa con toda su fuerza, el martillo podría haber dejado una abolladura. Cuando Mox hizo lo mismo, alcanzando velocidades de lanzador de béisbol, el mismo martillo detonó. La cabeza mecánica de Mecha-Opal estalló en una fantástica lluvia de chispas. Su cuerpo se sacudió y se quedó inmóvil.

—¿Estás vivo, Davin? —gritó Mox desde lo más profundo del nivel, siguiendo la estrategia de golpear desde las sombras.

—Oh sí —dijo Davin, poniéndose de pie y dando un fuerte empujón a Mecha-Opal. La máquina, privada de sus entradas sensoriales, se desplomó con un satisfactorio ruido metálico—. ¿No podrías haber hecho eso un poco antes?

Mox no respondió, sin revelar su posición. Una jugada inteligente, y no una que Davin fuera a hacer. No cuando había una garantía de la que abusar.

Davin caminó hacia el pasillo central, pasó la lengua por su barbilla para atrapar algo de carmesí que goteaba, y saludó al par de androides. Ambos tenían las armas levantadas, aparentemente ejecutando un algoritmo para decidir cuándo la oposición mortal anularía la pasión de Heath por la publicidad.

—Os lo voy a poner más fácil —dijo Davin, continuando su acercamiento a los androides, con las manos libres—. No disparéis, y os dejaré llevarme. Podréis capturar al capitán, y mi amigo se quedará vivo aquí abajo.

El propio androide de Davin entrecerró sus ojos falsos de una manera demasiado realista, y luego asintió.

—Tu oferta es aceptable. Acércate sin hacer ningún movimiento en falso y estaremos de acuerdo.

—Buen robot.

Davin podía imaginar la confusión de Mox, pero el grandullón entendería muy pronto. Habían sorprendido a un androide, pero estos dos tenían láseres y podrían decidir simplemente derretir a Davin y a su amigo. Ningún lanzamiento furtivo de martillos funcionaría contra esa ofensiva. Mejor cambiar de juego.

Mecha-Davin tomó la iniciativa, ignorando su interior manchado para agarrar a Davin y empujar al capitán hacia el hueco del ascensor. Donde Davin y Mox habían caído en picado y golpeado para bajar, el androide tenía una forma más fácil de subir. Mecha-Phyla hacía de retaguardia con su láser levantado, manteniendo a Mox oculto en la penumbra. Cuando llegó el ascensor, Davin entró directamente en la caja sin puerta, seguido por su propia copia.

El androide de Phyla no los siguió.

—Eh —dijo Davin mientras su androide introducía un código en el teclado—. Teníamos un trato.

—Mentí. —Mecha-Davin alzó la voz—. Mata al hombre. No es lo suficientemente valioso como para arriesgarse.

Antes de que Davin pudiera soltar una maldición, el ascensor salió disparado hacia arriba, dejando a Mox solo con la muerte mecanizada.

El derrumbarse contra la pared lateral llegó cuando la adrenalina se disipó. El ascensor continuó su viaje hacia arriba, más evidente por el cambiante tirón de la gravedad que por cualquier cambio en la decoración. Davin se revolcó en su dolorida mandíbula —¿rota? ¿solo magullada? ¿quién podía decirlo?— en medio de intentos por entablar conversación con su primo androide.

Mecha-Davin no respondió. Se mantuvo lo suficientemente cerca de Davin como para alcanzarlo y destrozarlo si el capitán de los Nueves intentaba algo gracioso, pero por lo demás adoptó la serenidad de un monje mientras Davin lo acosaba con insultos, invectivas y preguntas interrogatorias.

Cuando Davin aceptó que no obtendría nada del androide, cerró los ojos y repasó el plan.

Seguía siendo viable, incluso con los baches inesperados.

Heath Swane, sin embargo, seguía siendo una incógnita. Su fragata y estos androides eran algo más que una simple casualidad, y parecían tener un objetivo mayor que simplemente despedazar a los Nueves. Que las luces y cámaras fueran necesarias apuntaba a una audiencia prevista, pero ¿para qué?

¿Otro intento de resucitar sus proyectos asesinos como un producto viable?

Davin no encontró una respuesta clara cuando el ascensor se detuvo, de vuelta en el círculo administrativo de Eden en el extremo opuesto de la estación. Cuando la puerta se deslizó para abrirse, Tam estaba justo allí, con la cara roja y echando humo. Después de balbucear en momentánea confusión, Tam identificó correctamente al verdadero Davin como el que no tenía cicatrices metálicas ni cables chispeantes en el pecho, redirigiendo su ira solo para que Mecha-Davin apartara al hombre de un empujón.

—Sígueme —anunció Mecha-Davin a su homólogo biológico mientras Tam rebotaba contra la curva pared del vestíbulo.

—Ha estado de mal humor —le dijo Davin a Tam mientras el hombre tosía y recuperaba el aliento.

—Androides —gruñó Tam, poniéndose a caminar junto a Davin—. ¿Qué hiciste para traer androides a mi estación?

—¿Pregúntale a Heath Swane?

—¿Y quién demonios es ese?

Davin se rio, y su mandíbula le advirtió que no había sido la mejor idea.

—Apuesto a que lo averiguarás muy pronto. Por cierto, siento lo de tu lanzadera. Encontrarás lo que queda en la bahía de descontaminación.

Tam le comunicó que sabía perfectamente lo que le había

ocurrido a su lanzadera, afirmando que la traidora Zoelie estaba encerrada en la celda de visitantes.

—Si no quieres que la dispare ahora mismo, me dirás qué más está pasando.

—¿No te has dado cuenta ya?

Mecha-Davin les estaba llevando por una ruta familiar, pasando por los barracones, incluida la celda de aislamiento del piloto. La bahía de acoplamiento aparecería en cualquier momento y con ella, Davin tenía que adivinar, un rápido viaje al lugar favorito de ejecución de Heath Swane.

—Están alterados —respondió Tam, con una mezcla de brusquedad y desconcierto que se combinaban de forma deliciosa—. Lo que no podemos entender es por qué. Pero supongo que no importa si hay más de estas cosas a bordo.

—¿Cuántos crees que hay?

—¿Androides? Cuatro lanzaderas acopladas. Incluyendo la de este nivel. —Los ojos de Tam perdieron el foco mientras el hombre hacía algunos cálculos mentales—. ¿Un par de docenas?

Davin hizo una mueca. Que Mox se enfrentara uno contra uno con un androide ya era bastante malo, pero veinte o treinta de esas cosas podían convertir toda esta prisión en un mausoleo sin mucho esfuerzo. Al menos, no sin algún que otro truco específico.

Realmente necesitaba un comunicador ahora mismo.

La razón por la que Mecha-Davin había traído a Davin hasta aquí en lugar de a la bahía de acoplamiento del nivel medio por donde habían entrado se hizo obvia cuando Davin vio la lanzadera. A diferencia de los austeros transportes militares a los que Davin estaba acostumbrado, en los que había viajado hasta aquí, esta pertenecía a los altos mandos. Las calcomanías de Eden estaban por toda la nave verde, pero su forma cuadrada brillaba con más cuidado y mejor calidad que sus compañeras. Si la nave entraba en combate, Davin no se sorprendería si los bultos que sobresalían de la forma cuadrada se abrieran para mostrar torretas dentadas.

Cuando Mecha-Davin entró en la bahía —el hecho de que el androide no se hubiera molestado en darse la vuelta ni una sola vez demostraba la invencible confianza de la máquina, una suposición vanidosa que Davin dejó pasar— la lanzadera se abrió, su rampa de embarque descendió, y nadie apareció para recibirles. En cambio, Mecha-Davin se dio la vuelta, miró a Davin, y su cabeza tuvo un espasmo.

—¿Estás bien, colega? —preguntó Davin mientras Tam fruncía el ceño.

Las dificultades de Mecha-Davin terminaron de golpe con una mirada fija y directa al capitán de los Nueves.

—Disculpa por eso —dijo Mecha-Davin, aunque la voz del androide no era la suya. En cambio, el tono áspero y altivo pertenecía a un tipo particularmente golpeable—. Parece que este androide ha sufrido daños. Algo que añadir a tu cuenta, ¿Davin Masters?

—Heath, lo único que te debo es un puñetazo en la mandíbula.

—Por ese moratón en tu cara, parece que ya te lo han dado. —Mecha-Davin se rio, un sonido horrible y metálico—. ¿Qué te parece esta nueva función? —Mecha-Davin agitó el rifle láser en sus manos, pasándolo por varias posturas de combate—. Control remoto. Algo que los modelos originales nunca tuvieron.

—Porque fueron diseñados para ser árbitros neutrales —masculló Tam—. No armas.

—Oh, por favor, Tam. La neutralidad está muerta. Eden tiene que demostrar a la Tierra que merece apoyo, y la mejor manera de hacerlo te está mirando a la cara ahora mismo. —Mecha-Davin apuntó el rifle a Davin—. Un político, un criminal, un rebelde... Hacemos nuestra propia versión y la enviamos. Libre para cambiar la narrativa a lo que queramos. Brillante, ¿verdad?

Tam mantuvo su admirable ceño fruncido de viejo mientras Davin ponía los ojos en blanco.

—Heath, ¿qué te pasa que siempre te justificas ante la gente que planeas matar? —dijo Davin—. No me importa lo que planees hacer, porque estarás muerto mucho antes de poder llevarlo a cabo.

La sonrisa de Mecha-Davin desapareció. La perplejidad no la reemplazó —esa era una característica en la que Heath debería trabajar— pero la línea recta y el cuerpo rígido dijeron lo suficiente.

—¿Muerto? Davin. Tú eres el que está a punto de morir. Junto con tu tripulación, y cada amotinado en esta prisión. Eliminados sin la pérdida de una sola vida inocente. —Mecha-Davin se apartó, señalando hacia la lanzadera con el rifle—. Ahora, si fueras tan amable de subir a bordo.

—¿Para que puedas, qué, expulsarme al espacio?

—Algo así. Si fueras tan amable.

—Vaya, lo pides con tanta educación que ¿cómo podría negarme?

Mecha-Davin siguió a Davin por la rampa de embarque, un viaje que a Tam no se le permitió emprender. A pesar de sus quejas, no se atrevió a desafiar al androide, y el hombre desapareció de vuelta a su burocracia sin armar alboroto. Una pena, pero no esencial.

Mientras Davin se sentaba en la parte trasera de la lanzadera, con Mecha-Davin forzando la situación con ese rifle, la rampa de la lanzadera se cerró. Las puertas se sellaron y los motores comenzaron a rugir. Por segunda vez en poco más de una hora, Davin despegaba hacia el espacio.

Por ahora, el plan se mantenía, pero las costuras estaban mostrándose. Davin apoyó la cabeza en el revestimiento del casco detrás de él mientras la bahía de acoplamiento giraba, las estrellas apareciendo por la cabina. Y, entrando en el campo de visión en el lado opuesto, la gran extensión gris de la Luna.

Una señal tan buena como cualquier otra.

—Heath, ¿estás escuchando? —Davin preguntó a su clon androide. Mecha-Davin miró hacia atrás y le dijo a Davin que el comandante de Eden no estaba disponible, que no era necesario en este punto—. ¿Ah, no?

El androide no respondió, volviendo a la consola del piloto. Fijando alguna trayectoria, y Davin podía adivinar hacia dónde.

Un capitán debía estar preparado para zigzaguear cuando no se le permitían los giros, tenía que agacharse cuando no podía saltar. Tenía que luchar cuando no podía huir.

Davin se levantó. Dio varios pasos flotantes por el pasillo hacia el androide. Mecha-Davin se dio la vuelta, señalando hacia la popa de la lanzadera. Una orden que Davin ignoró.

—Has cometido un error —dijo Davin, asintiendo más allá del androide hacia la consola—. Justo ahí.

El androide no se inmutó, no cayó en el engaño. Directo al grano.

Mecha-Davin había tenido días mejores. La explosión de Mox al derribar la puerta había abierto un gran agujero en la sección media del androide, justo donde podrían estar los pulmones inferiores de un humano. Cables colgantes y estructuras brillaban bajo la plácida luz helada de la lanzadera. Con ambas manos vacías, los brazos sueltos a los costados, Mecha-Davin parecía no verse afectado por el daño, pero Davin sabía que no era así.

O más bien, esperaba que no lo fuera.

El rifle láser estaba en el asiento del copiloto. Davin hizo una súbita carrera en esa dirección, usando su pie izquierdo para impulsarse desde el último asiento de pasajeros del pasillo. El androide leyó el movimiento con su imposible tiempo de reacción, estirándose rápidamente y atrapando el hombro izquierdo de Davin con su propia mano derecha, un curioso ceño fruncido apareció en el rostro del robot. La defensa personal estándar tenía en cuenta lo obvio: agarrar armas, golpear la cara, pero Heath sufría de su propio orgullo.

Así que cuando el androide detuvo el impulso hacia adelante de Davin, frenando al piloto muy cerca, Davin metió su mano en el vientre abierto del androide y tiró. Fragmentos de metal arañaron —más adiciones punzantes a una constante letanía— pero Davin encontró esos cables, los tubos que transportaban aceites lubricantes para los huesos y la piel sintética, y tiró con fuerza.

Mecha-Davin vio el movimiento, golpeó el pecho de Davin con su mano izquierda libre. Davin dejó que el golpe llegara, concentrándose en su agarre mientras el androide le daba a Davin más fuerza de la que el hombre podría manejar solo. Los dedos de Davin ardían, pero el interior de un androide no estaba diseñado para ser destripado, no estaba hecho para resistir un buen tirón. Los cables se salieron de sus agujeros, los tubos se partieron, y mientras Davin volaba hacia atrás sobre los asientos, sus manos sostenían un puñado de entrañas robóticas.

Tosiendo —esta vez, Davin podría haberse ganado una costilla rota— el capitán de los Nueves fue a parar a la popa de la lanzadera. Dejó caer los cables, vio los efectos de su agarre en la forma inmóvil del androide. Una jerigonza ininteligible salió de la boca de Mecha-Davin, un sinsentido que tomó forma cuando Davin se acercó con cuidado. El androide estaba emitiendo un informe de daños. Números de piezas, porcentajes de impacto y todo tipo de gloriosos detalles minuciosos a los que a Davin no le importaban un comino salvo por su efecto: un robot muerto.

—Pegas un buen gancho —murmuró Davin, empujando al androide. La cabeza de Mecha-Davin golpeó contra el mamparo de babor de la lanzadera, dejando al androide en una inclinación inerte—. Ahora, veamos qué había planeado nuestro amigo, ¿de acuerdo?

La lanzadera no se molestó en ocultar sus secretos. La

trayectoria ponía el rumbo de Davin en un punto abandonado entre la Tierra y la Luna, bien alejado del tráfico de
naves pero al alcance de los radares o curiosos observadores.
En cuanto a lo que verían, bueno, la lanzadera tampoco ocultaba eso.

Heath, a través del androide, había programado las baterías de la lanzadera para sobrecargarse. Una buena y anti-
cuada autodestrucción, diseñada para hacer volar una nave
antes de que se estrellara contra algo importante. En solo
unos minutos, los hermosos restos de Davin iluminarían el
cielo estrellado.

CAPÍTULO 14
INFILTRACIÓN

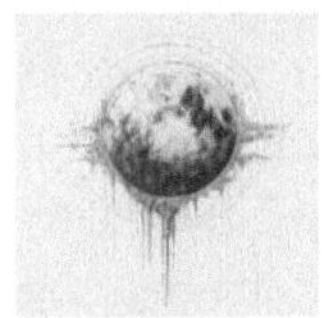

Davin tenía toda una tripulación, pero ninguno podía ayudarle ahora. Si Trina o Viola hubieran estado en la lanzadera, quizás habrían encontrado la manera de revertir el daño a la química de la batería, ya demasiado avanzado para solucionarlo con solo pulsar un botón. Si la lanzadera tuviera un bote salvavidas, Mox podría haber arrastrado a Davin hasta el rescate. Tal como estaba, Davin tenía unos propulsores agonizantes y menos segundos que uno de los monólogos de Heath Swane para ponerse a salvo.

Entre esas opciones limitadas, solo una tenía sentido, y Davin viró bruscamente la lanzadera a babor. La Luna y las estrellas a su alrededor desaparecieron de la vista, reemplazadas por un bulto feo en el que Davin había estado a bordo una vez antes y donde nunca quiso volver a poner un pie.

—Pero el destino nos convierte a todos en idiotas —murmuró Davin para sí mismo, dirigiendo la lanzadera en línea recta hacia la fragata de Heath.

La consola de la lanzadera emitió un pitido, un tono distinto del agradable bip que anunciaba la inminente muerte de Davin. Alguien en la nave de Heath debía haber detectado el cambio de dirección y debía estar preguntándose qué planeaba Davin.

La broma estaba en ellos. A estas alturas, Davin no planeaba nada. Todo era instinto, toda esperanza.

Fijó el rumbo, la lanzadera indicaba menos de un minuto hasta que Davin llegara. O eso, o explotaría y todo terminaría de todas formas. Davin se giró, agarró al androide reclinado y se impulsó hacia la popa de la lanzadera. El robot habría sido demasiado pesado en cualquier situación normal, pero aquí en la mágica tierra de gravedad cero, el metal sin vida era simplemente incómodo. Su cabeza rebotaba sobre los respaldos de las sillas mientras Davin avanzaba hacia popa.

—Perdona por eso —le dijo Davin al robot mientras pasaba rebotando por la última fila, virando cuando su reloj interno llegó a cero.

El giro reveló una visión vidriosa aterradora, con destellos de relámpagos zumbando alrededor de la lanzadera mientras la fragata de Heath intentaba defenderse. Un ataque demasiado débil que llegaba demasiado tarde. Davin se acurrucó, se aferró al cinturón de seguridad, abrazó al androide con fuerza y rezó a cualquier dios que escuchara para atravesar el otro lado.

Estrellar una nave espacial contra otra invita a una avalancha de calamidades. Atmósfera filtrada, incendios, cascos rotos y vidas perdidas. Cuando la lanzadera golpeó el puente superior de la fragata, el espacio privado donde demasiado recientemente Davin había sido zarandeado por Mecha-Phyla, el capitán de los Nueves esperaba que estuviera tan desierto como entonces.

Aunque Davin no podía saberlo, porque no estaba mirando. Oyó cómo la cabina de la lanzadera atravesaba el grueso escudo de cristal, oyó cómo se hacía añicos la propia ventanilla de la lanzadera. El armazón metálico de la nave se hundió en el espacio de dos niveles, estrellándose contra la imponente consola superior de Heath, cuyo enorme tamaño detuvo la entrada aplastante de la lanzadera. El cinturón de seguridad aguantó un momento antes de romperse, y Davin salió disparado hacia delante en lo que habría sido una experiencia de destrucción total de no ser por una cosa: el androide.

Arrastrado hacia atrás de lado, Mecha-Davin continuó su existencia atravesada como ariete de Davin. El capitán de los Nueves subió las rodillas, montó en la espalda del robot mientras este chocaba primero contra los asientos de la lanzadera, una fila tras otra. Cada golpe ralentizaba el impulso de Davin a la vez que le sacudía los dientes, mientras sus oídos se desbloqueaban con los cambios de presión. Los asientos volaron, las chispas cayeron como lluvia, el gas y la metralla llenaron el aire.

Davin no lo soltó, y los androides de Heath demostraron su robusta construcción. Después de atravesar la última fila, Davin y los restos de su clon robótico se estrellaron en el puente superior, atravesando una pared de fuego para rebotar en el suelo y rodar hasta detenerse con un crujido de huesos. Con el androide reducido en su mayoría a una masa deforme, Davin soltó la máquina y se tumbó en el suelo metálico, sintiendo los dolores por todas partes y aun así riéndose a carcajadas. Detrás de él, la popa de la lanzadera quedó atascada en el cristal reforzado, dejando espacio para fugas pero evitando una descompresión rápida total.

Flores ardientes se expandían ante sus ojos mientras la lanzadera continuaba su colapso, completando las baterías su fusión en explosiones rosadas, azules y blancas. Eran hermosas, pero también serían las últimas cosas que Davin vería si permanecía en ese puente un segundo más, así que el capitán se tambaleó hacia la salida.

Cualquier nave inteligente en una emergencia de vacío cerraría las puertas para evitar que las fugas se extendieran. Davin supuso que la fragata de Heath haría lo mismo, y efectivamente, las grandes puertas dobles se habían cerrado. Una luz roja parpadeante sobre el centro sugería que permanecerían así.

La adrenalina, el miedo y el trauma tienen una manera de condenar o definir a una persona, y si Davin nunca hubiera estado en una situación como esta antes, con el aire alternativamente incendiándose o desapareciendo a su alrededor, el capitán de los Nueves podría haberse rendido justo entonces. En cambio, en una mirada borrosa a su arruinado clon robótico, encontró inspiración.

Golpeó el teclado al lado de la puerta, los mismos paneles a lo largo de todas las malditas cosas que te permiten bloquear y hablar.

—Objetivo eliminado según las órdenes —habló Davin en el micrófono, con un gruñido tan bajo y robótico como sus pulmones dañados por la presión podían manejar—. Abrid la puerta.

Una apuesta hecha, una apuesta realizada con la esperanza de que el humo, las chispas y el caos convencieran a algún lacayo de Eden de que el Davin que hacía la llamada tenía circuitos en su interior, no sangre.

Una apuesta hecha porque Davin no tenía otra.

Si trazaras un hilo común a lo largo de la vida de Davin, encontrarías latidos constantes donde el capitán había tirado los dados y había salido ganador o un perdedor terrible. Había sido la jugada arriesgada de llevar a los Nueves a Europa y Eden Prime para un trabajo estable, un triunfo hasta que decidió arriesgar a la tripulación ayudando a algunos inspectores que pronto morirían de manera encubierta. Luego, Davin lo había apostado todo con Bosser para mantener a los Nueves con vida, una jugada perdedora corregida apostando a que Trina y Viola podían manipular las entrañas de un androide...

La lista seguiría y seguiría, y Davin supuso que los altibajos se convertirían en bajadas con bastante frecuencia, pero cuando las puertas se deslizaron abriéndose, permitiéndole escapar de la bahía en colapso, Davin agradeció a los dioses que le hubieran dado un día de suerte. Incluso había conseguido escapar sin una escolta armada esperando. La fragata de Heath seguía los protocolos lo suficientemente bien como para alejar a cualquiera que no tuviera una llave inglesa y deseos de morir del lugar del impacto, dejando a Davin en una antesala circular familiar con un pasillo y un par de ascensores frente a él.

La retirada de la muerte al segundo plano dio a un millón de problemas menores su oportunidad de brillar, y Davin se tambaleó hacia su derecha mientras las puertas se cerraban tras él. Tanteó y encontró suficiente gracia para mantenerse erguido sobre las baldosas metálicas lisas y mugrientas—la falta de disciplina sanitaria de Heath continuaba. Alcanzó sus ojos borrosos con una mano antes de recordar que sus dedos podrían estar cubiertos con quién sabe qué sustancias horribles.

Los viajes espaciales, las naves espaciales, eran posibles gracias a tantas construcciones químicas desagradables que Davin supuso que probablemente se quedaría ciego si se frotaba los ojos para recuperar la cordura. Así que cerró los ojos con fuerza en su lugar, niveló su respiración, hizo balance de los dolores y punzadas, los moratones y las molestias. Nada volvió gritando huesos rotos o llevando la marca distintiva del calor muerto de la hemorragia interna.

Davin podía seguir caminando, viviendo e intentando encontrar un camino de vuelta. Porque un desvío a la tierra feliz de Heath no era parte del plan, y ahora el reloj estaba pasando la marca que Davin necesitaba alcanzar. Salir de este barco era el primer paso, pero antes de que Davin pudiera hacer eso, necesitaría encontrar una lanzadera.

Los ascensores no le ayudarían, ya que estaban en uso, y cualquiera que viniera por aquí no sería un amigo. El pasillo ofrecía su única oportunidad, y Davin se escabulló en una carrera tambaleante. Cualquier idiota que escaneara las cámaras vería a Davin luciendo muy poco como un androide en su respiración agitada, sus pasos vacilantes, las maldiciones murmuradas junto a ambos. Que las alarmas de la fragata y sus vigilantes estuvieran ocupados con el accidente le dio a Davin un respiro, uno que no podía encontrar la manera de aprovechar.

Se presentaron puertas y otros pasillos, todos y cada uno un callejón sin salida, bloqueados con un escáner de credenciales. Davin intentó, una vez, presionar su pulgar en uno, preguntándose si Heath había llegado tan lejos como para replicar la huella digital de Davin en el androide, pero el disparo salvaje volvió con un pitido negativo.

O Davin sería capturado, o correría todo el camino hasta el extremo de la fragata y... sería capturado.

Su espiral solitaria no se vio ayudada por la gente que comenzaba a emerger. Los equipos de control de daños debían haber contenido el accidente, porque las alarmas se silenciaron y las puertas comenzaron a abrirse. Drones de Eden retomando sus terribles vidas trabajando para el peor sinvergüenza que Davin había conocido, todo un logro superar esa lista. Al principio, Davin se apartó aquí y allá para esquivar miradas, una técnica que funcionó exactamente con dos personas antes de chocar con una tercera.

Ella estaba saliendo de una estrecha puerta, una marcada como servicios de lavandería, y llevaba el austero y sin adornos uniforme verde bosque de Eden. Una gorra básica marcaba a la mujer, que Davin adivinó rápidamente que tenía más o menos su edad, como una funcionaria, uno de esos engranajes invisibles que mantienen la máquina de Eden en marcha. Se detuvo, murmuró una disculpa, antes de mirar a Davin con arrugas formándose en preocupada confusión.

—Es peor de lo que crees —ofreció Davin como apertura.

La distracción superaba a la mentira descarada, y el cebo funcionó; la mujer se alejó del carro que había estado tirando y sus montones de cestas de ropa.

—¿Qué es peor? —preguntó ella, su acento cortante la situaba como una desechada de los asteroides—. Porque si me estás diciendo que hay otro lote para lavar hoy, renuncio ahora mismo.

Davin hizo una mueca.

—Lo siento, es por eso que llevo esto. Accidente cerca de las bahías, todos nosotros cubiertos de refrigerante.

La mujer maldijo mientras Davin asentía con simpatía. Empujó el carro de vuelta a la lavandería y pasó junto a Davin, dirigiéndose, presumiblemente, hacia las bahías. La puerta de la lavandería podría haberse cerrado justo detrás de ella si cierto capitán de los Nueves no hubiera interpuesto su brazo en el camino, seguido de su cuerpo, y pronto se encontró en medio de un batallón de máquinas limpiadoras.

¿Fue la ropa limpia, la habitación estéril con sus estanterías llenas de productos de limpieza en medio de un brillo de luz amarillenta, o las dolencias acumuladas de Davin, tan recientemente descartadas en la Luna solo para volver a ganarlas, lo que golpeó su enfoque en una nueva dirección?

Davin no podía responder, pero el plan, elaborado en el insípido abrazo del puré de nutrientes, estaba ahora fuera de su alcance. Phyla, Opal y los demás verían lo mejor que pudieran para que la prisión fallara, para que pudieran hacer correr la voz en una banda amplia de que los androides de Eden estaban reemplazando cuerpos en lugar de enterrarlos.

Esa era una misión más grande, un objetivo más amplio. Completar la tarea que Cassidy les había encomendado, que Alyssa había abandonado. Un trabajo que no pagaba ni de lejos lo suficiente.

Y si no podías conseguir el dinero que querías, Davin pensó que tenías que compensar la satisfacción de alguna manera.

Desbaratar a Heath y arrojar esta fragata al vertedero de la historia, ayudaría mucho a equilibrar las cuentas.

—Nunca me caíste bien —dijo Davin, metiendo la mano

en la cesta más cercana, cargada de uniformes verde bosque —. Pero ¿qué va a hacer un tipo?

La lavandería no necesitaba una tarjeta para salir, un respiro lo suficientemente amable como para darle al recién vestido, todavía maltrecho Davin un segundo aliento. El paisaje sonoro de la fragata había logrado una transformación similar, la calamidad del accidente de Davin aparentemente no elevándose a niveles de abandonar el barco. En cambio, voces tranquilas surgían por los altavoces de toda la nave dirigiendo a este y aquel grupo, a este y aquel escuadrón, y a algún pobre diablo llamado Reff de aquí para allá. Reff parecía incapaz de encontrar el camino correcto, ya que Davin medía el tiempo que tardaba en llegar al siguiente ascensor por la cadencia constante llamando a Reff de aquí para allá y de vuelta otra vez.

Los fríos pasillos, salpicados con los mismos avisos, eslóganes quejumbrosos y carteles desorganizados colgados con la típica falta de cuidado de Heath por las regulaciones de Eden, trataban a Davin de manera diferente ahora. Los cortes y los músculos doloridos tenían un propósito fresco y claro. No era una víctima, sino un asesino desconocido con un objetivo jugoso.

—Eh —dijo Davin al primer grupo que encontró, un equipo de tres hombres apresurándose en modo de mantenimiento encorvado, sus cuerpos cubiertos de cinturones de herramientas y manos empujando un carro cargado de sellantes—. Tened cuidado.

El trío se detuvo y miró fijamente.

—¿Has recibido una nueva actualización? —preguntó el primero, un hombre sudoroso que apestaba a solución limpiadora.

—¿Que he qué?

Los tres se miraron entre sí. Dieron a Davin, casi como uno solo, una mirada entrecerrada.

—Ni una sola vez ninguno de vosotros, robots, nos ha

dicho una palabra amable —dijo el líder de nuevo—. Llevo años en esta nave, y los androides del Capitán Swane o dan órdenes o nos ignoran. Así que, ¿qué ha cambiado?

—Heath ha encontrado un corazón —dijo Davin, luego despidió al grupo con un gesto, girándose y dando pasos rápidos por el pasillo.

El objetivo había sido conseguir una tarjeta de acceso, afirmar que había olvidado la suya o alguna otra excusa patética. El giro hizo que Davin cuestionara ese plan por completo: ¿los androides necesitarían siquiera tarjetas de acceso, o podrían simplemente pasar sus palmas sobre los lectores? ¿Quizás escanear sus locos ojos de robot?

Espera.

Davin se detuvo, casi se tocó la barbilla hasta que se dio cuenta de que el pasillo había comenzado a llenarse. Más personas moviéndose de aquí para allá, desde más equipos de mantenimiento hasta personal que volvía a su rutina habitual. Ningún androide haría algo tan inútil como tocarse la barbilla, así que Davin mantuvo las manos a los lados, reanudó la marcha hasta que encontró el siguiente ascensor.

El teclado se burlaba de él, así que Davin tocó el pequeño botón rojo en la esquina del panel. Reservado para emergencias e idiotas, y Davin supuso que probablemente calificaba como ambos a estas alturas.

Al otro lado, una voz aburrida confirmó la ubicación de Davin y que quería un ascensor. Cuando la voz, más robótica y sin vida que cualquier androide que Davin hubiera oído, exigió identificación, Davin reprimió de nuevo el gran suspiro que normalmente daría, y se lanzó directamente a una explicación.

—Dañado en el accidente. No puedo acceder a los datos. Necesito reparación —dijo Davin, haciendo su mejor esfuerzo por igualar la apatía del comunicador.

O había hecho una imitación lo suficientemente buena, o el esclavo de turno al otro lado pensó que necesitaban una victoria fácil, porque el teclado del ascensor parpadeó en verde y dio entrada a Davin. La caja de metal del ascensor, más allá de las típicas pegatinas de límite de ocupación, lucía un solo volante promoviendo una noche de karaoke semanal en el comedor de la fragata. Ninguna otra alma entró, y el ascensor fijó su objetivo sin que Davin presionara un botón.

—Ahora, a eso se le llama servicio —murmuró el capitán, antes de recordar su propio engaño y colocar sus brazos rectos, sus ojos al frente, y añadir un tic aleatorio en sus labios.

La planta de mantenimiento de la fragata no era solo para androides, sino para todo en la nave que necesitara cualquier montaje o reparación, incluidos los humanos. Los letreros recibieron la salida de Davin, señalándole la bahía médica, ingeniería o la espantosa condenación del departamento de salvamento. Sin saber si su lejano amigo estaba vigilando, Davin se dirigió hacia ingeniería.

Si uno tenía un plan para escapar de una nave, el método habitual era encontrar una cápsula de evacuación y expulsarse a sí mismo a las manos del destino. Secuestrar una lanzadera u otra nave podría ser viable, pero la cantidad de sobornos, suerte y pura artimaña informática requerida para hacerlo estaba bien más allá del alcance de Davin. Con malas probabilidades en todas las direcciones, ¿por qué no intentar algo diferente?

A diferencia de los pasillos aislados en los niveles superiores, la planta de mantenimiento operaba en espacios amplios. Una línea central con las estaciones de ascensores en proa y popa bisecaba la fragata, y aquí, eso significaba dividir el nivel en tercios desiguales. La bahía médica se ubicaba cerca de la proa, justo encima de las bahías de acoplamiento primarias de la fragata y debajo de su puente. Se extendía hacia atrás hasta que se encontraba con ingeniería, cuya vasta extensión ocupaba toda la mitad trasera del nivel, usando el pasillo central para dividirse en secciones duales.

Una, destinada a mantener la fragata en funcionamiento, habría sido el interés principal de Davin si no fuera por el hombre parlanchín que le describió todo esto a Davin, que lo atrapó cuando salió del ascensor. Cubierto con un abrigo grueso destinado a protegerlo de chispas, radiación y quién sabe qué más, el tipo rechoncho se presentó como el salvador de Davin, listo para reparar esos circuitos rotos y devolver al supuesto androide a la masacre de los objetivos de Heath.

—¿Tu nombre? —preguntó Davin, su segunda pregunta después de obtener la distribución del nivel. Estaban caminando a lo largo del pasillo central, una tarea lenta ya que personas y carros cubiertos de chatarra destrozada pasaban zumbando por todas partes. Reliquias del propio accidente de Davin, o eso suponía—. El mío es Davin.

—Davin, modelo tres, para ser exactos —respondió alegre el ingeniero, y luego chasqueó la lengua—. Oh, ¿mi nombre? Lamon. —Arrugó una frente sudorosa—. Preguntándome mi nombre. Debe ser una nueva actualización de software.

—Sí.

—Extraño. Pensarías que lo habría notado, pero por otro lado, Heath nos ha tenido haciendo turnos dobles todo el mes, desde que intentamos capturar a tu, bueno, inspiración cerca de Saturno. —Lamon negó con la cabeza, pero mantuvo la sonrisa—. No es que me importe. No es que a ninguno de nosotros le importe. No eliges el barco de Heath Swane si no esperas un poco de locura.

Davin no dijo nada. ¿Cómo respondería un androide a eso?

La falta de respuesta funcionó bastante bien, ya que Lamon siguió parloteando. Esto y aquello sobre futuros androides, sobre la próxima aceptación de Eden de que los robots volverían una vez más a su lugar adecuado y exaltado, que Heath estaría feliz de facilitar.

Cuando, por fin, llegaron a la puerta objetivo de Lamon y el hombre golpeó su tarjeta de acceso contra la cerradura,

Davin logró no suspirar con profundo y profundo agradecimiento.

Ingeniería, o al menos la parte de androides, no tenía parecido con la instalación que Davin había encontrado por última vez en la fragata. No había camas con luces brillantes, ni cascos destinados a escanear tu cerebro para que algún robot pudiera imitarlo. No, esto se veía y olía como Vagrant's Hollow: un constante hedor a ozono, ruidos metálicos mientras el metal hacía contacto consigo mismo y un flujo constante de maldiciones detrás de todo.

Mesas de trabajo más largas que la altura de Davin se intercalaban entre estanterías llenas de cables, tanques de plaskin y bits y piezas tecnológicas. Trina, la antigua mecánica del *Jumper*, podría haberse enamorado de la vista, al igual que aparentemente lo había hecho Lamon. Cada pared lucía ganchos con herramientas, y luces direccionales seguían órdenes habladas para enfocarse en esto, destacar aquello. Pequeños robots flotantes que se parecían mucho a Puk flotaban, buscando herramientas y manejando trabajos de precisión que los ingenieros humanos no se molestaban en intentar.

Viola había defendido la ingeniería de Eden durante algunos años, quizás había difundido sus propias ideas por toda la flota.

Esa pequeña diversión aparte, Lamon dirigió a Davin a través del laberinto zumbante hasta lo que Davin asumió que era la propia mesa de trabajo del hombre. Esa suposición vino con un apoyo nauseabundo, dado lo que yacía sobre ella.

Mecha-Phyla había sido la némesis de Davin en Ganímedes y, demasiado recientemente, en la prisión, y ahora otra copia yacía aquí de nuevo, aunque esta versión no iba a saltar de la mesa y estrangularlo. Por un lado, su pecho y estómago estaban abiertos como una caja, lados cayendo hacia arriba y hacia afuera, para revelar un nido de cables debajo.

—Tercera edición —dijo Lamon, cada palabra impregnada

de orgullo—. Hemos hecho tantas mejoras desde el primer modelo. Tu secuela va a recibirlas también. Primero y principal —Lamon tocó la frente de Mecha-Phyla—, esto es todo espacio vacío. Resulta que todo el mundo va primero a por la cabeza, así que estamos moviendo el procesador aquí abajo, donde estará envuelto en suficiente titanio para mantenerse a salvo.

Lamon vaciló, sus ojos mirando de reojo a Davin en busca de un cumplido. Si un androide proporcionaría uno parecía cuestionable, así que Davin contuvo la lengua. Lamon se desinfló, dijo que deberían haber hecho los androides más simpáticos, antes de tocar un interruptor en el lateral de la mesa de trabajo. Con un zumbido y un gemido, la mesa se elevó, levantando a Mecha-Phyla varios metros sobre postes extensibles en las cuatro esquinas de la mesa.

Debajo, deslizándose para cubrir la nueva apertura, había otra lámina plana de metal.

—Nos permite manejar interrupciones sin guardar toda la diversión —explicó Lamon, haciendo un gesto a Davin para que se acostara.

La actividad limitaba las opciones de Davin. Un golpe repentino podría noquear a Lamon, pero todos esos Puks flotantes verían a Davin electrocutado antes de que avanzara un par de pasos. Al mismo tiempo, dejar que Lamon lo cortara en rodajas sería, bueno, un no rotundo. Davin seguía reflexionando sobre su entorno, descartando y creando nuevas ideas mientras estiraba las piernas en la mesa, mientras Lamon se inclinaba y olfateaba.

El hombre frunció el ceño. Olfateó de nuevo.

Esos ojos se estrecharon, la brillante curiosidad cuajando en sospecha nerviosa.

—Si hay una cosa que ninguna actualización ha proporcionado jamás —dijo Lamon, dando un paso atrás de la mesa de trabajo—. Es el olor corporal.

CAPÍTULO 15
SECUESTRADO

Si estar tumbado sobre un banco de trabajo tenía alguna ventaja, esta residía en las abundantes herramientas al alcance de Davin. Cuando Lamon proclamó su revelación olfativa, Davin encontró una llave inglesa con la mano derecha y la lanzó contra el desafortunado científico. El objeto brillante y robusto dio en el blanco justo en la frente de Lamon, derribando al hombre con un golpe sordo al suelo. La llave, al rebotar contra Lamon, no fue tan silenciosa cuando repiqueteó en el suelo junto a su víctima.

Para entonces, Davin ya se había bajado rodando del banco de trabajo hasta el lado de Lamon, inclinándose sobre el hombre y hurgando en sus bolsillos en busca de algo útil. Su mano derecha se deslizó hasta el cuello de Lamon, arrancando el cordón que colgaba allí. La primera pregunta llegó de alguien que notó la forma de Lamon y se preguntó cómo había acabado así.

Davin, metiendo el cordón en el bolsillo de su uniforme de Eden, levantó la mirada con demasiada esperanza. El ingeniero que preguntaba estaba a la izquierda de Davin, más adentro del nivel, pero a su derecha, bloqueando la salida hacia el pasillo central de la fragata. Los robots también estaban recibiendo refuerzos. Los clones de Puk, cuatro de ellos, habían acorralado a varios ingenieros, y aunque Davin no podía imaginar que los técnicos más brillantes de la galaxia trabajaran para Eden, estos tontos eran lo suficientemente listos como para resolver un problema.

Uno que Davin podría solucionar con el mismo viejo manual.

—Parece que he sufrido un mal funcionamiento —dijo Davin, poniéndose de pie—. Él activó mi protocolo de autodefensa.

Que los androides tuvieran o no algo así era irrelevante. Las palabras le compraron a Davin un momento de duda, una oportunidad para establecer una ruta, matizar el instinto con una idea.

—Necesitará atención médica —continuó Davin mientras los cautelosos ingenieros y su escolta robótica se acercaban—. Puedo llevarlo.

—No llevarás a nadie —dijo la misma ingeniera que había hecho la primera pregunta, una maldita mujer que parecía preferir probar sus diseños con fuego real a cada paso—. Si estás funcionando mal, no podemos permitir que andes por la nave.

Hmm. Davin podría haber engañado a un ingeniero, pero a toda la tripulación, más los robots mirando ahora a Davin, sugerían un rápido final si decidía repetir el truco. Esas miradas, sin embargo, le dieron a Davin una nueva oportunidad: nervios alrededor de los ojos, herramientas agarradas con fuerza y una reticencia a dar un paso más le recordaron a Davin exactamente lo que estaba fingiendo ser.

Los androides siempre habían sido máquinas asesinas, ante todo. Para todos estos pardillos, si no para los robots flotantes, Davin era un demonio de movimientos rápidos que podía despedazar a cada uno de ellos con o sin una llave inglesa.

Quizás era hora de aprovechar eso.

—No creo que lo entienda —dijo Davin, manteniendo su voz plana, uniforme—. Mis protocolos dictan que el personal herido de Eden debe ser llevado a la enfermería. No se aceptará ninguna interferencia.

Oh, sí. La forma en que los ingenieros retrocedieron hizo que Davin tuviera que luchar para mantener una sonrisa fuera de su rostro. Phyla estaría tan impresionada. Merc aún más. Esta era la actuación que Davin había pasado toda una vida aprendiendo a realizar, y ahora la completó inclinándose, poniendo sus manos bajo el ingeniero caído y dándose cuenta de que no había manera de que su yo de mediana edad pudiera levantar a Lamon.

En su lugar, Davin se enderezó y se volvió hacia su nervioso público.

—Detecto una falta de confianza —dijo Davin—. Como tal, prefiero mantener mis manos libres. Vosotros dos, llevad a vuestro colega. Yo os escoltaré.

Señaló al par más robusto, los que sostenían sierras de diamante, y nuevamente suprimió el impulso de reírse cuando el dúo dejó caer sus armas. Davin se hizo a un lado mientras levantaban a su colega —el chichón de Lamon se había convertido en una fea mancha, pero la simpatía de Davin se vio atenuada por la elección de empleador de Lamon: cualquiera que trabajara para Heath Swane merecía lo que le viniera encima.

Con los ingenieros levantando a Lamon, Davin siguió al par desde las pilas de piezas y bancos de trabajo de vuelta al pasillo central. Los robots flotantes y sus compañeros humanos decidieron no presionar ningún ataque, los primeros porque los segundos sufrían de esa importante enfermedad: la cobardía.

Davin hizo todo lo posible por mantener un paso rígido y una cara seria mientras llegaban a la enfermería. Cuando uno de los ingenieros abrió la puerta con un pitido, Davin anunció su inminente regreso al piso de ingeniería para esas reparaciones prometidas, y los portadores de Lamon partieron hacia el caos médico. Un vistazo rápido al interior mostró a muchos heridos recibiendo atención, un misterio resuelto por el accidente de Davin, o quizás la invasión de la prisión de Eden no había sido tan robótica como se anticipaba.

Más importante aún, los heridos significaban que alguien había regresado a la fragata de Heath. Una lanzadera o dos podrían estar disponibles, y Davin tenía una tarjeta que podría llevarlo a las bahías.

Esta vez, el ascensor aceptó su toque sin problemas, y Davin se elevó rápidamente hasta el nivel justo debajo del que había embestido. La tarjeta y el acceso de Lamon ofrecían escape... eventualmente.

El capitán de los Nueve tenía asuntos que atender primero.

La fragata de Heath Swane mantenía la disposición estándar de Eden, aunque el nivel superior con su experimentación de androides y el segundo puente, ahora destrozado, era un poco inusual. Mientras Davin se adentraba entre la multitud que iba de un lado a otro, realizando tareas vespertinas con el frenesí provocado por la acción de combate, se reacostumbró al interior de la nave. Gracias a los mapas de nivel pegados en las paredes cerca del ascensor, Davin trazó una línea hacia el puente y se dirigió hacia allí.

No tenía un arma, ni ningún tipo de arma más allá de sus puños, pero Davin pensó que se le ocurriría algo para cuando encontrara al capitán de Eden. El camino, alineándose con soldados, técnicos y personal de apoyo aleatorio de Eden, permitió que esos planes mórbidos florecieran, se convirtieran en una multitud horrible solo para colapsar de nuevo en una pregunta cuando Davin llegó al puente propiamente dicho, esas grandes puertas mantenidas abiertas por el tráfico constante.

Matar a Heath no había sido parte del plan inicial de los

Nueve en la prisión espacial y, estando aquí, Davin se encontró revisando la idea. El asesinato no era una carta que a Davin le gustaba jugar en los mejores momentos, ya que normalmente conducía a recompensas, persecución y las lesiones que prefería evitar. Con Bosser, hace mucho tiempo, la muerte había llegado a través del láser de Viola en un momento desesperado. Marl se había lanzado desde el terraformador.

Claro, Davin tenía algunos fantasmas persiguiendo sus pasos, pero si entraba en esa plataforma y liquidaba a Heath, ¿qué conseguiría?

Una grabación, ciertamente, del capitán de los Nueve matando a un hombre. Reputación arruinada, recompensas legítimas establecidas y una mancha eterna en el legado algo dudoso de Davin.

Tomar a Heath como rehén parecía igualmente imposible. ¿Qué haría Davin? ¿Agarrar al hombre por la oreja y gritar a toda la tripulación del puente que abandonara la nave? Alguien dispararía a Davin antes de mucho, y se achicharraría bajo el...

—Te ves bien —dijo una voz familiar y terrible justo cuando una mano se posó en el hombro de Davin. Heath Swane, separándose de un grupo que salía de un ascensor cercano, sonrió en la cara de Davin—. No como habíamos discutido, por supuesto, que te estrellaras contra nuestra nave, pero supongo que Davin nunca iba a rendirse tranquilamente.

La mano en el hombro de Davin presionó, empujando al capitán de los Nueve hacia el puente.

—Improvisé —respondió Davin, las tranquilas dudas de un momento antes disipándose en una confusión frenética—. Él fue astuto.

—Oh, lo sé. Por eso estás aquí. Demasiadas personas en la Tierra y alrededor de las colonias parecen apreciarlo. No creerán en su desaparición, a menos que tú la confirmes.

—Como ordenó.

—En efecto. Ahora, la prisión está resistiendo más de lo esperado. Los colegas de tu víctima lo están poniendo difícil, y no puedo permitir que anuncies nuestra victoria hasta que esté completa.

—¿Anunciar nuestra victoria?

El puente principal de la fragata, como la mayoría de las naves de Eden, se desplegaba en un semicírculo, con una plataforma elevada en el centro desde la cual el comandante podía dominar a los subordinados que manejaban terminales, comunicaciones y limpiaban los pisos de abajo. Luces suaves azules y blancas bordeaban la sala, lo suficientemente brillantes para permitir que los pasos encontraran su camino mientras proporcionaban sombras y confort a los ojos que trataban con pantallas oscuras. Heath se dirigió directamente a la plataforma central, empujando a Davin, y a su llegada, alguna lacaya de Eden fue despedida.

—¿Acaso Aya no envió el paquete? —Heath frunció el ceño, hizo como si fuera a tocar un comunicador de pie antes de detenerse—. No, eso no es importante todavía. Si las bajas son altas, tendremos que cambiar la redacción de todos modos. —Heath asintió sin mirar a nada, se volvió hacia los terminales—. Quédate aquí. En el momento en que reciba la noticia de que la prisión está en nuestras manos, transmitiremos. No le daremos a otra voz la oportunidad.

—¿Altas bajas? —preguntó Davin.

—De nuestro lado —respondió Heath sin darse la vuelta—. Todos los prisioneros, y tus famosos Nueve, están acabados. Boletos perforados. Tienen que estarlo, como ejemplo. Todos deben entender que nuestros androides son despiadados y eficientes. Eden debe tener autoridad absoluta, y yo debo ser quien se la dé. Esa es la única manera en que podemos asegurar que nuestra investigación, nuestro programa, continúe.

Davin se congeló durante un segundo frío mientras Heath

pronunciaba las muertes necesarias de sus amigos, su familia. Los cálculos fríos del capitán de Eden eran, como siempre, merecedores de un puñetazo en la cara, pero la línea que Davin había trazado unos minutos antes se rompió. La muerte, el asesinato, no era algo que Davin quisiera.

Pero si amenazabas a los Nueve, Davin te haría papilla.

Una mente más racional podría haber desarrollado más el escenario, analizado lo que se podría lograr al mezclar la nariz de Heath, a lo bruto, con el resto de su cara. Davin podría haber tenido una mente así, pero un largo día lidiando con la muerte, la destrucción y copias robóticas de sí mismo había empujado al capitán de los Nueve a los confines reconfortantes de su cerebro reptiliano.

Así que Davin lanzó el puñetazo, y Heath, ese maldito monstruo, lo atrapó. Un tiempo de reacción demasiado rápido, demasiado preciso para el pulcro capitán de Eden. No había forma de que este tipo, este diseñador de androides sinvergüenza, hubiera encontrado tiempo para entrenarse en artes marciales. El asombro de Davin se transformó en ojos que se abrían de par en par, pero Heath solo sonrió, sosteniendo la mano que se balanceaba de Davin en un agarre de hierro.

Davin continuó con la izquierda a continuación, y de nuevo Heath contrarrestó, sellando ambas manos de Davin en agarres bloqueantes. El capitán de Eden mantuvo su sonrisa escalofriante, como si esto fuera algún juego simple y no un intento de eliminación.

Sin gritos de ayuda, sin burla despectiva. Heath parecía aturdido por la situación, los dos en el centro del puente, rodeados de terminales y miembros de la tripulación ajenos.

Cuando los ojos de Heath se crisparon, la sonrisa se desvaneció hasta convertirse en una línea recta, Davin maldijo.

—Asombroso —dijo Heath en respuesta—. Pero una vez más has demostrado que mi confianza es mi perdición. No importa cuántas veces intente matarte, Davin, de alguna manera sales adelante.

—¿Dónde estás? —gruñó Davin, sacudiendo sus manos sin ningún efecto—. ¿En qué conducto te has metido, Heath?

—Oh, solo en mis aposentos, Davin —el androide copia de Heath habló sin moverse, sin relajar su agarre—. Como sin duda estás viendo, me he convencido de otra utilidad de los androides. ¿Por qué ponerme en peligro, cuando uno de estos puede tomar mi lugar? —El androide levantó sus brazos, arrastrando las manos cautivas de Davin con ellos—. Una lección que deberías haber aprendido, Davin. ¿Toda una tripulación lista para meterse en el fuego por ti, y aquí estás, liderando el camino?

—Quería golpearte yo mismo.

—¡Y lo hiciste! Ciertamente, sin ningún efecto real, pero estrellaste una lanzadera contra mi pobre fragata. Un buen final, uno para pulir tu leyenda. Una manera fantástica de morir.

Alrededor del puente, las cabezas se volvían, palabras murmuradas por encima de los clics, timbres y pitidos de tono suave inherentes a cualquier centro de mando de una nave. Esas cabezas vieron a Davin levantado de sus pies, su boca estirada en un gruñido de dientes desnudos mientras sus nudillos y dedos dolían con el agarre del androide.

—Aya es toda una escritora, ¿sabes? —continuó Heath, cayendo en su horrible hábito de monólogo—. Está redactando un nuevo comunicado ahora mismo. Se reproducirá con el vídeo de tu desesperado accidente, un salto para evitar que una lanzadera llena de terribles criminales escapara. Seguirás siendo el héroe, Davin. Así que agradécelo.

Davin le dijo a Heath lo agradecido que estaba, y se ganó un par de jadeos de la audiencia colectiva. No es que un alma se moviera para ayudarlo, para disuadir a Heath de lo que podría haber sido una ejecución muy pública. Podría haber sido, si Davin no tuviera una última estratagema bajo sus muy estiradas mangas.

Con una contracción de abdominales fortalecidos por su breve viaje a la superficie de la Tierra, Davin levantó las piernas y las presionó contra el pecho del androide. Al mismo tiempo, Davin enderezó sus manos, dejando atrás los puños en un deslizamiento simultáneo que hizo que el agarre poderoso y precario del androide se deslizara de la piel de Davin. El capitán de los Nueve golpeó la plataforma con su espalda y pateó de nuevo, deslizándose por el suelo y cayendo sobre un escritorio desordenado. Un terminal se dobló bajo el peso de Davin, torciendo su caída hacia un lado y dejándolo caer más sobre la silla de algún pobre empleado. Los reposabrazos le dieron a Davin un momento de pausa antes de rodar también fuera de ellos, golpeando el suelo con el estómago, protegido por el escritorio a su derecha y los oficiales que huían a su izquierda.

—Arrestadle —exigió Heath, a través de su androide, y aunque las palabras no detuvieron la huida de los oficiales, sí señalaron su reemplazo por fuerzas más resistentes.

Que el propio Heath no persiguiera a Davin con su doble androide sugería algo más: el hombre seguía siendo un cobarde, incluso con sus copias.

Davin se levantó, se golpeó la cabeza contra el escritorio y maldijo. El primer guardia de Eden se abalanzó sobre él, con el bastón aturdidor levantado como una gloriosa justicia a punto de ser impartida. Davin empujó la silla con ruedas hacia el avance del hombre, golpeándolo justo donde ningún hombre debería ser golpeado. El bastón vaciló y Davin lo siguió, tambaleándose con la silla y usando sus reposabrazos —cosas útiles, esas— para impulsarse hacia arriba. Mientras el primer guardia retrocedía tambaleándose, con aspecto bastante verde, una segunda tomó su lugar. La mujer apartó el empujón de la silla de Davin, encontrándose con la apertura con su bastón aturdidor.

El capitán de los Nueve retrocedió, poniendo su espalda contra el escritorio mientras el bastón silbaba a través del espacio. Sus manos encontraron cosas para agarrar, y Davin las arrojó contra su atacante. Un delgado bloc de notas revoloteó hacia la derecha, pero el bolígrafo voló certero, golpeando a la guardia de Eden en la cara y provocando un grito. Davin se encorvó hacia su derecha, el bastón golpeando a ciegas contra el escritorio y partiéndolo por la mitad. El terminal doblado chisporroteó cuando el bastón aturdidor liberó su corriente, destellos blancos y humo silbando de chips fritos más allá de cualquier uso.

Mientras rodeaba el escritorio, Davin se enfrentó a las duras realidades del puente de Heath. El extremo circular y el lugar de Davin dentro de él significaban que el capitán de los Nueve no tenía a dónde ir. Ante él, el semicírculo continuaba, con la Tierra cortando una hermosa franja contra la oscuridad más allá. Más escritorios y terminales llenaban el espacio, sus ocupantes desaparecidos en la charlatanería, huida no del todo pánica. Un sprint alrededor del puente solo llevaría a Davin cara a cara con...

El androide de Heath aterrizó con un fuerte golpe seco delante de Davin, una sonrisa salvaje en la cara del robot. La máquina no tenía arma, pero esos puños se cerraron en lo que probablemente sería una devastadora combinación de uno-dos. Especialmente con bastones aturdidores acercándose a la espalda de Davin. Una pinza, y con ella, la probable muerte de Davin.

Si Davin jugara según las reglas, de todos modos.

Se abalanzó sobre el androide, soltando un rugido sin palabras que se sintió muy bien, teniendo en cuenta las circunstancias. Davin levantó su puño derecho y el androide de Heath trató de encontrarse con él de la misma manera que había lidiado con el golpe anterior de Davin: agarrar, controlar, provocar. Bien. El capitán de los Nueve ralentizó el acercamiento, dejó que su zancada izquierda arrastrase sobre el suelo metálico. Detrás de él, la guardia de Eden venía con su bastón aturdidor, los pasos claros, duros y victoriosos.

Davin plantó su pie izquierdo, dejó caer el puñetazo planeado y pivotó con fuerza hacia la izquierda, girando su cuerpo mientras el androide, buscando cerrar una brecha inesperada, alcanzaba el brazo que tanto quería agarrar. Al mismo tiempo, la guardia que cargaba con fuerza pinchó con el bastón. El giro de Davin despejó el camino para que los dos presuntos amigos se encontraran en el medio, y, vaya por Dios, saltaron chispas.

El bastón aturdidor trató al androide exactamente como lo habría hecho con cualquier otra víctima, entregando una descarga que adormecía los nervios directamente al brazo extendido del androide. Sonidos siseantes, crepitantes y escupidores surgieron de la costosa máquina de Heath. El brazo cayó y el androide lo siguió, aunque Davin no pensó ni por un minuto que toda la máquina estaría estropeada por mucho tiempo; incluso los primeros androides habían sido endurecidos contra ataques como este. La guardia de Eden, sin embargo, miró lo que había hecho como si hubiera asesinado a un niño, con la mandíbula caída y la forma flácida dándole a Davin tiempo suficiente para pasar corriendo junto a ella.

Y hacia el hombre golpeado por la silla, recuperado de su roce con el dolor cósmico. El hombre levantó su propio bastón aturdidor, aunque el giro repentino había alterado su tiempo de reacción. Nadie esperaba que una víctima esquivara a un androide, y esa vacilación permitió a Davin colar un codazo en el estómago del guardia, desviando el golpe y, nuevamente, enviando al hombre al suelo, con gemidos audibles.

Lo que dejó a Davin con un camino despejado hacia la salida del puente. Excepto, por supuesto, por la media docena de soldados más que se apresuraban a entrar. No estaban armados con bastones, sino con rifles. Armas reales, y Davin tuvo que suponer que no serían amistosos. Sin embargo, Davin había crecido en el Hueco del Vagabundo, y cuando la seguridad acudía a ese ajetreado lodazal, los oprimidos tenían una ventaja:

Confusión.

Davin corrió hacia los soldados, gritando que habían derribado al tipo de atrás. Los soldados, probablemente respondiendo a la alarma de Heath, a la apresurada salida del puente, no habrían recibido un informe. Más que eso, la mejor fuerza de Heath habría sufrido grandes pérdidas en Ganímedes en el asalto al hogar de Viola. Estos novatos carecían del entrenamiento, la voluntad y el conocimiento para saber cómo manejar el pánico salvaje de Davin, sus brazos agitados y su uniforme verde de Eden.

Al menos, todo eso surgió como una vaga esperanza mientras Davin corría hacia la salida del puente. Los soldados se ralentizaron, se miraron entre sí con esa clásica esperanza de que alguien más tomara las riendas. Uno de los guardias de Eden detrás de Davin ordenó a los soldados que dispararan a Davin, pero la orden, lo que significaba y quién era Davin tomó demasiado tiempo en procesarse. Con un empujón y un tropiezo, Davin salió corriendo por la salida del puente y se mezcló con la multitud exterior.

Lo que había comenzado como un intento de convertir a Heath Swane en fango se había convertido en la alternativa más racional: entre miradas curiosas, gritos y caos general, Davin escapó. Se metió en un ascensor abarrotado, pulsó el botón del nivel de la bahía de atraque y dejó escapar un profundo suspiro mientras otros cuatro miembros del personal de Eden lo miraban fijamente.

—Día largo —ofreció Davin ante sus miradas, y si alguno reconoció al hombre que acababa de escapar de un androide, guardias y soldados, se guardaron ese conocimiento para sí mismos.

Galletas inteligentes, el grupo.

Abandonar el ascensor puso a Davin en un lugar familiar: un corredor central con grandes bahías abriéndose a ambos lados. Las fragatas no eran enormes, pero podían almacenar un buen complemento de lanzaderas y, como había oído Davin, algunas ya estaban regresando de la misión de subyugación de Heath a la prisión. El personal médico llevaba a soldados de Eden en carritos hacia los ascensores, sin apenas dedicar más que miradas a Davin mientras se deslizaba junto a ellos. Las primeras bahías a la izquierda y a la derecha estaban vacías, pero la tercera tenía lo que Davin estaba buscando: una lanzadera de aterrizaje, con los motores aún calientes. El piloto estaba junto a esas toberas, inspeccionando algo, y Davin aprovechó, lanzándose en una carrera directa hacia la rampa de embarque.

Una bota golpeó el metal antes de que el piloto se diera cuenta, gritando a Davin que se detuviera.

Como si fuera a hacerlo.

La lanzadera no tenía los asientos de pasajeros de la prisión, dejando en cambio un centro despejado para equipos y dos largos bancos a los lados para que soldados armados y con armadura sufrieran durante lo que serían, con suerte, viajes cortos a su objetivo. Ese espacio le dio a Davin una carrera limpia hacia la consola de la lanzadera, un camino que Davin no tomó, en su lugar desviándose hacia la derecha una vez que había subido la rampa.

El piloto persiguió con el abandono del pánico, corriendo hacia arriba y hacia dentro, solo para vacilar cuando no vio a Davin en los controles. Después de lidiar con androides y bastones aturdidores, tener un tiro limpio a un objetivo confundido fue un deleite, y Davin atrapó al hombre en una fuerte llave de cabeza. Siguió una rápida negociación, con Davin escupiendo una oferta por la vida del piloto a cambio de los códigos de salida y la rápida salida del hombre. La lealtad de Eden nuevamente demostró ser flexible cuando el piloto aceptó el intercambio con demasiado entusiasmo, prácticamente bailando por la rampa y saliendo por la bahía.

Davin ya tenía los motores, ya calientes, de la lanzadera

acelerando, los chorros de maniobra levantando su nave antes de que el piloto desapareciera de la vista. Una ligera rotación, un empujón hacia adelante, y su nueva nave honró el hermoso vacío. Mientras devolvía los códigos del piloto a la fragata, el capitán de los Nueve abrió el comunicador al máximo, tratando de captar cualquier cosa, todo.

Y esperando que cierta voz estuviera al otro lado, diciéndole a Davin cómo salvar a su tripulación.

CAPÍTULO 16
WHISKEY

Los láseres le indicaron a Davin que sus códigos no eran válidos.

La fragata disparó en cuanto la lanzadera de Davin atravesó el escudo de la bahía y puso unos pocos kilómetros entre él y la gran nave de Heath. No hubo aviso, solo una repentina ráfaga que habría convertido a Davin en polvo espacial si la lanzadera no hubiera estado asignada para tareas militares, si sus escudos no hubieran estado ya activados por sus viajes de recuperación a la prisión espacial.

La energía crepitó y la lanzadera hizo parpadear las alarmas mientras Davin la sometía a una brusca maniobra evasiva, activando los propulsores de maniobra al tiempo que aceleraba los motores. La combinación permitió a Davin desviar la pequeña nave de un lado a otro a intervalos erráticos, dificultando que los artilleros de la fragata pudieran fijar el blanco. Los rayos brillantes continuaron, pasando junto a Davin para desvanecerse contra el resplandeciente halo de la Tierra a babor, o hacia la oscuridad centelleante a estribor.

No le siguieron misiles ni proyectiles sólidos, ese metal macizo que atravesaría los escudos de la lanzadera como los chistes de Davin atravesarían una cena fúnebre, lo que sugería que Heath Swane no había identificado a este particular ladrón de lanzaderas. Esas armas eran caras y, después de todo, ¿adónde podría ir Davin?

El comunicador general crepitó con mensajes equivocados. Ninguno procedía de la prisión espacial, lo que sugería que los tipos malos seguían controlando el centro de mando principal. En su lugar, una solicitud salió disparada desde la fragata de Eden hacia la fuerza de defensa perimetral de la Tierra, alertándolos sobre el secuestro de Davin y solicitando asistencia.

Cuando los cazas de la Tierra respondieron para preguntar si la lanzadera necesitaba ser capturada, los lacayos de Heath declinaron. Destruida estaría perfectamente bien.

Eso puso a media docena de cazas tras la pista de Davin, incluso cuando se acercaba al alcance máximo de la artillería de la fragata. La prisión espacial quedaba ahora muy atrás, con la fragata situada entre él y ese esperanzador regreso, haciendo que una carrera hacia Phyla y sus amigos fuera peor que una misión suicida.

Sería una misión estúpida.

Sin embargo, volar directamente hacia los dientes de la Tierra, una trampa que se cerraría sobre Davin si intentaba un brusco descenso a babor hacia la superficie del gran planeta, tampoco funcionaría. Tenía una estrecha ventana para tomar una decisión, y solo un camino se ofrecía como posibilidad.

—Mox, ojalá estuvieras aquí —murmuró Davin, empujando la palanca de vuelo hacia la gran bola gris. O más bien, hacia donde estaría la Luna en unas horas cuando su órbita trajera la esfera acribillada de cráteres a la vista—. Pero como no estás, espero que no te importe que le pida un favor a tus amigos.

Davin deslizó la lanzadera a estribor y abrió el comunicador de la nave, orientando las comunicaciones hacia el escuadrón terrestre que se aproximaba. El piloto líder respondió rápidamente al saludo de Davin, exigiendo esto, aquello y otras tonterías que Davin contrarrestó con una sola palabra.

—Delator —dijo Davin—. Estoy huyendo porque no puedo soportar lo que está pasando con esa nave, lo que están haciendo. Es ilegal, inmoral y terrible.

Que el programa de androides de Heath Swane contara al menos para una de esas cosas solo le dio peso a la protesta de Davin, lo suficiente para hacer dudar al piloto terrestre.

—¿Está usted reclamando protección? —respondió el piloto, después de lo que Davin supuso fue una rápida consulta de las leyes pertinentes.

Davin solo tenía un vago recuerdo de esas cosas, pero de vez en cuando se captaban noticias sobre trabajadores descontentos que se lanzaban en picado desde naves corporativas, buscando revelar secretos a cambio de seguridad. Por lo general, esa seguridad provenía de condiciones de trabajo tacañas, como caminatas espaciales con trajes propensos a fugas o semanas en algún asteroide con reservas menguantes de papilla nutritiva.

Si aquellas pobres almas que intentaron las negociaciones realmente consiguieron algo, Davin no podría decirlo. No tenía tiempo para hacer un seguimiento, así que basó esta petición particular en la esperanza.

—Lo que afirmo es que la fragata que tengo detrás va a causar al sistema solar muchos más problemas de los que causaré yo —dijo Davin—. Su capitán está completamente loco, y ahora mismo está masacrando a todos en la prisión.

Otra pausa de varios segundos antes de que el capitán terrestre respondiera: —¿La prisión?

Davin tuvo que aclarar mientras los cazas terrestres continuaban acercándose. Las pausas en la conversación del piloto terrestre sugerían que el hombre tenía dos canales abiertos, y estaba siendo persuadido por las autoridades sobre si el aviso de Davin debía ser escuchado o no.

El silencio parecía ser la respuesta.

La Luna flotaba en la distancia, siempre más cerca y más lejos de lo que uno esperaría. Unas pocas horas de vuelo a máxima velocidad pondrían a Davin al alcance de las comunicaciones, una oportunidad para programar un aterrizaje, pero sus posibilidades de durar tanto tiempo con estos cazas acercándose a toda velocidad estaban entre cero y, bueno, cero.

¿Qué otros farol podría lanzar Davin?

Mientras narraba una historia sobre el asalto a la prisión, Davin echó un vistazo a la lanzadera. Equipada para un ataque ofensivo, la nave tenía abundantes implementos letales. Rifles, granadas y armaduras ocupaban los estantes, mostrando huecos donde los androides de Heath y sus contrapartes humanas se habían armado, pero más que suficiente para una resistencia de un solo hombre.

Si los cazas decidieran alinearse y acoplarse con Davin uno por uno, podría tener una oportunidad.

—Voy a darle una opción —dijo finalmente el piloto del caza—. Apague sus motores y le dejaremos esperar hasta que Eden venga a recogerle. Mientras tanto, tomaré su informe y lo presentaré para que alguien lo investigue.

—¿O me harás saltar en pedazos?

—Me alegra que nos entendamos.

—No me cree, ¿eh?

—La palabra de un hombre contra la de otro. No me gusta matar basándome en rumores, pero tampoco puedo dejarle huir en una lanzadera robada.

—Bueno, podría hacerlo.

—No lo haré.

Davin tamborileó con los dedos en el panel de la lanzadera, bailoteando cerca de la consola. Phyla podría atreverse a enfrentarse a los cazas, pensando que podría bailar su camino hasta la Luna. Davin no tenía ni las habilidades ni el deseo de morir para eso. Tampoco tenía tiempo para esperar a que Heath enviara algunos androides para una recogida fatal.

Su atención volvió al extenso escudo de cristal entre él y las estrellas. La Luna crecía en esa imagen, pero lo que atrajo la atención de Davin fue un borrón hacia la parte inferior, un reflejo proyectado por las luces azul-blancas de la lanzadera. Un rostro rugoso y cansado que pertenecía a uno de los bastardos más famosos del sistema solar.

—Oye —dijo Davin al líder de vuelo, a través del comunicador—. ¿Sabe con quién está hablando?

—¿No?

—Davin Masters. Héroe de la Tierra. Un tipo que ya derribó a un mal bicho y está tratando de hacerlo de nuevo.

Reflexión al otro lado. Los kilómetros entre Davin y la Luna continuaban disminuyendo. El caos, la lucha, la carnicería en la prisión quedaba cada vez más lejos. Si los Nueves seguían vivos en esa desastrosa estación...

—La fragata de Eden dice que está mintiendo. Me inclino a creerles.

—¿Está dispuesto a jugarse la vida por ello? —preguntó Davin—. Si cualquier láser viene en mi dirección, transmitiré una llamada de socorro en vídeo a todas las naves al alcance. Sabrán exactamente quién intentó derribarme.

Davin podía sentir la indecisión del capitán a través de la llamada. Como jugar a las cartas o negociar un mejor contrato. Una vez que tiene al oponente desequilibrado, es el momento de ofrecer una salida fácil.

—Me dirijo a la Luna. Aterrizaré allí. Puede avisar por radio, contarles todo, y si soy el tipo malo que Eden dice que soy, entonces los Centuriones me arrestarán. Nadie necesita arriesgar nada.

Abre una puerta y, con suerte, caminarán directamente a través de ella.

Luna le dio a Davin un vector de aterrizaje deslumbrante, balanceándose a baja altura alrededor de los arqueados edificios de cristal hechos viables gracias a la tenue gravedad lunar. Enormes cúpulas captaban la luz del sol, sus curvas brillando en líneas de arcoíris mientras Davin pilotaba la lanzadera —o más bien, el ordenador de vuelo de la lanzadera dirigía— hacia una bahía de acoplamiento aislada, lejos del tráfico comercial.

Los defensores de la Tierra habían dejado claro que el vehículo de Davin era robado, que el hombre era peligroso, que Eden lo quería muerto.

Afortunadamente, la mayoría en la Luna trataba a Eden como Davin trataba la papilla nutritiva: un hecho de la vida, pero no uno para amar. Esa realidad se manifestó cuando Davin bajó por la rampa de embarque de la lanzadera hacia un reducido comité de bienvenida, encabezado por una particular Centurión con su mejor capa roja.

—Comandante Latrice —dijo Davin, esbozando su sonrisa de perro apaleado, tratando de combatir el dolor de cabeza, los dolores musculares de demasiadas horas en servicio activo—. No es exactamente cómo...

—Cállese —declaró Latrice, con su rostro afilado y sus ojos igualmente cortantes, reforzando la postura con las manos sobre los rifles que ella y sus compañeros mantenían —. Le dejé aterrizar en esta Luna una vez como hombre buscado y me amenazó. Ahora está aterrizando aquí por segunda vez, y por lo que puedo ver, no hay nada que respalde cualquier tontería que esté a punto de soltar. Pertenece a una celda o muerto, Davin Masters.

Sin embargo, no se movió para ponerle esposas aturdidoras, no le disparó a la vista.

—Pero tiene preguntas —dijo Davin, cruzando los brazos —. Puede que tenga respuestas.

—No tengo preguntas. Luna las tiene. La Tierra también, y me han dicho en la última hora que necesito sacarle algunas respuestas.

—Y estaría condenadamente feliz de dárselas, pero verá, el tiempo no es algo que tenga. Mis amigos probablemente están luchando por sus vidas ahora mismo, así que...

—¿Quiere ayuda? Hable. ¿Quiere que sus amigos vivan? Hable rápido.

Aparte de la sugerencia de Latrice, la bahía de acoplamiento no era el lugar para un interrogatorio. Cuando Davin accedió, los Centuriones lo llevaron a una habitación sin características, en forma de caja, justo al lado de la bahía, un lugar diseñado para preguntas difíciles y muertes fáciles fuera de la vista, en caso de que la parte resultara problemática. Davin se sentó en una silla fría, reconfortado por café y, sí, algo de esa infernal papilla nutritiva. Cuando el capitán de los Nueves hizo una súplica por algo, cualquier otra cosa, Latrice señaló que los amigos de Davin podrían estar muriendo en ese mismo momento.

Una dura negociadora, esta Centurión.

Latrice, sin embargo, no tenía preguntas tontas, y estas venían de personas con poder real. Tanto la Tierra como Luna habían notado el supuesto arresto de Alyssa, las extrañas declaraciones hechas por Davin y otros líderes rebeldes aparentemente todos en la superficie de la Tierra, en Quito, declarando el movimiento una locura. Lo que sirvió para engañar a las masas complacientes olía mal para los políticos, los servicios de inteligencia y los diversos rivales de Eden, todos los cuales estaban felices de ver a los combatientes marginales mantener su resistencia.

—Así que responda —dijo Latrice—. ¿Por qué dijo todas esas cosas? ¿La guerra ha terminado realmente?

—Déjeme contarle un secreto —dijo Davin entre profundas bocanadas de café. Claro, era barato, preparado a máquina, pero un olor que no fuera sudor, cables quemados y miedo era algo a valorar—. Ninguna de esas personas que vio éramos nosotros. O humanos.

Latrice no se inmutó, aunque un ojo se ensanchó un poco. —¿Androides?

—Es usted perspicaz, ¿verdad?

Ese ojo se estrechó condenadamente rápido. —Explíquese.

—Es un juego de poder, Latrice. Eden no es un monolito. Hay grupos que impulsan sus proyectos favoritos, y uno de ellos está dirigido por este bromista, Heath Swane. Es el cachorro que dejó Bosser Oates, y ahora Heath está tratando de hacer su gran movimiento. Piensa que puede inclinar las cosas a favor del robot haciendo réplicas de usted, de mí y de todos los que Eden necesita que se alineen. Lo único que queda es hacer desaparecer a las versiones reales.

—Sin embargo, usted sigue aquí.

—Oiga, nunca dije que Heath fuera competente. Sus androides no son perfectos recién salidos de la caja, según tengo entendido, así que Heath quería meternos en la prisión orbital de Eden hasta confirmar que las copias estaban listas. Al menos, eso es lo que pienso.

Latrice inclinó la cabeza. —¿Entonces Alyssa está allí?

—No estoy seguro. No la vi. —Davin removió el café—. Si me pusiera una pistola en la cabeza, diría que ella es la razón por la que Eden le está dando los recursos a Heath para todo esto. Le están dejando jugar sus juegos con nosotros, pero Alyssa fue a personas más importantes.

—¿Como los líderes de Eden?

—Mire, la pequeña escapada de Heath no es gratis. Alguien más arriba en la cadena es responsable.

—¿Y quién cree que podría ser?

Davin sonrió, terminó su café. —Solo hay una forma de saberlo con certeza.

No por primera vez, Davin encontró sus afirmaciones cuestionadas por personas que, por alguna razón, no confiaban en un mercenario a sueldo, un jugador conocido y un ex sospechoso de asesinato. Esas preguntas no llegaron a la cara de Davin, sino que fueron entregadas por Latrice de camino a la bahía distante del *Jumper*, donde había descansado bien lejos del ojo público desde que los Nueves la dejaron días —y aparentemente años, a juzgar por cómo se sentía Davin— atrás. Piezas se movieron en un tablero más allá de la vista de Davin, movimientos que resultaron en su regreso a su antigua nave bajo una fuerte guardia de Centuriones.

El *Jumper* había sido reabastecido y restaurado mientras los Nueves iban hacia la Tierra, parte de un favor negociado por Mox con sus colegas Centuriones que ahora daba frutos cuando Davin se deslizó en su silla de copiloto. Latrice tomó el asiento de Phyla, aunque la soldado de Luna admitió que no tenía talento para dirigir naves espaciales.

—Davin tampoco tiene mucho —anunció Fournine, la IA anteriormente androide del *Jumper* y un sarcástico impertinente—. Pero no teman, mantendré la nave fuera de sus manos.

Latrice frunció el ceño ante la consola frente a ella, como si eso fuera a afectar el ánimo de la IA. Cuando Fournine continuó con un alegre chequeo de sistemas, Latrice regresó a exponer los términos. Los androides eran suficiente crisis pública como para que todas las partes, Tierra, Luna y Eden, tuvieran interés en mantenerlos contenidos. Davin, dado su caché, tendría la oportunidad de probar sus afirmaciones y, si eran ciertas, ayudaría a entregar a Heath y sus colaboradores a la justicia bajo la ley interestelar de la Tierra.

Probar esas afirmaciones vendría con algunos amigos, como la fuerza de defensa de la Tierra, naves de apoyo de Eden y los Centuriones que ahora se agrupaban alrededor del *Jumper*. Ya se había ordenado a la fragata de Heath que cesara operaciones y esperara más instrucciones mientras varias naves curiosas se posicionaban. Davin insistió en volver primero a la prisión de Eden, una oportunidad para mostrar los daños que los androides eran capaces de causar y una oportunidad para rescatar a su equipo. Latrice, haciendo de intermediaria, transmitió esa petición y la subsiguiente aprobación, allanando el camino para un surrealista regreso a la prisión en el *Jumper*.

Normalmente, Davin habría pasado esas horas en un

asombro nervioso, imaginando escenarios mientras la distancia a los daños llegaba a cero. Esta vez, se escabulló al camarote del capitán que compartía con Phyla y recurrió a un sedante, dejándose caer en un instante sin sueños que lo dejó aturdido cuando las incesantes alertas de Fournine destrozaron el sueño.

Aunque las almohadas del *Jumper* tenían la calidad arrugada y desgastada ganada por demasiados años de uso, Davin no tenía el cuello acalambrado, no sentía nada más que un hueco sentimiento de culpa cuando sus ojos luchaban por abrirse.

¿Acostado en la cama mientras los Nueves luchaban por sus vidas, si aún las tenían, en la prisión de Eden?

No era exactamente material de capitán.

—Tampoco lo es perderse la acción —dijo Fournine.

—¿Qué?

—Murmuras en sueños. Cada vez, sin falta, cuando tomas el sedante.

Davin se incorporó y se pasó el brazo por los ojos. —¿Y usted escucha?

—Oh, lo grabo. Phyla y yo los escuchamos después y nos reímos.

Con la molesta imagen de su esposa y el ordenador de la nave riéndose de los murmullos inconscientes de Davin, el capitán de los Nueve regresó a la cabina del *Jumper* para encontrar a la comandante Latrice exactamente donde la había dejado, aunque ahora con café. Latrice sorbía por la pajita, tapa y vaso necesarios para hacer posible beber en gravedad cero, sin reconocer por lo demás el regreso de Davin.

Bastante curioso, considerando que su nave estaba repleta de soldados lunares de capas rojas, todos torpemente moviéndose por los pocos pasillos sinuosos, llenando el área central con su equipo y ocupando los lavabos.

—¿Se ha duchado, o eso es algo que hace después de la

misión? —preguntó Davin a modo de saludo, deslizándose en el asiento del piloto, normalmente el de Phyla, pero parecía incorrecto ceder el espacio a alguien ajeno a los Nueve.

Latrice no respondió, su boca ocupada con tareas de cafeinización. En su lugar, señaló con la cabeza la pantalla de la consola frente a ella. El rectángulo mostraba una única imagen en desplazamiento, un círculo y una línea de puntos, contando la distancia hasta la prisión de Eden.

Davin quizás tendría tiempo de acabar su propio café, y después estarían atracando.

Fournine había aclarado los acontecimientos mientras Davin recuperaba la claridad en su camarote, explicando que Heath había declarado la prisión en rebelión activa, que sus soldados estaban sofocando a los alborotadores, y que cualquier investigación debía esperar hasta que las cosas fueran seguras. Aunque nadie parecía entusiasmado con esa idea, Heath había enviado fragmentos de emisiones tomadas de las demasiadas cámaras de seguridad de la prisión mostrando carnicerías, tiroteos y cuerpos por doquier. Las pruebas persuadieron a la Tierra y a los demás actores de Eden —la corporación parecía inclinada a rechazar las acusaciones— a esperar hasta que se restaurara la paz para presionar.

Luna, liderada por Latrice, discrepaba. Como ella dijo, uno de los suyos, Mox, estaba en esa prisión y ella pretendía sacarlo con vida. Un empuje audaz, y Heath cedió, aceptando la propuesta. Latrice y sus Centuriones podrían aterrizar, encontrar a Mox y sacarlo vivo.

—Aunque dejó claro que la prisión no está controlada —dijo Latrice mientras el *Jumper* se orientaba hacia una bahía de atraque familiar, la más pequeña en el nivel administrativo de los prisioneros—. Nos dirigiremos a un conflicto activo.

Eso era bastante evidente por la actividad que retumbaba por todo el *Jumper*. Los quince Centuriones que Latrice había cooptado para la operación se afanaban colocándose armas de mano, rifles, porras aturdidoras y equipo de protección por todo el cuerpo. Las capas carmesí, tan llamativas en Luna y usadas tanto para identificar a los Centuriones como por cualquier medida real, se quedarían atrás.

No estaban, como dijo Latrice, tratando de impresionar a nadie aquí. Rescatar a Mox, salir, eso era todo.

—Claro —dijo Davin, guiñando un ojo a Latrice mientras posaba el *Jumper* en el suelo de la bahía—. Eso es todo.

—Lo será si haces nuestro acuerdo más obvio.

—Davin nunca ha sido conocido por su sutileza —dijo Fournine a través de los altavoces de la consola—. De hecho, en un análisis estadístico, sus acciones y manierismos se asemejan más a los de un borracho degenerado que...

—Fournine, si no te callas, te borraré.

Latrice soltó una risita. Una visión extraña en un rostro tan serio.

Cinco Centuriones se quedaron en el *Jumper* para asegurar que permaneciera donde Davin lo había dejado. Eso formaba un escuadrón completo de doce personas con Davin y Latrice a la cabeza bajando por la rampa de embarque y yendo directamente hacia una oficial particular de Eden. La mujer mostraba un ligero parecido con quien había sido una vez, una cojera y una cabeza rapada y con cicatrices sugerían más lesiones debajo. Sin embargo, Aya mantenía esos ojos fríos, y brillaban con una rabia centelleante mientras se fijaban en Davin. Dos soldados de Eden la flanqueaban, sus dedos peligrosamente cerca de los gatillos. Los Centuriones seguían, desplegándose en la pequeña bahía para formar un semicírculo detrás de su comandante, una pura demostración de poder que Aya pareció no notar.

Cualquier compasión que Davin pudiera haber sentido por la forma dañada de Aya nunca encontró asidero, considerando que Aya había engañado a Phyla para su vuelo casi mortal. La mujer era la mano derecha de Heath, dedicada a desarrollar esos androides a casi cualquier precio. Davin y los Nueve la habían dejado quemada y rota en Ganímedes, una acción realizada tras suficiente carnicería como para que otro disparo a la cabeza no pareciera razonable.

Viéndola ahora, Davin se encontró arrepintiéndose de la misericordia.

—Deberías estar muerto —dijo Aya sin emoción, ignorando a Latrice y hablando directamente a Davin. Estaban a un metro de distancia, bien dentro del alcance para un golpe aplastante a la garganta—. Mil veces, deberías estar muerto.

—Solo estoy vivo porque se te da fatal matarme.

Latrice lanzó una mirada entre ellos. —¿Vosotros dos os conocéis?

—Latrice, le presento a Aya. Uno de los monstruos más malvados de Eden.

Aya giró, extendió una mano. —Como dijo Davin, soy Aya, la oficial de Eden de mayor rango en esta prisión, y lamento que no nos estemos conociendo en mejores circunstancias.

—Porque si lo fuerais, intentaría convertirte en un androide —añadió Davin.

—¿Disculpe? —preguntó Latrice—. ¿Qué?

—Si no ha aprendido a ignorar todo lo que dice Davin Masters, lo hará pronto —afirmó Aya—. ¿Mis superiores dijeron que estaba aquí para recuperar a un Centurión? —Ante el asentimiento de Latrice, Aya frunció el ceño—. Desafortunadamente, no nos hemos topado con Mox. Como verá, la prisión está en un estado muy caótico. Estamos intentando restaurar el orden, pero los prisioneros aquí parecen pensar que tienen una oportunidad de escapar. Cuando un resquicio de libertad aparece ante aquellos que no tienen ninguna, lucharán duramente por ella.

—Bueno, obviamente —dijo Davin.

Latrice levantó un dedo hacia su cara, como si eso hiciera que Davin se callara. Efectivamente mantuvo su lengua a raya mientras Aya explicaba el estado de la estación, ofreciendo un desglose nivel por nivel que equivalía a mandíbulas que se cerraban sobre los prisioneros rebeldes. Las fuerzas de Eden habían aterrizado en la parte superior e inferior de la prisión y estaban avanzando hacia el centro, donde el patio principal de la prisión seguía en manos del enemigo.

—Enemigos —gruñó Davin—. Qué ironía.

—¿Rebeldes? ¿Prisioneros? ¿Idiotas? —respondió Aya—. Estoy abierta a otro término. Imagino que usted sabría cuál encaja mejor.

Latrice devolvió la conversación al tema, afirmando que Mox probablemente estaría en el núcleo de la prisión. Los Centuriones no tenían conflicto con los demás prisioneros, ni con restaurar el control de la estación a Eden. Una simple extracción, a lo que Aya le dio paso con una advertencia: los ascensores no funcionaban. Cualquier descenso al centro de la estación requeriría usar los conductos de emergencia. Latrice afrontó esa desalentadora perspectiva con una orden de avanzar, y sus Centuriones obedecieron.

Davin no se quedó rezagado, aunque sí le mostró a Aya un dedo particular al salir.

—Ten cuidado, Davin Masters —le gritó la oficial de Eden a su figura que se alejaba—. La suerte de todos se acaba alguna vez.

CAPÍTULO 17
MALAS PROBABILIDADES

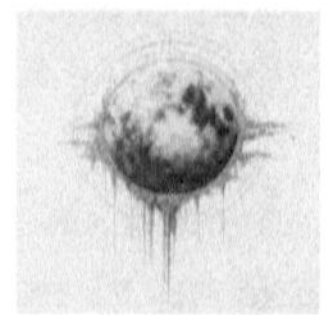

Arriba y abajo adquirían definiciones diferentes en el espacio. Contar los niveles solía servirle bastante bien a Davin, con la colmena administrativa de Eden cerca de la parte superior de la estación y, por tanto, su objetivo hacia abajo. Las escaleras de la prisión espacial no serpenteaban de un lado a otro, sino que adoptaban una espiral estrecha poco propicia para el descenso de un escuadrón acorazado.

—Ese es el objetivo —respondió Latrice cuando Davin señaló esto, mientras ambos guiaban a los diez Centuriones por el metal gris sin adornos que se enroscaba—. Esto es una prisión, no un crucero de lujo. Se hacen escaleras así para el personal de mantenimiento, que no viajará en grandes cantidades.

La conclusión era bastante obvia: un solo cuerpo robusto o una barricada podría obstruir la escalera contra una horda apresurada con relativa facilidad. Una manera simple de evitar que se propagara una fuga carcelaria, lo que podría explicar por qué estas escaleras estaban vacías. Al menos, vacías de cuerpos.

—Esto sí que es inquietante —dijo Davin, cortando la

punzante espiral de miedo ante la visión de salpicaduras de sangre varios niveles más abajo. El rociado parecía salvaje, incluso vicioso. No del tipo causado por el daño preciso de un láser, sino por un golpe más brutal—. ¿Dónde está el dueño?

Latrice no tenía respuesta al misterio, pero levantó su mano izquierda en un puño. Detrás, Davin oyó rifles que se alzaban y preparaban. Un suave zumbido se sumó al constante murmullo de fondo de la estación espacial. La música de la guerra interestelar.

El objetivo de Davin estaba en el nivel cero, la planta principal de la prisión. Todo lo que estaba por debajo de ese nivel recibía un prefijo negativo, marcando el centro de la estación y dando a los viajeros una idea de dónde se encontraban. La parte superior de la estación estaba en el nivel quince, y las salpicaduras de sangre comenzaban en el doce y continuaban a partir de ahí.

Un pequeño consuelo vino en forma de manchas cenicientas, trozos de plaspiel ennegrecidos y cables quemados donde un prisionero debía haber acertado a un androide de Eden. Sin embargo, como los cuerpos, cualquier evidencia más voluminosa había desaparecido.

Latrice mantuvo la concentración de Davin con su silencio, un avance severo y constante por los escalones sin la más mínima concesión a las divagaciones aleatorias de Davin. Después de que ella ignorara sus intentos iniciales de conversación, comentarios y vagas afirmaciones de que sus amigos podrían manejar cualquier ataque, Davin se sumergió en la misma resiliencia preparada que los Centuriones. Sus nervios podrían calmarse con unas palabras bien escogidas, pero ahora era momento de actuar.

O al menos eso se decía Davin.

El octavo nivel, justo en medio de los catres de los prisioneros, detuvo la marcha con un mal final. La barricada había llegado, cortesía de escalones derretidos, barandillas dobladas y lo que parecía un catre de prisión torcido empujado entre la espiral. No era una barrera imposible, pero dado que el desastre estaba justo cerca de la puerta abierta del octavo nivel, Latrice optó por no perder tiempo apartando los escombros.

Mientras ella daba los primeros pasos a través de la puerta, Davin examinó la barricada, observando la disposición. La forma aplastada del catre sugería que había sido golpeado hasta colocarlo en su sitio, y las marcas de explosiones en las paredes sobre los escalones derretidos indicaban que la defensa había venido desde abajo. Los Nueves y los prisioneros manteniéndose fieles al plan, entonces. Haciendo un poco más difícil cualquier asalto de Eden.

Que los androides no hubieran intentado atravesarla sugería cosas peores: poco temor a que pudieran someter a los prisioneros rebeldes marchando por el camino largo.

Todos los niveles de literas de la prisión mostraban el mismo estilo, con prisioneros ubicados en habitaciones individuales y dobles a lo largo de la expansión exterior. Como una rueda clásica, el corredor circular tenía radios que conducían al centro cada cierto tiempo, donde los cautivos de Eden podían encontrar ascensores, lavabos, algunas áreas de refrigerio simbólicas y poco más. Las escaleras de emergencia se abrían directamente al nivel del vestíbulo, una extensión plateada y anodina decorada con señales de advertencia sobre la conducta adecuada, los castigos y el todopoderoso poder de Eden. Que estos carteles hubieran sido profanados con la suficiente sofisticación como para hacer sonreír a Davin sugería que a Eden no le importaba mucho mantener la apariencia.

Como había dicho Tam, los prisioneros aquí controlaban sus propias vidas.

Latrice señaló los elementos menos divertidos en el rellano con una respiración corta, llevándose el rifle rápidamente a los hombros, con el dedo en el gatillo. Davin, sin su escopeta Melody —cuyos gloriosos restos probablemente habían desaparecido en la atmósfera terrestre— se apresuró a hacer lo mismo con un rifle lunar prestado. El arma rechoncha, diseñada para adaptarse a la gravedad más ligera de la Luna, se balanceaba demasiado rápido en el entorno más adherente de la prisión, haciendo que Davin se golpeara la mejilla y tropezara. Latrice lo enderezó con su hombro, permitiendo que Davin asimilara el sangriento espectáculo.

Las escaleras se habían mantenido despejadas hasta la barricada, y ahora el escuadrón lunar contemplaba dónde habían ido a parar esas bajas. Varios cuerpos yacían por el rellano, aplastados en las esquinas con una eficiencia trituradora de huesos, como si los sacos de sangre y hueso no fueran más que papel tisú. Davin no reconoció a ninguno —no había Nueves entre los cuatro cadáveres aquí, todos con uniformes verdes de prisión de Eden—, pero apostaría a que sus familiares y amigos tampoco los reconocerían. Los androides que habían arrastrado estos cuerpos hasta aquí no se habían preocupado por mantenerlos intactos. Las caras estaban hundidas, las extremidades dobladas en todas las direcciones equivocadas, y los uniformes mostraban terribles manchas donde cosas diseñadas para permanecer dentro habían estallado hacia fuera.

Lo peor de todo era el olor. Pelo quemado, piel en descomposición y vísceras vaciadas de las peores maneras se arremolinaban juntas en una estación espacial que no hacía de la ventilación una prioridad.

—Seguid moviéndoos —dijo Latrice, eligiendo una dirección entre los radios del pasillo disponibles—. Manteneos juntos. No disparéis primero.

Una orden audaz, y una que Davin seguro que no obedecería si pillaba a un androide intentando acabar con Phyla. No expresó esa intención traidora, sino que siguió los pasos medidos de Latrice desde el rellano sin mirar atrás. Los otros Centuriones murmuraron entre ellos, y uno le preguntó a

Latrice si no sería mejor separarse, a lo que Latrice respondió con una explicación directa:

—Davin dice que Mox estará en el nivel principal. Nuestro trabajo no es asegurar la estación, sino a nuestro Centurión. Permanecemos juntos, intentamos no representar una amenaza, y ninguno de nosotros muere.

¿Era noble entrar en una zona de guerra sin intención de detener la lucha?

Davin no podía responder a esa pregunta, pero no podía discutir las palabras de Latrice. Siempre se había esforzado por sacar a los Nueves juntos de situaciones difíciles, y ella estaba haciendo lo mismo.

Lástima que tendría que estropear su plan.

—No solo Mox —dijo Davin, esperando con el cebo hasta justo ese momento.

Latrice se detuvo, los Centuriones agrupándose detrás de ella y Davin—. ¿Puedes repetir?

La malevolencia en esas dos palabras casi hizo que Davin retrocediera. Casi.

—Vamos a sacar a los Nueves de aquí. A todos ellos —dijo Davin, teniendo cuidado de dejar que sus dedos se alejaran del gatillo del rifle—. Sin discusión.

Davin había visto muchas máscaras gélidas, pero la cara de Latrice se volvió francamente frígida, sin un solo tic, sin un parpadeo que rompiera su mirada fija.

—Estos son mis Centuriones, Davin Masters. Van donde yo les pido que vayan. Pido. No ordeno, sino que pido —Latrice desvió sus ojos hacia los diez soldados detrás de ella —. Somos un destacamento civil. Entrenados, leales y mortíferos cuando es necesario, pero no somos reclutas forzosos. Tenemos familias y amigos, vidas más allá de esta estación y tus estúpidos planes. Estamos aquí para rescatar a Mox porque sabemos que él haría lo mismo por nosotros. El resto de tu tripulación es tu problema.

—El resto de mi tripulación no tiene por qué estar aquí. Eden nos tomó por la fuerza.

—Entonces parece que tu problema es con Eden.

—Oh, definitivamente lo es. Pero también el tuyo —Davin se volvió hacia el vestíbulo, asintió más allá de los Centuriones, que devolvieron su mirada hacia los cuerpos maltratados—. Esos androides no van a detenerse aquí. Eden va a producirlos como pasta nutritiva muy pronto. No solo para doblar cuerpos como pretzels, sino para tomar el lugar de todos los que trabajen contra ellos. No solo estás salvando a los Nueves, Latrice. Estamos rompiendo el control de Eden, esta vez para siempre.

—Tu plan —Latrice entrecerró los ojos—. Asumí que todo eso era palabrería para conseguir que viniéramos, pero ¿realmente vas a llevarlo a cabo?

—Recuperamos a mi tripulación y todo esto termina. Hoy.

Latrice mantuvo su silencio durante otra lenta respiración antes de levantar su rifle, con el cañón en la cara de Davin—. Una votación. Centuriones, este hombre os está pidiendo que arriesguéis vuestras vidas para salvar a su tripulación. Él cree que esto dañaría a Eden. Cree que esto podría permitir a Luna escapar de la influencia de Eden. Lo dudo, pero os dejaré decidir a todos.

Si Davin tenía otro discurso preparado para persuadir a los Centuriones dudosos, no tuvo oportunidad de pronunciarlo. El rifle de Latrice exigía silencio al capitán de los Nueves, y él permaneció allí mientras las tropas de Latrice expresaban, sin excepción, que habían venido a esta misión para rescatar a Mox, y eso no había cambiado. Si la nariz de Eden se ensangrentaba un poco en el proceso, tanto mejor.

—Muévete —dijo Latrice cuando terminó la votación, con el resultado claro—. Davin, tú vas delante. Si quieres fanfarronear para convertirte en el héroe, este es el precio.

Un precio que, con once Centuriones armados y listos a su espalda, Davin pagaría con gusto.

Reemplazar prisioneros deambulantes e iluminación anodina por cicatrices de láser y salpicaduras carmesí transformó la prisión de Eden de una trampa sin alma a una aterradora. Las luces habían sido abatidas a tiros, alcanzadas por disparos perdidos o deliberadamente para confundir. Sombras y chispas se mezclaban con gritos distantes, crujidos y temblores que estremecían los pies. El dulce aroma de la sangre lo inundaba todo.

Con la escalera bloqueada y los ascensores inactivos, Davin y Latrice necesitaban encontrar una forma diferente de bajar. Davin pensó que esa manera podría encontrarse siguiendo la carnicería, ya que las fuerzas de Eden habrían descubierto, o creado, un camino en algún lugar.

Esa corazonada se confirmó cuando abandonaron el pasillo radial, otra barricada de escombros empujándolos hacia la izquierda. Caminaron pasando habitación tras habitación, celda tras celda con camas, sillas y otros trastos amontonados frente a las puertas. Estrechos huecos ofrecían lugares para que alguien asomara un rifle o una pistola, como si los prisioneros estuvieran bien armados.

O quisieran que Eden pensara que lo estaban.

—Retrasar, retrasar, retrasar —dijo Davin a Latrice y los Centuriones mientras caminaban.

—¿Por qué? ¿Qué esperanza podrían tener? —respondió Latrice.

—A mí, obviamente.

Ella resopló—. Eso no puede haber sido todo.

Lo era, pero Davin solo se encogió de hombros y continuó. Los minutos pasaban lentamente, y ya había tardado demasiado.

El camino hacia abajo apareció casi al final de la circunferencia del nivel, un agujero reventado en el suelo de la última celda. Una dura caída al siguiente nivel, un trabajo hecho con contundente premura. Davin miró fijamente el metal desgarrado, los bordes irregulares de casi un metro en todas direcciones. La prisión de Eden había tomado la decisión de ahorro de costes de mantener su estructura ligera, apostando por el hecho de que no había forma de salir para mantener a sus prisioneros en línea.

Un trabajo rápido con un cortador utilitario y obtendrías esto.

—¿Cómo? —preguntó Latrice, uniéndose a Davin en el borde—. ¿Esto ya estaba aquí?

—No. Lo compraron con sus vidas.

Los Centuriones no derramaron ninguna lágrima. Davin tampoco. No lo haría a menos que uno de los Nueves apareciera despedazado contra la pared en uno de estos corredores. Después de ver la flota de Opal diezmada sobre Júpiter, unos cuantos cuerpos más al azar no conseguían desviar a Davin de su rumbo.

Así que fue el primero en saltar hacia el séptimo nivel, que se parecía mucho a su vecino superior. Latrice y los Centuriones lo siguieron, y encontraron una barricada similar en el pasillo de más allá. Otra vuelta completa, otro agujero, más cuerpos y trozos de metal quemado aquí y allá. Los primeros ruidos más allá del crujido de la estación resonaron cuando Davin cayó al sexto piso. Gritos distantes, el zumbido siseante del fuego láser.

—Todavía no están muertos —le dijo Davin a Latrice, acelerando el paso.

Que los Centuriones igualaran su esfuerzo era una buena señal. Qué desperdicio sería para Davin pasar por todo eso y aun así terminar solo aquí abajo.

Los siguientes pisos jugaron un extraño juego con la carnicería, primero aumentándola hasta cantidades estremecedoras en el quinto nivel, donde Davin mantuvo los ojos al frente para evitar contar los prisioneros que habían perdido la vida en la improvisada rebelión. El cuarto y el tercero vieron menos horrores, evidencia no tanto de una mejor lucha como de los costes en bajas y retiradas rápidas.

Un respiro morboso al borde de la muerte.

El segundo nivel los alcanzó con la lucha, el aire en el agujero cortado caliente y picante. Davin revisó su rifle antes de saltar, el aterrizaje poniéndolo en cuclillas. Si los cuerpos en los otros niveles habían sido apartados, una limpieza realizada para facilitar el avance de los refuerzos, entonces habían alcanzado ese macabro trabajo.

Tres soldados de Eden —humanos, a juzgar por sus movimientos naturales y toses constantes en medio de las revolturas de tripas... literales— permanecían más allá de la celda, mirando a lo largo del corredor curvo hacia la acción. Davin los observó, el brillo sudoroso, las armas laterales relajadamente metidas en sus fundas, y las posturas casuales que revelaban una confianza absoluta. Habían estado en la lucha el tiempo suficiente para saber que no eran necesarios para ganarla.

Hora de cambiar esas probabilidades.

—Hola —Davin se anunció con su sonrisa de perro apaleado, un movimiento desarmante que le había servido para conseguir una o dos frases con todos, desde Bosser hasta Alyssa—. Somos vuestro relevo.

El trío se volvió, ese prometido alivio ya empujando asentimientos y suspiros felices en respuesta. Uno se agachó para recoger una mochila erizada de baterías de rifle, botiquines y aplicadores de plaspiel. El del medio, un tipo mayor que había parcheado su piel marcada por la edad con remedios improvisados y dispares, gruñó ante las palabras de Davin.

—Ya era hora —dijo el hombre—. Llevamos aquí mucho más allá del turno. La lanzadera robada le va a costar a Eden mucho más en horas extra.

La mujer a su derecha se rio, Davin añadió su propia risa, luego se detuvo cuando sus caras cambiaron a ceños fruncidos, mirando por encima de sus hombros. Latrice y sus Centuriones entrando en el corredor, convirtiendo cualquier pensamiento de refuerzos en algo bastante más oscuro.

—¿Qué demonios es esto? —preguntó el hombre, con una mano desviándose hacia su arma lateral.

—Vuestro relevo —repitió Davin—. Luna tiene interés en lo que está pasando aquí.

El hombre asimiló las palabras con la sospecha frita del cerebro tan común entre cualquiera que quemaba horas en una zona de combate, y cuando su mano se alzó alejándose del arma lateral, Davin supuso que tenía todo que ver con cuántos rifles apuntaban en su dirección. Los otros dos soldados de Eden, mirando a su líder, dejaron que el miedo abyecto desapareciera de sus rostros.

Lo que podía hacer recuperar tu vida.

—La línea del frente está a la vuelta de la esquina —dijo el hombre de Eden—. Lo estamos manteniendo lento y constante. Preciso. No tienen muchas armas, pero hay buenos tiradores al otro lado y Heath no quiere que sus robots resulten muy dañados. Por lo demás, manteneos atrás y dejad que los androides lideren. Son mejores en esto que vosotros.

—Mantenerme fuera de la línea de fuego es un plan que puedo seguir —dijo Davin, añadiendo un asentimiento simbólico para mantener las cosas amistosas.

Latrice hizo una señal a sus Centuriones para que se apartaran y el trío de Eden pasó, entró en la celda y recibió un impulso para seguir su camino.

—Largo camino de vuelta —dijo Davin.

—Si no crees que tomarán los ascensores, entonces no has estado prestando atención —respondió Latrice, asintiendo hacia adelante por el corredor—. Esta es la prisión de Eden. No lo olvides.

Olvidar tal cosa se volvió más difícil mientras su grupo caminaba por el anillo exterior, acercándose a gritos familiares que resonaban con dolor, castigo y algo más que bravuconería desesperanzada. Invectivas contra los androides se mezclaban con los gritos, como si los prisioneros estuvieran tratando de levantar sus propios ánimos declarando que los robots eran inútiles.

Basándose en lo que Davin vio, los cuerpos quemados y maltratados que salpicaban el pasillo, las creaciones de Heath cumplían su promesa.

Encontraron a los androides fuera del último pasillo radial sin bloquear. El cuarteto, una mezcolanza de rostros desconocidos, tenía la intersección bajo control. Dos estaban en las esquinas del pasillo, asomándose en tándem para desatar láseres mediante pesados rifles de asalto que pocos humanos podrían cargar solos, y mucho menos girar con ellos, incluso en gravedad baja.

Las grandes armas liberaban constantes flujos blanco-azulados cada vez que Davin las veía disparar, y no necesitaba presenciar la devastación al otro extremo, lo que estaría licuando por igual cobertura y cuerpos. Que los prisioneros hubieran resistido tanto tiempo contra un arsenal como este era un testimonio de la cautela de los androides.

Los robots hablaban entre ellos, gritando *despejado* y *fuego* en una cadencia cuidadosa. Los dos androides sin las grandes armas se movían rápidamente de un lado a otro por la intersección, sus ojos destellando antes de indicar las coordenadas precisas de sus objetivos —dos metros de altura, un cuarto de metro a la derecha—, tras lo cual su compañero armado se giraba y desataba el infierno en ese punto.

Con suerte, los prisioneros habían aprendido a mantenerse en movimiento.

Latrice mantuvo a sus Centuriones detrás de la curva, avanzando con Davin, sus rifles apuntando hacia abajo. Había obligado a Davin a intentar negociar primero, con la idea de que podrían atravesar las líneas de androides, encontrar a los Nueves y escapar sin demasiadas muertes.

Los robots de Heath recibieron su propuesta con la misma mezcla de mirada impasible y agresividad a la que Davin estaba acostumbrado.

—Den media vuelta y regresen a sus naves —dijo el android más cercano, uno de los observadores, un hombre insípido cuyo yo robótico había recibido varios impactos abrasadores, cada disparo ahora parcheado con plaskin fresca —. Esta es una zona de combate, y no están autorizados para estar aquí.

—En realidad, sí lo estamos —respondió Latrice, adoptando un farol mayor del que Davin creía que era capaz—. Hay varios VIP de alto valor entre los prisioneros que necesitamos evacuar. Eden nos ha dado permiso.

—No, no lo ha hecho —replicó el android—. Su llegada ha sido anticipada y comunicada. Nuestras órdenes son claras. Deben dar media vuelta, o sus vidas quedarán perdidas.

Oh, Aya. Siempre intentando que maten a Davin.

Latrice estaba a la derecha de Davin, su rifle en la cintura. Su mano en el gatillo a un leve movimiento de disparar. La de Davin ya estaba justo donde necesitaba estar, su rifle apuntando a las rodillas del android. No un tiro mortal, pero sí incapacitante. Detrás del android, su trío de apoyo se ocupaba de otra ronda centelleante pasillo abajo. La luz láser proyectaba a su objetivo en una silueta plateada.

¿Cuántos segundos tardarían los Centuriones en entrar en acción?

¿Y acaso importaba?

Los androids estaban a solo un par de pisos de descender al nivel principal, y tenía que haber otros robots subiendo desde abajo. Esperar ya no era una opción. Davin había vuelto para salvar a su tripulación, y eso era lo que iba a hacer.

El gatillo cedió con facilidad. El destello naranja dio en el blanco, abriendo un agujero ardiente en la rodilla izquierda del android. Un humano habría caído, maldiciendo de dolor. El android cambió su peso sin problema, su brazo izquierdo ileso sacando el arma de su cinturón mientras Davin enviaba un segundo disparo directo a la cintura del robot. El arma se niveló, y el pecho del androide desapareció bajo una salva desde la izquierda de Davin.

Esta vez el androide cayó temblando y humeando al suelo.

Habría agradecido a Latrice excepto que los otros tres robots no le daban esa oportunidad. Mientras uno continuaba su asalto en streaming por el pasillo, los otros dos se giraron en una espeluznante sincronía hacia Davin y Latrice.

—¡Corre! —gritó Latrice, como si hubiera tiempo.

En lugar de ello, Davin se lanzó a una celda abierta. El espacio donde había estado desapareció bajo fuego tecnológico, lo bastante caliente para chamuscar sus pantalones y sobrecalentar el aire. Respiraciones frenéticas quemaron los pulmones de Davin mientras rodaba lejos de la entrada, girando en el suelo metálico para apuntar de nuevo hacia la entrada.

Aunque no importaba. Estaba acorralado, y acorralado significaba muerto.

Frente a la puerta de la celda había una pared insulsa y quemada. Davin no podía ver a Latrice, no podía saber si seguía entre los vivos. Otra salva pasó ardiendo, esta vez sin apuntar a la celda de Davin sino al pasillo más allá. Ahuyentando a los Centuriones.

Una táctica, y peligrosa. Los androides estaban atrapados. Esas armas pesadas consumirían energía rápidamente, dejándolos indefensos y...

Una figura apareció en la puerta de la celda de Davin. El androide desarmado, moviéndose rápido. El dedo de Davin en el gatillo fue un segundo demasiado lento, y un segundo con androides significaba muerte. Su disparo voló donde la máquina había estado, pasando por la puerta para añadir otro punto negro a la pared del fondo. El androide saltó hacia la pared derecha, se impulsó desde ella y agarró el rifle de Davin, usándolo para empujar al capitán de los Nueves contra la pared trasera de la celda. La presión retorció la cabeza de Davin, llenando su última visión con un inodoro reluciente.

Vaya forma de irse.

La cara de Davin se sentía como si fuera a explotar, pero pasó su mano izquierda por el rifle, extrajo la batería y preparó una jugada.

—Hora de morir —dijo Davin, sus palabras tensas y confusas.

Su mano levantó el paquete y el androide hizo lo que la programación de Heath ordenaba. El robot lanzó a Davin lejos, estrellándolo contra la pared sobre el inodoro y ganando distancia de la supuesta jugada suicida de Davin.

Preservar a los androides. Una mala decisión, Heath.

No es que Davin, desplomado sobre un inodoro con un paquete de batería inútil en sus manos y al menos una costilla contusionada, pudiera hacer mucho al respecto. El androide, frente a Davin, partió el rifle en dos y arrojó los trozos a un lado. Evaluó la batería de Davin por lo que era y se dio cuenta de que cualquier amenaza era inexistente.

—Un farol inútil —dijo el androide, dando un paso hacia el capitán de los Nueves.

—Nunca —gruñó Davin, deslizándose por el inodoro hasta quedar sentado junto a él como si hubiera bebido demasiado.

Con su mano izquierda, deslizó la cubierta del paquete de energía, exponiendo las bobinas de la batería. Lo que harías si necesitaras cargarla rápidamente.

O hacer algo realmente estúpido.

El androide se abalanzó, intentando agarrar el cuello de Davin. El capitán de los Nueves dejó caer el paquete de batería en el inodoro, pulsó la cisterna. El agua se precipitó sobre el paquete de batería, sus bobinas golpeando el inodoro metálico mientras el androide ponía su brazo derecho en el asiento, su izquierda extendida para aplastar la pequeña vida de Davin.

El inodoro soltó chispas, el androide se convulsionó, la mano agarradora a un milímetro de Davin. Con su visión borrosa mientras esa costilla dejaba notar dolorosamente su presencia, Davin se impulsó más allá de la máquina aturdida hacia la celda. Se arrastró, pies y manos en el suelo, hacia la puerta, iluminada por nuevos láseres.

Naranjas. Yendo en la dirección correcta.

Davin agarró el marco de la puerta de la celda —ahí estaban los pequeños nódulos para puertas láser, pero Eden nunca desplegaba esas cosas— y comenzó a levantarse. Lo logró a medias antes de que algo fuerte agarrara su tobillo, tirándolo al suelo. Un giro puso a Davin cara a cara con ese mismo androide, su rostro impasible, sin arrugas.

La mano se extendió hacia él, y esta vez, Davin no tenía ni un solo maldito truco más.

CAPÍTULO 18
MASACRE EN LA PRISIÓN

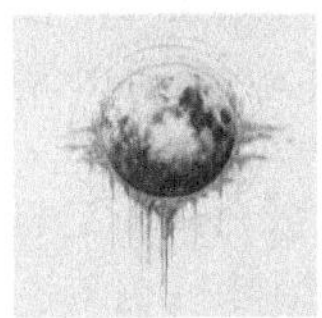

L a vida ya no se molestaba en pasar ante los ojos de Davin. Quizás había visto sus propias repeticiones suficientes veces, pero cuando la mano del androide fue a por su cuello para aplastarlo, el tiempo no se ralentizó. Los arrepentimientos no se proyectaron como una película en avance rápido. En su lugar, Davin empezó un insulto ahogado que se convirtió en una risa cuando un láser naranja ardiente desintegró al androide.

—Levántate —dijo Latrice, continuando el bombardeo de energía contra la máquina.

La Centurión permanecía en la entrada, con el rifle apoyado en el hombro disparando sin cesar. Mientras Davin se incorporaba, observó cómo el cuerpo humeante del androide se desintegraba entre chispas, esparciendo fragmentos fundidos por toda la celda. Ningún láser blanco les acechaba desde atrás, una muerte inminente puesta en espera mientras Davin se levantaba y asentía a Latrice con complicidad.

—Sabía que vendrías a rescatarme —dijo Davin—. Lo supe desde el principio.

—¿Ah, sí? —Latrice giró hacia el corredor, manteniendo el

rifle en alto. Eso le indicó a Davin que los otros androides seguían cerca, aunque aparentemente se habían retirado hacia el centro del nivel—. Entonces eres peor que un idiota. Me has costado dos Centuriones.

Davin se estremeció al oír esas palabras, se asomó al pasillo y miró hacia la derecha. Tal como había dicho Latrice, un Centurión yacía en el suelo siendo atendido por otro. Aun así, mientras Davin observaba, el Centurión caído formó un gesto de aprobación con la mano. Cuando no apareció ningún otro cuerpo, el significado de Latrice quedó claro: uno herido y otro para atenderlo.

Los otros Centuriones ya habían pasado y tomado posiciones a lo largo de la intersección. Disparaban ráfagas esporádicas por el corredor, del tipo que sirve para evitar que los enemigos se expongan.

—No está muerto —dijo Davin, alcanzando a Latrice mientras ella se dirigía hacia su soldado herido.

Davin supuso que iba a ofrecer palabras de ánimo, pero Latrice solo se agachó, cogió el rifle del Centurión herido y se lo lanzó a Davin.

—Ya que perdiste el tuyo —dijo Latrice—. Nos van a seguir, pero ella no podrá subir por esos agujeros. Necesitaremos que los ascensores funcionen.

El desafío en esas palabras era bastante claro: Davin les había traído hasta aquí, y Eden todavía controlaba la parte superior. Tendría que cambiar eso, o...

—¿Me entregarías? ¿A mí? —preguntó Davin mientras volvían a las líneas de los Centuriones.

—Vine aquí por Mox. Para salvar a mis Centuriones, todos los demás sois prescindibles.

El tono de Latrice, su negativa a encontrarse con la mirada de cordero degollado de Davin, no dejaba espacio para negociar sobre ese asunto.

—Mira —dijo Davin, observando el pasillo radial y viendo algunos cuerpos quemados de prisioneros, una neblina humeante residual del fuego láser, y cero androides—. Mi equipo es el mejor que existe. Sacaremos a tu gente.

Esa afirmación no se pondría a prueba de inmediato. Primero vino un avance lento por el pasillo radial, con los Centuriones despejando las habitaciones laterales a medida que avanzaban. La acción reveló los hábitos más macabros de los androides: los prisioneros sin heridas mortales de láser tenían, sin excepción, el cuello roto. Habían sido trabajos apresurados, patadas rápidas de máquinas con demasiada fuerza y muy poca contención.

—Sin misericordia —dijo Davin mientras se acercaban al final del pasillo, donde estarían los ascensores y el vestíbulo central del nivel. Había dejado de mirar los cuerpos después del tercero, cuando el silencio de todos los demás confirmó el patrón—. Esto es un exterminio.

—Nadie se preocupará —dijo Latrice, volviendo con Davin a la cabeza del grupo de diez efectivos—. Si ese Heath Swane está intentando demostrar algo, el coste no será alto.

—Díselo a sus familias.

—No lo haré, ni él tampoco. Ni Eden.

Davin hizo una mueca. —¿Siempre eres tan fría, o solo conmigo?

—Concéntrate, Davin.

Latrice y Davin se apoyaron contra el último trozo de pared que les cubría antes del vestíbulo de los ascensores. Los Centuriones los flanqueaban por el lado izquierdo y por el opuesto. Latrice lideró la maniobra, girando la esquina y agachándose mientras Davin la seguía, con su propio rifle por encima del hombro de Latrice. Si este nivel hubiera sido como los otros, no habría nada en el vestíbulo salvo una salida, otro corredor y otra celda que bajaba al siguiente nivel.

Todo lo que Davin vio fueron barricadas. Improvisadas, hechas con sillas y catres. Habían sido destrozadas, atravesadas por disparos sin evidencia de fuego de respuesta —los prisioneros no tendrían muchos láseres de todos modos. Las tambaleantes barricadas, sin embargo, estaban intactas.

Al igual que los ascensores.

—Han huido —dijo Latrice mientras tomaban el vestíbulo, ignorando a otros cuatro prisioneros muertos. Un par de ellos aferraban patas de silla rotas, armas patéticas en lo que se había convertido en una resistencia desesperada—. Los ascensores deben estar funcionando.

—Para ellos. —Davin presionó el botón de llamada, sin recibir respuesta—. Apuesto a que eso significa que están hablando con Aya, haciéndole saber que hemos elegido un bando.

—Era de esperar.

Que Latrice pudiera mantener su frialdad sabiendo que los dueños de la estación podrían considerar hostiles a sus Centuriones, que estarían atrapados aquí a menos que Eden fuera expulsado, sumaba otro punto a su favor. Podría tener la personalidad de un trapo mojado, pero Davin no podía negar que ella daba la talla.

Era hora de que Davin hiciera lo mismo.

Los Centuriones se dirigieron a las barricadas, comenzando a derribarlas, cuando Davin silbó para recuperar su atención.

—Estamos a dos pisos de altura —dijo Davin—. Yo digo que dejemos las pequeñas caídas y vayamos a lo grande.

Ahora era el turno de Latrice de mirar con recelo a Davin, y el turno de él para sonreír.

El rifle láser superaba a las armas de proyectiles por más de un motivo. Una batería costaba menos que las balas sólidas, claro, pero las armas de energía eran multiusos. La creatividad encontraba su cuna en estos malos chicos lanzadores de rayos, y Davin tomó varias baterías de repuesto de los Centuriones para colocarlas a lo largo de una puerta de ascensor. La fuerza de Mox podría abrir las puertas, pero sin ese exoesqueleto, una explosión sólida quemaría las frágiles barreras.

—Estás loco —dijo Latrice.

—Tú eres la que no trajo granadas. —Davin evaluó su obra. Suficientemente buena para abrir un agujero—. Eso habría hecho todo esto más fácil.

—Los explosivos no son buena idea en el espacio. Ni en Luna.

—Estamos en el centro. No hay posibilidad de una brecha en el casco.

Cualquiera que fuera el argumento de Davin, Latrice hizo retroceder a su escuadrón hasta llegar al herido y su cuidador, ambos avanzando lentamente. Davin asumió la responsabilidad de la explosión y su detonación. Quitar el blindaje, exponer la batería a un láser de baja intensidad, y el calor haría que los pequeños bloques explotaran adecuadamente.

Al menos, eso es lo que Davin se dijo mientras apuntaba, disparando desde la esquina. El láser rojo, reducido respecto al naranja listo para el combate, golpeó las baterías y provocó una alegre llama. El resplandor se volvió azul y blanco a medida que las baterías sucumbían, el humo y algunos estallidos rebotando, pero cuando las llamas se apagaron, todo lo que Davin vio fue un montón de baterías derretidas y una mancha negra y viscosa en la puerta del ascensor.

—Vaya —dijo Davin, rascándose la barbilla—. Realmente pensé que funcionaría.

—Ves demasiadas películas —respondió Latrice—. Ahora probamos mi idea.

El brazo del androide, separado de su cuerpo en la celda, se cuñó entre las dos mitades del ascensor que se cerraban. Los Centuriones combinaron sus fuerzas, agarrando, empujando y moviendo el brazo hasta que su muñón sin mano se introdujo en la unión de la puerta. Una vez que la cuña tuvo su abertura, Latrice hizo que los Centuriones sacudieran la extremidad como si hubiera sido electrocutada. Sin preámbulos, las puertas del ascensor se abrieron, revelando un hueco vacío más allá.

—Protocolos de seguridad estándar —dijo Latrice mientras hacía un gesto a Davin para que avanzara—. Estos ascensores están hechos en Luna, y siempre se abrirán si algo queda atrapado entre las puertas.

Que Luna fabricara los ascensores no era sorprendente —casi todo lo pesado era más barato de fabricar en la Luna, los asteroides o Marte, donde la gravedad no encarecía el transporte—, pero Davin tuvo que reconocer el mérito de Latrice.

—No lo hagas —dijo Latrice mientras Davin saltaba sobre el borde del ascensor, empezando a bajar por los peldaños del hueco—. Es un truco que usamos todo el tiempo en casa.

—Entonces, ¿por qué me dejaste probar con las baterías?

Latrice sonrió con suficiencia y siguió a Davin. —Parecías un hombre que necesitaba ser humillado.

Los peldaños, cosas grises y desnudas atornilladas en el lateral del hueco, ofrecían una estrecha opción para descender un nivel más, mano sobre mano. Bajo sus botas, Davin podía ver el punto donde el hueco daba paso a las paredes de cristal y al patio abierto de la prisión. Ruidos vagos ascendían, la apertura demasiado estrecha para revelar láseres o cuerpos aplastados. Sin embargo, la cabina del ascensor era bastante visible: un cuadrado oscuro contra el suelo blanco plateado del patio.

Al estar tan cerca de la meta, Davin se saltó algunos peldaños, soltándose y agarrando otros más abajo. Contuvo la respiración mientras dejaba atrás los últimos peldaños hacia el hueco de cristal, donde los escalones continuaban, aunque pintados de un suave blanco para disimular. No es que Davin lo notara, porque la vista era suficiente.

El plan, concebido sobre papilla de nutrientes aquella primera noche, contemplaba un asedio y una fuga. Atraer al personal de Eden al patio de la prisión y abrumarlos, luego tomar las lanzaderas y huir, todo mientras exponían a los androides de Eden como copias falsas y asesinos. Si eso finalmente lograría que los inversores de Alyssa retiraran la ambición asesina de Eden era cuestionable, pero al menos compraría a los Nueve algo de tiempo para decidir qué hacer a continuación.

El asedio se desarrollaba bajo los pies de Davin, con las mesas, sillas y estructuras del patio dobladas y rotas para formar barricadas alrededor de los tres ascensores. Prisioneros con uniformes verdes de Eden se agolpaban en las improvisadas murallas en un lento avance hacia la derecha del patio, el lado de estribor, algunos con armas robadas mientras el resto brindaba apoyo. Sus objetivos, los androides de Heath y algunos soldados de Eden, se atrincheraban en los propios ascensores, saliendo para disparar antes de volver a cubrirse. Esos refuerzos debían haber bajado por los ascensores activados, o subido después de limpiar los niveles inferiores.

Ambos bandos tenían bajas, aunque los prisioneros arrastraban las suyas para proporcionarles la atención médica que pudieran. Las de Eden, tanto máquinas como hombres, yacían tendidas sobre las maltrechas baldosas blancas.

—Horas —dijo Latrice por encima de Davin mientras ralentizaban su descenso, observando la batalla—. Esto no son unos minutos de acción. Llevan así la mayor parte del día.

—¿Cómo lo sabes?

—La rutina. Tu bando tiene estaciones establecidas y usadas. Están repartiendo comida y agua, trabajando por turnos. Eso no ocurre en un enfrentamiento corto. —Latrice reflexionó, tarareando para sí misma—. Lo que me pregunto es por qué Eden se molesta en dejar que esto continúe. Esta es su estación. Podrían vaciar el oxígeno de este nivel.

Un riesgo del que los Nueve habían hablado, que Opal había planteado y Viola había rechazado. Por las mismas razones por las que Alyssa quería manipular las opiniones, Eden ya estaba suficientemente en problemas sin masacrar a la población de una estación espacial mediante asfixia.

—Es diferente cuando están por Saturno, pero la mayoría de estos prisioneros vienen de la Tierra —dijo Davin, reanudando el descenso—. Eden necesita demostrar que no son monstruos, que tienen una buena excusa.

Davin escudriñó el patio, buscando a su equipo, y divisó a Mox primero. Había regresado del secuestro de la lanzadera, parecía estar repartiendo algún tipo de papilla nutritiva cerca del borde del patio. Phyla estaba junto a él, su pelo rojo avivando la esperanza.

Si ella vivía, entonces todo este esfuerzo habría valido la pena.

En ese mismo momento, el hueco tembló. Davin miró hacia abajo y vio varios brillantes rayos láser azul-blancos emergiendo de los tres ascensores al mismo tiempo. Los androides avanzaban, lanzando líneas ardientes que atravesaban las barricadas, quemando a los prisioneros detrás de ellas mientras las mesas y sillas demostraban ser una protección lamentable. Las máquinas, dos o tres desde cada ascensor, avanzaban.

—Se acabó el tiempo —dijo Latrice—. Eden sabe que estamos cerca y quieren que esto termine.

—Entonces, ¿a qué estamos esperando?

Davin dejó pasar cinco peldaños antes de agarrarse al siguiente, evitando romperse los huesos. No obstante, tras haber dejado clara su intención, Davin continuó saltándose peldaños mientras el láser azul-blanco devoraba a sus aliados y sus improvisadas defensas. El hueco de cristal del ascensor ofrecía una clara visión de la retirada apresurada, mientras los prisioneros comprendían que su compromiso con una causa dudosa no llegaba a límites suicidas. Los androides de Eden —Davin contó ocho, más cuatro soldados de Eden ofreciendo apoyo— avanzaban con la implacable fatalidad propia de quienes sabían que habían ganado la batalla.

O, al menos, creían haberlo hecho.

Los Nueve habían estado desempeñando el papel de

comandantes, dando órdenes desde la retaguardia. No era la posición heroica, sino la que les permitiría salir con vida, y un movimiento condenadamente inteligente. Se unieron a la salvaje retirada, sin molestarse en reagrupar a una fuerza rota, superada y desaliñada. El propio Mox recogió a Phyla y Merc, corriendo con ellos hacia la banda más alejada del nivel. Todo lo que encontrarían sería una pared sólida y algunas piezas más de mobiliario. Eso, y unos segundos más de tiempo.

Opal, Viola, Puk y Merc se dispersaron tras ellos, trepando sobre cuerpos en llamas y sillas destrozadas. Davin se preguntaba qué estarían ladrándose unos a otros, qué ideas desesperadas estarían planteando. ¿Enviar al bot de Viola en una misión de bombardeo? ¿Hacer que Mox perforara un agujero en el casco de la prisión para succionarlos a todos al espacio, con la esperanza de destruir a los androides en un último corte de mangas a Eden?

Todo innecesario, si Davin hacía bien su trabajo.

Alcanzó el techo metálico del ascensor cuando los androides llegaron a las barricadas. Dejando morir sus láseres, las máquinas destrozaron los restos en llamas, lanzando los fragmentos al aire como pobres fuegos artificiales. Davin supuso que debían haber visto o bien a él o bien la larga fila de Centuriones descendiendo por los huecos de los ascensores, pero ninguno se molestó en volverse atrás para escupirle fuego.

Y la razón quedó clara cuando el ascensor se sacudió y comenzó a ascender, disparándose varios metros en cuestión de segundos.

Davin giró, se apoyó el rifle en el hombro y disparó contra los cables sujetos al centro del ascensor. Diseñados para soportar peso, no para resistir un ataque, los cables se deshilacharon con el primer disparo y se rompieron con el segundo, justo cuando Latrice aterrizaba en el techo junto a Davin. Lo que había sido una subida se convirtió en una rápida caída. El ascensor ni siquiera se mantuvo centrado, oscilando hacia la izquierda de Davin y golpeando contra la pared de cristal.

¿Acaso Eden construyó sus huecos de ascensor para el combate?

No lo hicieron.

Davin habría suspirado ante la predecible revelación, pero en vez de eso saltó a su derecha, soltando el rifle y aferrándose al borde superior del ascensor. Su estómago dio un vuelco cuando el techo se puso vertical, y el lateral a sus pies destrozó la pared de cristal, arrastrando el cubo del ascensor a través de ella. Una cascada de cristales cayó sobre él, pero a Davin le preocupaba más el pesado lastre en sus tobillos. Latrice tenía un buen agarre, uno que no aguantó cuando el ascensor golpeó el suelo del patio. La Centurión salió despedida mientras el ascensor amenazaba con voltearse, listo para aplastar a Davin.

Hasta que el ascensor se detuvo, víctima de alguna fuerza cósmica o...

Davin miró hacia abajo y vio a Latrice en el suelo, con dos androides junto a ella. Uno, con el gran cañón láser colgado a la cintura, tenía ambas manos levantadas sosteniendo el ascensor. Buenos instintos, evitando que los aplastaran. El segundo androide, liberado de sostener el ascensor, se posicionó para un letal agarre de garganta sobre Latrice. La Centurión levantó los brazos cruzándolos en un bloqueo, una defensa endeble. El androide presionó los brazos de Latrice contra su pecho con una mano y fue a por su garganta con la otra, ignorando las patadas de la Centurión a sus tobillos.

Así que Davin se dejó caer, aterrizando cara a cara con el androide armado que sujetaba el ascensor, cuyo rostro vago y arenoso se parecía a algún actor de películas de acción que Davin no supo nombrar. Las frases ingeniosas se le ofrecieron y Davin, con inmenso dolor para sí mismo, las rechazó todas para lanzarse hacia Latrice. La Centurión esquivó un agarre de garganta con un repentino espasmo, dándole a Davin un segundo para alcanzar el rifle de Latrice, deslizarlo con sus manos y apretar el gatillo.

Las patadas quizá no provocaran reacción en un androide, pero quemar un tobillo seguro que sí. El segundo intento del androide por agarrarle la garganta se desvió hacia la izquierda, raspando el suelo mientras la máquina trataba de equilibrarse sobre una sola pierna. Latrice rodó hacia su derecha, arrastrando consigo la mano que sujetaba sus brazos, y la máquina se desplomó en el suelo.

Davin actuó rápido, desabrochando las correas que sujetaban el rifle a Latrice. Las soltó de golpe, levantó el rifle para apuntar al androide con una sola pierna que seguía intentando matar a Latrice, solo para oír metal doblándose sobre su cabeza.

—Oh, venga ya —murmuró Davin, girándose para ver al segundo androide lanzándole todo el ascensor. El bloque de metal eclipsó las luces blancas y rancio, salpicó a Davin con tornillos que caían, y no le dejó ninguna posibilidad al capitán.

Los proyectiles naranjas del rifle, disparados hacia el ascensor con nada más que furia impotente, marcaron algunas manchas oscuras mientras la perdición de Davin caía sobre él. Retrocedió de una patada mientras disparaba, un esfuerzo para ahorrarle, quizás, a su cabeza ser aplastada. El techo desapareció, luego volvió a aparecer cuando Davin se deslizó hacia atrás. Latrice tiró con fuerza del hombro del capitán, un tirón que apartó a Davin del ascensor en caída con apenas uno o dos centímetros de margen.

—Y yo que siempre quise ser más alto —se dijo Davin, con los dedos de los pies tocando el maltrecho techo del ascensor.

—Levántate —espetó Latrice, arrebatando su rifle de las manos de Davin—. No hay tiempo para bromas.

—No estaba bromeando.

Latrice giró, apuntó y derribó al androide de una sola pierna, cuyo torpe desastre había estado arrastrándose hacia la Centurión. Davin logró ponerse de rodillas antes de que el ascensor se partiera ante él, con el segundo androide destrozando la fina carcasa. La máquina no era de ideas fijas en su carga, esas manos de plaskin se ganaron cortes mientras arrancaban metralla para usarla como cuchillos improvisados. Frente a toda esa fealdad, Davin retrocedió, manteniendo el equilibrio mientras el androide se abalanzaba.

Dos puñaladas no superaron la prueba de alcance fatal, dejando pequeñas punciones en el pecho de Davin y añadiendo ruina a la chaqueta nueva, camisa y vaqueros que el capitán había llevado desde el *Jumper*. En lugar de continuar el ataque, el androide lanzó un trozo a la izquierda, cuyo borde dentado se clavó directamente en el rifle de Latrice. El arma escupió chispas y Latrice la soltó, maldiciendo mientras sacaba una porra aturdidora de su cinturón.

Con el talón hacia atrás, Davin sintió el comienzo de una barricada. Extendió la mano, arrancó la pata rota de una silla y consideró sus posibilidades. El androide debía estar haciendo lo mismo, ya que la máquina con rostro insulso giró alejándose de Davin y se lanzó contra Latrice. La Centurión intentó un frenético golpe cruzado con la porra aturdidora, un golpe que el androide esquivó agachándose con una velocidad y flexibilidad imposibles para un cuerpo biológico. El brazo que sujetaba su daga de metralla la clavó una, dos, tres veces en las piernas y el estómago de Latrice. La Centurión se tambaleó hacia atrás, cayó, y un carmesí húmedo comenzó a extenderse.

El golpe de Davin alcanzó al androide en su cráneo demasiado perfecto, haciendo añicos el frágil plástico de la pata de la silla. El pelo falso se aplastó, pero Davin no sintió que el cráneo cediera y vio al androide revertir su puñalada. El capitán se lanzó hacia la izquierda, hacia el ascensor destrozado, y el golpe giratorio del androide pasó por encima de su cabeza. Un fallo.

Considerando a su oponente, todo un logro.

Rodar sobre cristal y metal fue todo menos agradable, pero Davin mantuvo su impulso, un movimiento con el que había practicado demasiado en su vida. Al levantarse, Davin sintió que el contraataque del androide se acercaba rápidamente y emprendió una huida tambaleante, corriendo con el ascensor a su izquierda de vuelta hacia el desastre que era el centro del patio.

Los otros ocho Centuriones habían descendido por el hueco destruido con los rifles disparando, atacando a los androides con menos que total éxito. Davin no podía ver demasiado con todo el humo de los disparos fallidos, pero las continuas ráfagas que iban en ambas direcciones sugerían una batalla en pleno apogeo. Los androides y su antinatural precisión también estaban acabando fácilmente con los Centuriones, forzando a los soldados de Luna a desesperadas piruetas. Dos cuerpos, con los rifles volando libres, golpearon el suelo no muy lejos de Davin, sus dueños gimiendo, sangrando y muy fuera de combate.

Sus armas, esos rifles, no lo estaban.

Davin le llevaba un paso al androide, y ese metro le permitió recoger un rifle caído, girar y apretar el gatillo sin apuntar, confiando. Los androides eran las cosas más mortíferas del sistema solar, pero tenían una ferocidad obcecada que puso a este justo donde necesitaba estar: en línea recta hacia el corazón de Davin. El disparo a ojo de Davin no fue perfecto, pero el láser quemó el brazo delantero del androide, preparado para un corte cruzado con su reluciente metralla metálica. Como un músculo en shock, el brazo del androide perdió fuerza con el disparo, y el arma cayó de sus dedos inertes al suelo.

Lo que no hizo absolutamente nada para detener el impacto del androide contra Davin, lanzándolo por los aires.

La rápida y flotante carrera mientras las extremidades de Davin se agitaban terminó bruscamente cuando chocó contra un hueco de ascensor intacto y aterrizó sobre su pecho. El suelo metálico enfrió la mejilla de Davin, y se aferró a un aspecto positivo: este lugar aún no estaba cubierto de fragmentos cortantes. Sin embargo, le dolían las costillas, su cabeza zumbaba y sabía, sabía, que el androide no estaba lejos.

Levántate.

Davin se repitió esas palabras. No las pronunció porque eso requería un aliento que no tenía, pero el capitán las repitió una y otra vez hasta que logró ponerse de rodillas. La sangre goteaba en su boca, un sabor dulce de un labio cortado. Su coxis protestaba, y esas costillas ya agrietadas no dejaban duda de que la vida restante de Davin, por corta que fuera, no sería feliz.

Excepto que sus costillas no contaban con un rostro, con una mano emergiendo del humo, ni con los gritos y las maldiciones. Con el pelo rojo enmarañado y los ojos azules afilados, Phyla tenía una mano balanceándose bajo el hombro de Davin. Sus piernas añadieron su fuerza a la de él, y ambos se enderezaron.

—No es el mejor rescate —dijo Phyla a modo de saludo, con una ligera sonrisa curvando su labio—. Pero te daré puntos por estilo. ¿Romper un hueco de ascensor?

—No fue idea mía —Davin dejó que Phyla lo arrastrara hacia atrás—. ¿Cómo aguantamos?

—Quedan cuatro androides, según mis cálculos, aunque este humo dificulta saberlo con certeza.

—¿Y nosotros?

—No somos suficientes, Davin. Ni de lejos suficientes.

CAPÍTULO 19
ACCIÓN IMPROVISADA

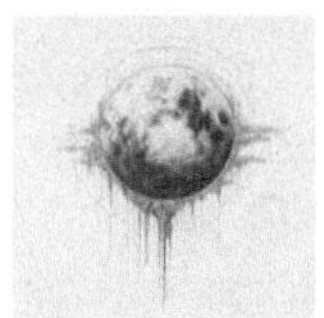

Davin nunca había jugado al dominó, pero entendía el concepto lo suficientemente bien: alineas las piezas, las golpeas, y si lo habías hecho bien, todas caerían en perfecto orden. Mientras él y Phyla se alejaban de los ascensores destrozados, Davin se vio obligado a admitir que estas fichas de dominó no estaban cayendo como esperaba.

Los Centuriones libraban una escaramuza desesperada, con sus números reducidos a la mitad y equiparándose con los androides restantes. Las máquinas de Heath tenían atrapados a los soldados de Luna en los peldaños de los huecos de los ascensores mientras se movían rápidamente tras las coberturas, bajo el humo. La resistencia de los prisioneros, según le informó Phyla, se había desmoronado ante el fuego de los androides, con los convictos huyendo a toda prisa cuando la muerte segura perdió atractivo frente a una existencia monótona a bordo de la estación.

Y los Nueves tenían poco con lo que cambiar la ecuación. Mox, Merc y los demás intentaban encontrar un ángulo, pero enfrentarse a los androides sin armas no era buena idea. Un ataque en masa para coger los rifles caídos en el centro del nivel destacaba como táctica, aunque Davin calculaba que perderían a un par de los suyos en el intento.

No podía ordenar eso. No ahora.

Lo que dejaba algo diferente. Un zigzag.

La especialidad de Davin.

—¡Puk! —gritó Davin, un alarido que se mezcló con todo el horrible ruido aleatorio a su alrededor, y que repitió mientras Phyla, confundida, le miraba fijamente—. ¡Trae tu trasero robótico aquí!

Él y Phyla estaban en las afueras llenas de escombros de las barricadas de los prisioneros. Latrice, probablemente muerta, yacía perdida entre los destrozos del centro. Repleto de muebles destrozados, algunos ardiendo por los disparos láser, Davin se tambaleaba de un lado a otro mientras cada paso aterrizaba sobre alguna porquería u otra. Entre gritos, Davin tosía mientras sus pulmones se llenaban de humo y olores a quemado de cosas que seguramente causarían cánceres devastadores en los años venideros. Phyla parecía un espectro, con su pelo y ojos destacando contra un mono de prisión chamuscado y cubierto de hollín. Davin suponía que él no tenía mejor aspecto.

—Era de esperar que siguieras vivo —dijo Puk, el compañero flotante de Viola, zumbando sobre la cabeza de Davin—. Merc y yo teníamos una buena apuesta, una que acabo de perder gracias a tu inusual resistencia.

—Hablaremos de tus lealtades más tarde —espetó Davin, señalando con la cabeza hacia el centro, donde todavía continuaba el único tiroteo—. Necesito que hagas algo de interferencia.

—¿Interferencia?

—Sobrevuela a los androides. Bombardea sus comunicaciones con todas las palabras clave de la biblioteca de Eden.

Viola había pasado años trabajando en el sector de ingeniería de Eden, y Davin tenía que creer que había seguido utilizando a Puk como su tercera mano. Puede que los androides de Heath estuvieran actualizados, pero seguirían ejecutando software de Eden, quizás construido sobre la antigua plataforma de Bosser. Lanzar mil dardos, a ver si alguno daba en el blanco, valía la pena intentarlo.

—Y si nada funciona —continuó Davin—, distrae.

—Tu confianza en mi intuición me conmueve, Davin. Intenta no conseguir que me maten por nada.

Puk, con los pequeños ventiladores del robot zumbando, se dirigió velozmente hacia los ascensores en una misión que probablemente era un suicidio, pero infinitamente necesaria.

—Puk no tiene corazón que conmover —observó Phyla, frunciendo el ceño mientras seguía con la mirada al pequeño robot.

—Tú tampoco —dijo Davin, mostrando una sonrisa pícara mientras Phyla ponía los ojos en blanco—. Venga, no desperdiciemos la oportunidad del pequeño orbe.

El objetivo, mientras Davin echaba a correr hacia los ascensores, con su maltrecho cuerpo doliendo con cada movimiento —la adrenalina seguía siendo la mejor, la droga favorita—, era conseguir un rifle. Cualquier rifle. Phyla igualaba a Davin paso a paso, sus pisadas pasando del plástico roto al cristal. En lo alto, los Centuriones se retiraban por los peldaños, abandonando las líneas de fuego para protegerse. Los androides lo notaron, desviando su fuego de asalto blanco azulado hacia los prisioneros que huían.

No es que sus objetivos pudieran correr lejos. Nuevos gritos resonaron, y Davin esperaba que ninguno perteneciera a su tripulación.

¿Insensible? ¿Sin corazón? ¿Malvado, incluso?

Davin podía vivir con cualquiera de esos calificativos, siempre que los Nueves salieran de esta.

La transmisión de interferencia de Puk no fue escuchada por los humanos del nivel, pero la evidencia era clara: el fuego de los androides se detuvo, la desaparición del zumbido desconcertando a Davin por un segundo antes de recordar que los láseres no eran una parte constante de la vida. El humo se disipó cuando llegaron al trío de huecos en el centro del nivel, con dos ascensores aún en sus ranuras. Tres cuerpos de Centuriones yacían alrededor del agujero en el hueco que todos habían utilizado, con pequeños fuegos devorando sus cuerpos.

Pero no sus rifles. Ni las porras aturdidoras. Los primeros yacían en el suelo, y las segundas colgaban sueltas de cinturones que ya no estaban ajustados a cinturas rotas. Davin y Phyla no necesitaron decir nada, simplemente se lanzaron a por las armas caídas.

Un rayo, naranja y ardiente, pasó junto a la cabeza de Davin y este, por instinto, se deslizó en una caída. El capitán de los Nueves se retorció mientras caía, recogiendo el rifle que buscaba y apuntando hacia el atacante. No era un androide, lo que explicaba por qué Davin no estaba muerto, sino un soldado de Eden. Su mirada de ojos muy abiertos y el torpe agarre del rifle indicaban que el entrenamiento de tiro de Eden no había preparado al hombre para el combate.

Ni tampoco para esquivar, al parecer. Mientras el pobre diablo intentaba reorientarse y apuntar el rifle hacia abajo, Davin disparó dos veces, cada tiro acertando en el pecho del soldado y derribándolo.

Davin no perdió tiempo, rodando y arrancando una porra aturdidora del Centurión caído a su espalda. Se levantó con la porra en una mano, el rifle en la otra, sintiéndose como en casa con toda esa imagen destartalada y destrozada. Un hogar del que él y Phyla habían huido por un tiempo, pero ahora habían vuelto, y mientras Phyla cogía el arma del soldado de Eden para sí misma, docenas de recuerdos entrañables pasaron por su mente.

—¿Otra vez esto? —preguntó Phyla, mirándole.

—Es lo que hacemos.

Otra cascada blanca azulada destelló a través del humo y Phyla hizo una mueca.

—Entonces hagámoslo, antes de que los Nueves volvamos a ser solo tú y yo.

Los cuatro androides se agruparon más allá de las barricadas, avanzando en línea recta hacia el perímetro exterior del nivel y manteniendo líneas de fuego hacia el centro. Los Nueves y los prisioneros se habían dispersado, moviéndose como imanes repelidos alrededor del nivel para esquivar el fuego y mantenerse con vida. Cualquiera que se lanzara hacia los ascensores acababa abatido. Los Centuriones, colgados en sus escaleras de ascensor, tampoco descendían, sin Latrice dando órdenes y con la muerte pareciendo inevitable si bajaban.

Una misión de rescate para una sola persona no parecía merecer la pena perder a más.

Puk informó de todo esto a Davin y Phyla al regresar ileso pero sin éxito en su andanada de códigos. Los androides de Heath habían sido actualizados, el truco resultó inútil. Necesitarían el método tradicional para reducir estos robots a la ruina. Y para eso, Davin necesitaría números. Necesitaría a los Nueves.

—Nosotros proporcionaremos la cobertura —dijo Davin a Puk—. Diles que vengan al centro. Hay armas aquí. Luego abrumamos a los androides juntos.

—Tu confianza, como siempre, desafía la lógica.

—Simplemente hazlo, Puk —añadió Phyla, mientras ambos se agachaban tras una mesa destrozada.

Los androides merodeaban más allá, moviéndose como una unidad de limpieza. Cortados del reabastecimiento de Eden, los robots cambiaron las descargas por disparos precisos, llenando el aire con un destello naranja o azul durante un segundo antes de volver a la oscuridad. Después de cada ataque, resonaba un silencio inquietante; los impactos eran tan precisos que los objetivos no tenían suficiente vida para gritar. Las conversaciones se apagaron, al igual que el número de prisioneros.

—Es una ejecución total —murmuró Phyla—. Esto no tiene que ver con restaurar el orden.

—Es una exhibición —respondió Davin—. Heath lo ha dejado claro. Ganímedes no funcionó para él. Este es el intento número dos.

—¿Una exhibición para quién?

—¿Quieres mi conjetura? Es la Tierra. No Eden, sino la Tierra a quien Heath dirige esto. El planeta quiere orden bajo demanda, y Heath puede proporcionarlo.

Phyla digirió las palabras mientras Davin miraba a través del humo que se disipaba hacia el centro del nivel. El ascensor destrozado que casi había convertido a Davin en una tortita estaba a su izquierda, y cerca yacía Latrice. Demasiado lejos para saber si aún vivía. Habría ido hacia ella, pero los androides habían tomado esa ruta a través de las barricadas y tendrían una clara línea de fuego. Quizás, contra humanos defectuosos, Davin podría haber intentado el sprint.

Los androides no le permitirían sobrevivir.

—Es el mismo miedo, ¿no? —dijo Phyla—. No confían en nosotros porque vivimos aquí fuera.

—No confían, pero no quieren ejercer el control directamente. Eso es lo que Heath está apostando. Nos expandimos por todo el sistema solar y quizás más allá, la Tierra pierde poder con cada kilómetro. Los androides se convierten en su fuerza de ataque, sus soldados. Nadie tiene que abandonar la Tierra, y aun así mantienen el control.

—¿Pero por qué le importa a la Tierra?

—La verdadera pregunta, Phyla, es a quién en la Tierra le importa. Responde eso y sabremos para quién baila Heath. Aunque parece que nos estamos adelantando.

—¿Dices que deberíamos volar algunos androides?

Davin sonrió a Phyla. —Me has leído la mente.

Independientemente de si Puk había entregado el mensaje o no, los androides habían recorrido aproximadamente un cuarto de la distancia del nivel en su barrido perimetral a lo largo de su banda norte, incinerando a los prisioneros en el camino. Pronto saldrían del campo visual de Davin, obligando a Davin y Phyla a lanzarse a través de un espacio mortal. Peor aún, si los robots seguían moviéndose, llegarían al lado opuesto del nivel, donde el resto de los prisioneros y los Nueves se habían agrupado.

Eso simplemente no podía permitirse.

Davin giró y disparó sin apuntar. Dos tiros, rápidos y probablemente fallidos. Davin no se molestó en mirar, en su lugar se lanzó hacia la derecha, cruzándose con Phyla. Los láseres respondieron, derritiendo la mesa y confirmando que Davin había atraído la atención equivocada. No descansó, arrastrándose más allá de Phyla mientras ella realizaba sus propios disparos, luego ella se unió a él en un sprint a lo largo del círculo interno de la barricada hacia su extremo sur. Los androides mantuvieron su fuego, los destellos parpadeando alrededor de los ojos de Davin.

—¡Ahora! —gritó Davin, rompiendo a la derecha y atravesando una parte volada de la improvisada barrera.

Phyla escapó con él, desviándose hacia el exterior del círculo mientras los láseres quemaban agujeros detrás de sus pies. El humo, la sorpresa, les había comprado algunos fallos, pero los androides vendrían ahora.

—Diría que hemos captado su atención —dijo Phyla, respirando con dificultad.

—Mox y los demás mejor que lo aprovechen.

—No podemos quedarnos sentados aquí.

—Son ordenadores, ¿verdad? —preguntó Davin, ambos con las espaldas presionadas contra las mesas volcadas y las sillas. Sentados en el suelo. Frente a Davin se extendía un patio ensangrentado, lleno de cuerpos y ruinas humeantes. A su derecha e izquierda, las barreras continuaban—. Si queremos una oportunidad, tenemos que ser humanos.

—Debería ser fácil para ti.

Davin asintió. —Haremos lo que no esperan. Atacar.

Phyla maldijo, pero aun así preparó su rifle.

Fácil de decir, estúpido de hacer. Eso es lo que pasó por la mente de Davin mientras giraba a la derecha, con las gruesas botas de Centurión crujiendo sobre sangre seca, plástico quemado y, aquí y allá, la suave baldosa blanca de Eden. La lucha continuaba como un día largo, una acción menguante que no acababa de detenerse mientras la carnicería se asentaba. Los androides ya no estaban ejecutando, estaban cazando, y Davin esperaba que siguieran el rastro de vuelta hasta el centro del nivel. Se mantuvo agachado, con Phyla siguiéndole, y el rifle apretado contra su pecho. Si un androide aparecía de repente como una broma terrorífica, Davin lo volaría en pedazos.

Si las máquinas atacaban desde cualquier otro lugar, Davin estaría muerto antes de darse cuenta.

Empezando por el lado suroeste del nivel, Davin y Phyla rodearon hacia el norte, pegados a la maltrecha barricada. En el primer hueco abierto por los androides, Davin redujo la velocidad y echó un vistazo. El mortífero cuarteto había regresado al círculo interior, espalda contra espalda, con rostros impasibles mirando en todas direcciones. Davin se retiró y le hizo un gesto afirmativo a Phyla.

Hora de comprobar si habían dado a los Nueves el tiempo suficiente.

Ella se colocó delante de Davin, se niveló en cuclillas con las rodillas en el suelo. Rifle preparado. Davin levantó su arma hasta los hombros, tomó aire y lo contuvo. Sintió el empujón de Phyla con su pie contra su tobillo, indicando que estaba lista. Ella se dejó caer hacia delante, girando para apuntar el rifle justo donde deberían estar los androides. Davin dio un paso a la izquierda y hacia delante, girando con el movimiento para conseguir un ángulo perfecto.

Al parecer, habían detectado su sigiloso vistazo, porque ambos Nueves se encontraron frente a cuatro androides y sus variadas armas. Apuntando, listos para disparar, y Davin, incluso mientras apretaba el gatillo, pensó que al menos se iría disparando.

Una esfera plateada descendió como un relámpago cuando los primeros láseres destellaron. Los androides dirigieron sus disparos hacia Davin, cuatro rayos precisos dirigidos a la cabeza de Davin. Puk los atrapó todos; las luces ardientes hicieron volar al pobre robot del cielo en una bocanada sobrecalentada a pocos metros de la cara de Davin. El capitán de los Nueves no retrocedió, no gritó ni se echó atrás, no lloró por un robot que Viola, con suerte, podría reconstruir.

En su lugar, como Phyla, mantuvo apretado el gatillo. Rayos anaranjados volvieron hacia los androides mientras Davin avanzaba disparando. Phyla dejó que su rifle disparara durante un par de segundos antes de volver a esconderse tras la barricada. Davin sintió calor rozando su espalda, su pierna derecha, un fuego tan intenso que cayó hacia delante, sobre las baldosas. La agonía recorrió de arriba abajo su costado derecho, una sensación que conocía demasiado bien.

Una para la que no tenía tiempo.

Usando los codos, Davin se arrastró hacia la siguiente brecha. Llegaría allí y...

—¡Detrás!

Al oír la voz de Phyla, Davin se giró —su visión se volvió negra cuando su pierna herida se arrastró por el suelo— y levantó el rifle. Un androide apareció en el hueco que acababan de abandonar, empuñando un rifle en cada mano. Cada arma apuntaba en una dirección diferente, una hazaña de fuerza y precisión que podría haberlos eliminado a ambos si Phyla no fuera una maldita profesional.

Disparó al androide en cuanto aterrizó, quemando el costado de la máquina con un constante rayo anaranjado. El láser ardiente se hundió en el costado de la máquina y lo atravesó, fundiendo circuitos, cables y el metal que lo mantenía todo junto. La mitad superior del androide se separó de sus piernas, cayendo hacia delante para desplomarse entre los demás escombros.

El robot aún disparaba sus rifles, una última orden que escupía rayos anaranjados por el suelo. Rastros de fuego persistían. Phyla dio fin definitivo al androide con varios disparos más, y luego frunció su rostro manchado de humo hacia Davin.

—Estás herido.

—Sobreviviré —dijo Davin—. Aunque no podré correr rápido a ninguna parte.

Phyla empezó a dirigirse hacia él pero se detuvo, mirando furiosa hacia el hueco en la barricada que los separaba como si fuera personalmente responsable de este problema. Lo cual, supuso Davin, en cierto modo lo era.

—Quédate ahí —dijo Davin, poniendo una mano sobre un montón de sillas para estabilizarse—. Seguiré rodeando, tú busca un tiro. Quedan tres.

Una versión anterior de Phyla podría haber intentado decirle al herido Davin que intercambiaran posiciones, que no hiciera algo tan estúpido, pero los años que habían pasado juntos se condensaron en el asentimiento que ella le dio. Las arrugas alrededor de sus ojos decían *te quiero* mejor que cualquier palabra. Se conocían mutuamente, en todos los sentidos, y en aquella prisión en ruinas Davin se dio cuenta de que esta era una vida que realmente no quería perder.

Avanzar tambaleándose junto a la barricada no se sentía heroico, como tampoco su agachamiento jadeante cuando Davin alcanzó el siguiente hueco destrozado. Otra ojeada confirmó que el trío de androides había decidido establecerse alrededor de los ascensores, cada uno cargando con uno de esos cañones láser de alta potencia. Habían abandonado el barrido limpio por una posición fuerte, pero ¿por qué?

¿Refuerzos?

Con los Centuriones restantes atrapados en los maltrechos conductos, los androides definitivamente podían simplemente esperar a que llegaran más fuerzas de Eden. Los Nueves y los prisioneros que quedaban no tenían el arsenal para desalojar a los tres. Un ataque desde todos los flancos podría lograr algunos impactos a un costo masivo de vidas, una idea que Davin descartó incluso mientras se formaba. No tenía forma de hablar con nadie, de establecer una señal, con Puk desaparecido.

Salir para disparar tampoco parecía una gran opción.

Los muebles quemados ofrecían una mejor respuesta. Sillas y mesas delgadas. Agrupadas lo suficiente para dificultar la puntería, pero Davin no necesitaba ser perfecto. Solo lo bastante bueno para llamar la atención sin matarse. Se desplazó a su derecha, apoyó el rifle contra la mesa inclinada y las sillas amontonadas que la acompañaban.

—Vamos, no es la peor idea que has tenido —murmuró Davin.

El rifle escupió rayos anaranjados a través del plástico blanco de la mesa, quemándola y lanzando una estela hacia los androides. Davin solo vio un punto aureolado en naranja y negro, uno que llenó con varios disparos más hasta que la barricada a su alrededor comenzó a estallar con fuego blancoazulado.

Davin se dejó caer, dejó que su pierna herida lo guiara al suelo mientras el aire sobre él se inmolaba. Se aferró al rifle, escuchó los silbidos alrededor del nivel mientras Phyla y los demás seguían su plan. Cuando el calor de arriba se disipó, Davin se puso en pie, levantó el rifle hacia la barricada y encontró dos androides restantes. Ambos tenían sus cañones rugiendo, esparciendo fuego contra los ataques entrantes alrededor del nivel. Davin apuntó el rifle hacia el robot de la derecha, tomó puntería real y apretó el gatillo.

Los láseres se hundieron en la máquina, justo alrededor de la cintura del robot. Uno golpeó la batería del arma grande, haciéndola estallar en llamas rosáceas y verdosas. El androide se desplomó mientras su compañero giraba hacia Davin, solo para encontrarse derribado por una Centurión emprendedora. La soldado de Luna cayó mientras disparaba, rociando rayos en un descenso salvaje detenido con un agarre desesperado a los peldaños, su rifle quedó colgando por la correa.

Davin conocía esa maniobra: una jugada suicida, destinada a estrellarse contra el enemigo aunque este disparara primero al Centurión. Ganar un segundo para los soldados que seguían. En cambio, ella había terminado la pelea.

Durante los primeros minutos, nada cambió. El nivel crepitaba con incendios que se extinguían solos, los gemidos de los heridos que no habían sido rematados por el fuego de los androides y el ronroneo de la estación espacial. Davin se aventuró en el humo que se disipaba, manteniendo el rifle en alto mientras se acercaba a los androides y comprobaba cada uno, disparando una vez más a un par cuyos ojos aún se movían. Su pierna derecha ardía, pero la aparente victoria amortiguó el dolor lo suficiente para que pudiera cojear.

Latrice se contaba entre los vivos, pálida y con la mirada vidriosa. Los cuatro Centuriones restantes la rodearon, sacando botiquines de primeros auxilios para tratar las puñaladas. Davin observó cómo Phyla lo encontraba, mientras los supervivientes comenzaban a acercarse con cautela al centro del nivel. Los dos ascensores que funcionaban subieron y desaparecieron, un detalle que Davin registró sin hacer nada al respecto.

Si Eden decidía enviar otro enjambre de androides en esas cajas, las máquinas quedarían atrapadas, acribilladas sin piedad. Supuso que Eden lo sabría, que...

—Eres un maldito suertudo —anunció Merc, caminando con Mox hacia el centro del nivel—. ¿Cómo demonios has sobrevivido a todo esto?

—Engañando a la muerte, como de costumbre —respondió Phyla por él.

Lo que podría haber sido un alegre reencuentro en mejores circunstancias se agrió cuando Merc detalló las heridas. Riley, Viola y Opal estaban todos heridos, todos postrados en los límites del nivel. Metralla, láseres y, en el caso de Viola, un tobillo roto por una mala caída en los niveles superiores. Los androides habían llegado precisos y furiosos, masacrando a la mayoría de los prisioneros y arrojando sus planes al caos.

—Lo único que nos salvó —continuó Merc— fue lo cautelosos que fueron. Como si Heath no quisiera perder sus juguetes, así que nos dieron oportunidades para huir y reagruparnos.

Mox había contado diez androides en total, una fuerza menor de lo que Davin esperaba, hasta que Phyla le recordó que esto era una prisión. Se suponía que la gente de dentro no tenía armas, y ya habían perdido a la mayoría de los aproximadamente doscientos prisioneros. Lo poco que quedaba del ánimo triunfal de Davin se marchitó cuando contó menos de veinte personas aún en pie. Heath había exigido una masacre y la había recibido.

El propio hombre de metal debería haber estado entre los muertos, al quedarse en un duelo uno contra uno contra la copia androide de Opal. Mox describió el duelo como un asunto rápido, terminado por la lógica defectuosa del androide.

—Pensó que yo era un hombre normal y débil como tú, Davin —dijo Mox, inclinando su cuello a ambos lados como para acentuar el metal negro que envolvía sus hombros—. Atrapó mi primer golpe con su mano y la llave inglesa le arrancó el brazo. El segundo le hundió la cabeza, destruyó sus sensores. A partir de ahí, fue feo.

—Vaya —dijo Merc—. Mox, ¿por qué no los destrozas a todos por nosotros?

—Porque tuve suerte, y el fracaso de Davin preparó mi éxito.

—Vale —dijo Davin—. Basta de hablar de mi fracaso. Enhorabuena por ser un cabrón duro, Mox. No pares ahora.

—Nuevo plan —dijo Davin mientras el grupo se reunía en círculo, con Latrice uniéndose apoyada en el hombro de un Centurión—. Lo que vimos aquí podría pasar en cualquier parte. Esto tiene que terminar hoy.

—Estamos listos —respondió Mox a la pregunta no formulada—. Cansados. Muy cansados. Pero listos.

—Bien, porque vamos a seguir moviéndonos.

El *vamos* en ese anuncio resultó ser Davin, Phyla, Mox y Merc. Un cuarteto diabólico si Davin había visto alguno. Latrice y los Centuriones, a pesar de estar furiosos por una misión que había salido muy mal, accedieron a ayudar a los prisioneros restantes y a la tripulación de los Nueves a defender el nivel contra nuevos ataques. Cuánto tiempo tendrían que montar guardia sin más ayuda dependería, bueno, de hasta dónde pudieran llevarle a Davin su fanfarronería y un abundante suministro de analgésicos, cortesía de esos botiquines de los Centuriones.

Viola recibió la noticia del heroico sacrificio de Puk con un suspiro. Ya había reconstruido al robot un par de veces, y tenía la costumbre de sincronizar la memoria de Puk en varios puntos de respaldo diferentes. Opal, con ambos brazos quemados por malas explosiones, había caído en la inconsciencia. La fachada arrogante de Merc se quebró cuando miró en su dirección, pero Viola prometió que sería bien atendida. Riley, como Viola, tenía heridas menores, pero Davin pensó que el tipo sería tan útil en la próxima misión como un vaso de agua fría.

En cuanto al cuarteto, se abastecieron con lo que pudieron. Algo de pasta nutritiva sobrante enviada antes del combate, rifles robados —Mox cargó con uno de los cañones pesados de los androides para sí mismo—, y un par de esos botiquines de los Centuriones. No hubo fanfarria cuando Davin, con la pierna vendada y las cremas aplicadas, dijo que era hora de irse.

Eden no había enviado los ascensores hacia abajo, no

respondía a las llamadas. No era una sorpresa. Aya podría estar observando cada uno de sus movimientos con palomitas en la mano, debatiendo con Heath sobre cuándo podrían declarar la victoria. Davin esperaba que se atragantara con un grano.

En cualquier caso, que los ascensores hubieran subido era algo bueno, porque los Nueves iban a bajar.

CAPÍTULO 20
PLANES CON CICATRICES

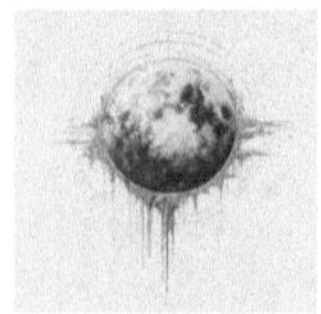

Antes de una misión, los Nueves siempre se reunían en la bodega de carga del *Jumper*. Comprobaban el equipo de cada uno, confirmaban que las baterías estuvieran cargadas, que los accesorios estuvieran enganchados a los cinturones, y se repetían el plan entre ellos. Un ritual tan necesario como unificador. Davin, Phyla, Merc y Mox hacían lo mismo ahora, de pie cerca de los ascensores mientras los prisioneros restantes y los Centuriones reforzaban las defensas como podían.

Mox sostenía un cañón pesado, su exoesqueleto más que capaz de levantar el monstruoso arma. Cables conectaban el largo cañón láser con una gran batería sujeta a los hombros de Mox. Casi como la vieja mini-pistola del grandullón en el *Jumper*, y bastante temible. Bajo el equipo, el brillante exoesqueleto negro de Mox sobresalía del mono verde bosque de Eden, con bultos abultados que se extendían como arañas por sus brazos y piernas hasta su cuello. Como todos ellos, el agotamiento se reflejaba en las facciones de Mox, arrugas provocadas por la edad y el esfuerzo, acentuadas por la falta de sueño.

Phyla y Merc iban a juego, sus monos dañados ofreciendo

poco espacio para acoplar algo útil. Aun así, ambos llenaron sus bolsillos con paquetes adicionales para sus rifles. Merc, el delgado piloto, mantenía su aire chulesco mientras examinaba varios rifles, quedándose con el arma de un Centurión caído.

—Confío más en Luna que en Eden para mantener su equipo en buen estado —dijo Merc cuando Davin miró su elección.

—Mientras la devuelvas —dijo Latrice, sentada en una silla y respirando lentamente—. Eso no es tuyo para quedártelo.

—¿Cuál es vuestra política de daños? Porque adonde vamos, no es probable que salga limpia.

—Tiempo de prisión. Rompiendo rocas.

Merc se rio.

—Anotado. Te la devolveré de una pieza.

Davin, gracias a su cambio en el *Jumper*, tenía un equipo real, aunque quemado y maltratado por los combates. Aun así, tenía un cinturón con clips que aprovechó bien. Un botiquín de primeros auxilios de un Centurión encontró su camino a su espalda, medicamentos de otro ya adormeciendo su pierna quemada. El capitán de los Nueves no ganaría ninguna carrera a pie, pero no se iba a quedar al margen.

No con la venganza en el menú.

Merc se ofreció para guiar, y Davin le dio luz verde. El piloto comenzó a bajar por el hueco del ascensor izquierdo. Las frágiles puertas de cortesía ya habían sido destrozadas por disparos perdidos, permitiendo un acceso fácil, aunque crujiente, a los peldaños del costado del hueco. Mox ocupó el último puesto, colgándose el gran cañón al hombro. Descendieron rápido, o al menos tan rápido como la pierna herida de Davin le permitía. Todo el tiempo, repasaron el nuevo plan, no muy diferente del antiguo.

Los Nueves habían querido atraer a Heath a una respuesta total, atraparlo en la prisión y acabar con él. Que Heath hubiera enviado a Aya en su lugar, junto con algunos androides, confirmaba que era un maldito cobarde. Confirmaba que los Nueves tendrían que ir a por él.

—Pueden ver todo lo que estamos haciendo —dijo Davin, justo encima de Merc mientras seguían bajando—. No entiendo por qué no están respondiendo.

—¿Mi conjetura? —dijo Phyla—. Están lidiando con problemas mayores.

—¿Mayores?

—La Tierra, Luna, y todos sus ojos. Alyssa tenía razón en una cosa: Eden es una empresa con inversores, con gente que no quiere más desastres. Heath presionó para esto, y ahora que se ha torcido, tienen que limpiarlo.

—¿Matándonos a todos? —retumbó Mox—. Tienen sangre de Centurión en sus manos ahora. Una vez que Luna lo sepa, Eden perderá acceso a la Luna.

Las palabras de Mox hicieron que Davin se estremeciera. Le recorrió un escalofrío proverbial. Una vez que Luna lo sepa. Heath no sería lo bastante tonto como para permitir que eso sucediera, pero solo matar a los Nueves y a los prisioneros no salvaguardaría eso. La prisión tenía cámaras. Cualquier empleado descontento podría recuperar las grabaciones, enviarlas...

—Van a volar la estación —gruñó Davin—. Así es como lo ocultan todo. Por eso no nos envían más androides. Es una evacuación, una limpieza.

—Eso es todo un movimiento —dijo Phyla—. ¿Heath tiene estómago para ello?

—El hombre cree en los androides. Se está jugando todo. No le importará que una prisión explote para mantener vivo ese sueño.

—Lo que significa que, ¿un temporizador está en marcha en algún sitio?

Merc resopló desde abajo.

—Cualquier estación en la órbita de la Tierra tiene que

tener una opción de autodestrucción. Tiene que ser minuciosa, además, para que no caigan grandes trozos. Tendrán el detonador arriba.

Demasiado lejos para subir por las escaleras del ascensor.

—Seguid adelante —dijo Davin—. Necesitarán tiempo para evacuar a todo el mundo.

—Han tenido tiempo —replicó Merc.

—Entonces sube más rápido.

Merc lo hizo, saltándose peldaños como Davin había hecho más arriba. Un movimiento arriesgado que Phyla consiguió realizar. Davin lo intentó, pero su pierna se resintió con el duro impacto varios peldaños más abajo, y sus brazos, que ya se sentían como pesas de plomo, ardían. Mox ni se molestó en sujetarse, simplemente saltó al centro del hueco y se precipitó los últimos niveles hasta el fondo de la estación. Aterrizó con un fuerte crujido, el exoesqueleto absorbiendo el peso y convirtiendo la energía cinética en la potencia que todo ese metal necesitaba para seguir moviéndose.

Las puertas del ascensor allí abajo ya habían desaparecido, cortesía de la anterior huida de Davin, y Mox corrió a través de ellas mientras los demás le alcanzaban. Los pasillos estaban silenciosos, los androides que habían atacado aquí abajo aparentemente entre los muertos de arriba. Mox, por supuesto, sabía adónde ir: la bahía de atraque.

El silencio del pasillo se extendió a Davin y los demás. Las paredes metálicas blancas salpicadas con carteles de Eden no ofrecían evidencia de guerra, ni hedor de cuerpos quemados o humo ondulante. Los gemidos, gritos y órdenes a voces se intercambiaban con el suave zumbido de una estación espacial. El trío caminaba silenciosamente tras Mox, dando espacio para que las últimas horas llenaran los huecos.

El primer cadáver siempre era un shock. Davin había visto el primero a una edad demasiado temprana, deambulando por el Hueco del Vagabundo hasta que el ruido de una pelea le atrajo a él, a Phyla y a Lina. Un poco demasiada ira, un corte rápido de cuchillo, y la vida de una persona desvaneciéndose en la calle polvorienta. Se había quedado mirando entonces, pero pronto aprendió a apartar la mirada rápidamente.

Menos posibilidades de pesadillas de esa manera.

Ahora, sin embargo, Davin estaba viendo una carnicería por docenas. Europa, Ganímedes, esta maldita prisión espacial. ¿Cuántos fantasmas acumularía antes de que todo esto acabara?

—¿Pausa para picar algo? —ofreció Merc, asintiendo con la cabeza hacia una puerta cerrada a su izquierda.

El cartel exterior sugería una sala de descanso, y Mox la abrió de un solo golpe. Dentro de la achaparrada habitación había taquillas sencillas, repletas de papilla nutritiva y latas de café, zumos y aguas con gas. Un simple bache en un día por lo demás absurdo.

No es que la tripulación lo disfrutara. Una operación de coger y correr que hizo que Davin alternara café negro con papilla nutritiva de fresa (sabía a tiza vieja, sin importar el sabor). Llegaron a la bahía de atraque de descontaminación varios minutos después, sin una sola alarma o llamada de Eden para explicarse, para que cesaran, para ofrecer términos de rendición.

Davin maldijo y Phyla preguntó por qué.

—Porque realmente se han ido —dijo Davin—. Sigo esperando que la gente no sea tan despiadada, pero aquí estamos.

—Están dispuestos a dejarnos morir por sus trabajos, por sus sueños —respondió Phyla—. Que les den.

La bahía de descontaminación le dio a Davin exactamente lo que esperaba: una puerta gruesa y una advertencia de que la atmósfera interior había sido comprometida. La lanzadera destrozada esperaba, todavía incrustada a lo largo de la bahía de atraque. Como en cualquier bahía de atraque, una habitación cercana contenía trajes espaciales y equipo de emergencia, cosas que Mox sacó y lanzó a Davin, Phyla y Merc. Su exoesqueleto hacía de Mox un compañero difícil en este punto, el Centurión poniéndose un casco y su correspondiente máscara de oxígeno. Mantendría su respiración, pero un viaje más allá de la estación congelaría o abrasaría al hombre.

Pero un paseo espacial no era la idea.

Abrirse paso en una bahía de atraque dañada no era tan fácil. Después de un par de golpes duros e ineficaces con su puño, Mox retrocedió sacudiendo la cabeza. Apartó a los demás con un gesto, luego nivelĂł el potente cañĂłn láser.

—Ni se te ocurra fallar —dijo Merc, refugiándose detrás de Mox junto con Davin y Phyla.

Su voz resonó en sus oídos a través del relé de comunicación de campo cercano que conectaba cada uno de los trajes.

—Si lo hago, me aseguraré de darte a ti —respondió Mox.

Pero las puertas eran objetivos fáciles, y el cañón al rojo vivo derritió la resistencia diseñada para sellar el oxígeno, no para repeler un asalto energético. Comenzó un silbido y los oídos se taparon cuando Mox quemó una línea a lo largo de un lado, cortando la conexión de la puerta corredera con las paredes circundantes. Esta vez, el puño de Mox deformó la puerta, doblándola lo suficiente con un segundo golpe para permitir un cuidadoso paso a través. Davin, presenciando el golpe a través de un grueso casco, anunció posición de cabeza. Chocó contra el metal con ese mismo casco al dar el paso, pero evitó cualquier desgarro ruinoso de la puerta quemada y abollada.

Había escombros por todas partes, pero por lo demás la bahía de atraque permanecía bastante pacífica. Las luces habían muerto, sustituidas por los faros de sus cascos. Davin no se quedó para una inspección minuciosa, en su lugar se dirigió cojeando hacia la lanzadera dañada. La nave se había estrellado tan fuerte contra la estación que la parte delantera parecía una nariz chata. Davin se dirigió hacia la parte trasera, donde, aparte de las marcas de láser, el vehículo estaba intacto. Su puerta de embarque colgaba abierta, el panel expulsado por el techo aplastado y tirado en el suelo.

—Realmente le has dado fuerte a esta —dijo Merc—. Recuérdame que nunca te deje volar de nuevo, Davin.

—Mucho fuego enemigo. No es mi culpa.

—Yo lo habría esquivado, ¿verdad, Phyla?

—Ambos lo habríamos hecho, Merc. Hay una razón por la que Davin no toca la palanca a menos que sea una emergencia.

Guardando los insultos para una venganza posterior, Davin trepó a la lanzadera arruinada, abriéndose paso entre los asientos hasta llegar a la destrozada terminal del piloto. Rota, incapaz de volar, pero la lanzadera no había explotado. Los cables se extendían por todas partes, pero Davin no vislumbró líneas cortadas. Había sido un golpe aplastante, pero las naves de estos días mantenían sus comunicaciones bien aseguradas.

Nadie quería quedarse varado sin su señal de socorro.

La pantalla se había hecho añicos. No habría interfaz elegante. Pero Davin tanteó bajo la terminal hacia la estrecha capa analógica destinada a esos momentos en que todo había salido mal. Encontró interruptores y los accionó, uno a uno. Un puerto anidado soltó un enchufe colgante cuando Davin lo abrió, y lo arrancó, luego lo conectó al relé de comunicación del traje cerca del cuello de Davin. Sin atmósfera, nada de lo que Davin dijera sin el traje iría a ninguna parte. Cuando lo enchufó, sin embargo, Davin escuchó el eufórico crujido.

—Estamos en funcionamiento —dijo, las palabras viajando tanto a sus amigos como a lo largo de la banda abierta de la lanzadera.

Solo que Davin no quería hablar al vacío. Tenía un objetivo específico. Sin una consola funcional, tenía que hacer las cosas a la antigua usanza, y conseguir que su objetivo viniera a él.

—Esto es un hombre muerto —comenzó Davin—, un

fantasma y un ajuste de cuentas. —Ralentizó, lanzó a Phyla un guiño que probablemente no podía ver a través de sus visores—. Heath Swane, si estás escuchando esto, sintoniza mi frecuencia y decidamos cómo muere tu sueño.

Davin recitó una banda al final, girando el dial analógico bajo la terminal arrugada a la frecuencia deseada. Ahora, a esperar, todo mientras la presunta destrucción de la prisión espacial se acercaba.

—¿Crees que responderá? —preguntó Merc, quedándose con Mox en la parte trasera de la lanzadera—. Muy siniestro, sin embargo, Davin.

—Esa es la idea —respondió Davin—. Heath es el tipo de persona cuya imaginación creará una imagen peor que cualquier cosa que yo pudiera decir.

Un hombre tan deformado por una obsesión singular que cualquier amenaza a ella le llevaría más allá de la respuesta racional. Y Davin tenía una buena amenaza: podía volver a esa banda abierta y entregar lo que había sucedido en la estación espacial a todos los que estuvieran a distancia de comunicación. Más allá de Marte, eso podría no suponer mucho.

¿Alrededor de la Tierra?

Davin tendría una audiencia de miles de millones, y a la mayoría no le gustaría una historia sobre androides masacrando prisioneros.

Así que cuando la voz de Heath crepitó por la comunicación, cansada y enfadada, Davin no pudo evitar sonreír.

Por lo que respecta a las posiciones de negociación, estar sentado a bordo de una lanzadera averiada que, ella misma, se había estrellado contra una estación espacial que probablemente se autodestruiría, ofrecía poco. Sin embargo, ser el desfavorecido colocaba a Davin justo donde pertenecía.

—Le dirás a Aya que detenga la autodestrucción de la estación espacial, y luego nos enviarás un transporte adecuado —dijo Davin, teniendo cuidado de hablar uniformemente, con arrogancia, como si todo esto fuera esperado.

—¿Porque revelarás mi pequeña estratagema, Davin? ¿Es esa tu amenaza?

—Me alegro de que estemos en la misma página.

Detrás de Davin, Merc, Phyla y Mox esperaban. Sus tanques de oxígeno, pequeños y destinados a una acción rápida de entrada y salida, descendían. ¿Tan bajo como el reloj de autodestrucción de la estación?

—Estoy esperando —habló Davin de nuevo, ya que Heath no lo había hecho—. ¿Aceptas los términos o empiezo a hablar?

—¿Y si lo hago despacio, Davin? ¿Si te mantengo charlando el tiempo suficiente para que la estación explote? Dime por qué eso no funcionará.

—Porque tengo un seguro.

Heath se rio.

—No tienes nada. Solo...

Davin abrió la comunicación. De vuelta a la banda amplia.

—Hola, este es un escuadrón Centurión en la prisión de Eden. Necesitamos rescate, y Eden ha configurado la estación para autodestruirse. Por favor, avisen si pueden ayudar.

Un pequeño empujón, y de vuelta a la frecuencia de Heath.

—¿Cómo ha sonado eso? —preguntó Davin al vacío, esperando que Heath estuviera esperando al otro lado—. Ahora, si esto explota, la gente va a hacer preguntas. ¿Quieres que les haga las preguntas correctas?

—¿Qué sucede, Davin? ¿Envío la lanzadera, dejo la estación girando, y entonces qué? ¿Adónde iréis?

—Nos llevas a tu fragata. Tenemos una agradable charla. Resolvemos todo esto.

—¿Un encuentro final? ¿En mi fragata? Davin, eso es temerario. Incluso para ti.

—Mi problema, Heath. Tu solución.

Davin miró a través de la cabina destrozada. Cristales rotos, fragmentos de su propia sangre entre las astillas. Su temple vaciló. Lo cerca que él y los Nueves, lo cerca que Phyla había estado de morir por culpa de este hombre. Necesitaba tener una oportunidad, necesitaba...

—Davin —dijo Heath—. ¿Sabes lo que te haré? Aterrizaréis en nuestra fragata y os capturaremos. Crearé androides a tu imagen, y aplastarán a tus pequeños amigos. Uno tras otro, mirarán a quien les disparó, les estranguló, les rompió, y te verán a ti. No conozco tus sueños, Davin, pero conozco tu legado, y lo arruinaré.

—Bien. Envíanos un transporte arriba, luego cogeremos un viaje hacia ti. Te estaré esperando, amigo.

Davin cerró el canal de comunicación. Asintió hacia la bahía de atraque.

—Es un monstruo, ¿verdad? —bromeó Merc mientras dejaban la lanzadera—. Casi me hace desear que tuviéramos a Bosser de vuelta.

—Yo no —dijo Phyla—. Bosser era inteligente. Heath es un imbécil con el dinero de Eden en el bolsillo.

—Y un montón de androides.

—Fournine y ThreeTwelve eran mejores. No estoy segura de por qué, pero todos estos parecen extraños. Mortales, sí, pero con los números a los que nos hemos enfrentado, ya deberíamos haber sido incinerados.

—He estado pensando en eso —dijo Mox mientras salían de la bahía en ruinas, de vuelta al pasillo—. Apuesto a que es a propósito.

—¿Te estás poniendo filosófico ahora, Mox? —dijo Davin.

—Práctico. Los androides solían limitarse a matar. Ahora, Heath les hace hacer más.

Mentir, dar discursos, trabajar en equipos en lugar de como cazarrecompensas solitarios. Davin no era lo suficientemente experto en tecnología para saber si algo de eso podría torcer la efectividad de combate de un androide, pero si Heath estaba estropeando a sus robots de batalla, tanto mejor.

El cuarteto debatió esa idea mientras caminaban hacia el

ascensor. La caja ya les estaba esperando, con las puertas abiertas, sin un solo cadáver a la vista.

Qué regalo.

Un comentario sarcástico de Merc comparando los ascensores con la subida por los peldaños y el cuarteto llegó al nivel superior de la estación. Cualquier bloqueo de acceso había sido eliminado, el teclado dándoles una alegre luz verde. Esa libertad se extendía fuera del ascensor también, hacia el apiñado laberinto habitualmente dominado por los administradores de Eden. Vacío ahora, Davin y los demás exploraron. Mox se dirigió hacia la bahía de atraque para esperar la lanzadera de Heath, mientras Davin, Phyla y Merc se desviaron hacia el centro de control de la prisión. Afortunadamente, la señalización de Eden estaba a la altura, y un par de pasillos cortos les llevaron al cerebro de la prisión.

No muy diferente a un puente de nave estelar, la sala circular tenía terminales por todas partes. También como los puentes de naves estelares, donde tantos pasaban tantas horas, abundaban retazos de vida. Las fotos familiares brillaban en marcos digitales, plantas con sus correspondientes luces de crecimiento persistían en los rincones, y un tablón que asignaba la responsabilidad de elegir la música del día de trabajo, los próximos cumpleaños y un acertijo de adivinanzas de palabras en rotulador seco completaban la imagen.

—Nunca me gusta ver esto —dijo Merc mientras Phyla iba directamente a la terminal central y empezaba a teclear.

—¿Qué, plantas? —preguntó Davin.

—Todo ello. Me recuerda que nuestros enemigos no son solo perdedores sin rostro que merecen un láser.

—No significa que no eligieran ponerse en nuestro camino.

Incluso mientras Davin decía las palabras, Zoelie le vino a la mente. Ella ya no estaba aquí —habían pasado por su litera asignada y estaba vacía— y eso no auguraba nada bueno para ella. Heath y Aya no parecían el tipo de personas que perdonarían a alguien que se pusiese en su contra.

Y Davin ni siquiera le había pagado aún.

—Entiendo que se supone que debemos ser despiadados en todo esto —dijo Merc—. Ese es el trabajo del soldado, ¿no? ¿Luchar en la guerra, ganarla para que todos los demás se beneficien? Pero, tío, sería agradable enfrentarse a veces al mal puro. Como en esas películas, los bichos, alienígenas, lo que sea. ¿Sin culpa, sabes?

—¿Como los androides?

—Joder, sí. Dame más de esos.

—Tendrás tu oportunidad —dijo Phyla, mirando atrás desde la terminal—. Hay una lanzadera entrando en la bahía ahora.

—¿Y la autodestrucción? —preguntó Davin.

—No la veo. Han dejado estas terminales desbloqueadas también, así que quieren que lo sepamos. Heath está cumpliendo su palabra.

—Seguro que le dará la vuelta.

—Entonces se la volveremos a dar después de que él se haya ido —dijo Merc, dando palmaditas al rifle colgado sobre su hombro—. Vamos, vamos a ver nuestro transporte.

Davin pidió un minuto y lo recibió, tomando el lugar de Phyla en la terminal y tecleando hasta que encontró el sistema de transmisión de la prisión. Abriéndolo ampliamente, envió un mensaje diciendo a los Centuriones, a Latrice, a los Nueves, y a quienquiera que quedara de los prisioneros que los dos ascensores que funcionaban estaban despejados. Deberían subir aquí, conseguir mejor ayuda médica.

—Y Viola, Opal —dijo Davin—, hay una nave esperándoos que apuesto a que estaréis felices de ver.

—¿El *Jumper* está aquí y nos envías en una lanzadera? —espetó Phyla mientras el trío caminaba de vuelta hacia la bahía de atraque—. ¿Por qué?

—Porque si salimos disparados en el *Jumper*, Heath va a

hacer volar mi pequeña por los aires. Nunca llegaríamos a su fragata.

—Pon a toda la tripulación en el *Jumper*, sin embargo, y podríamos darle una paliza a esa fragata —meditó Merc—. Tan cerca de la Tierra, fríe esos motores y se hundirá rápidamente en la atmósfera.

Davin miró con los ojos entrecerrados al piloto.

—¿No acabas de decir que no te gustaba matar a la gente? Hay muchos asalariados empujando botones en esa fragata, Merc. ¿Merecen morir por Heath?

Merc suspiró.

—Esto es demasiado complicado, Davin. Solo quiero sacar a Opal de aquí y mantener un perfil bajo durante un tiempo. Tomarme un martini de polvo estelar y ver los anillos de Saturno.

—¿Martini de polvo estelar? Demasiado dulce. —Phyla sacó la lengua—. Dame algo que queme y me uniré a ti.

El Gran Debate de las Bebidas ocupó los minutos restantes hasta que se reunieron con Mox y vieron a la lanzadera de Eden dar los toques finales a su suave aterrizaje. Una pequeña bahía obligó a la lanzadera a acurrucarse bien cerca del *Jumper*, el piloto ejecutando la tarea con suficiente habilidad. La rampa bajó y, con Davin al frente, el cuarteto de los Nueves subió.

Cuando vio quién estaba sentado a los controles de la lanzadera, Davin no pudo evitar reírse.

—Justo estábamos hablando de ti.

Zoelie miró hacia atrás con su sempiterna expresión agria.

—Genial. Sentaos.

—Una pregunta primero, si no te importa.

—¿Por qué Heath me ha puesto aquí?

—Siempre sospeché que eras inteligente —dijo Davin, acercándose y sentándose en la silla junto a ella. Phyla y Merc tomaron los asientos más cercanos, mientras Mox, demasiado grande para caber en los asientos, se quedó en la parte trasera donde podía apoyarse contra las paredes.

—Es un trato. Os llevo de vuelta a la fragata, él no arruina mi vida.

—¿Por qué tú, sin embargo? —insistió Davin, una vaga inquietud floreciendo mientras la piloto ponía en marcha la lanzadera, la hacía descender hacia el espacio—. Heath podría hacer que un androide hiciera el trabajo.

Zoelie asintió hacia el espacio, luego tocó la consola central, apagando las comunicaciones. Davin notó la más ligera humedad alrededor de su ojo derecho, una lágrima que no quería escapar del todo.

—Porque, Davin, esta lanzadera quedará hecha polvo en tres minutos.

CAPÍTULO 21
CACERÍA

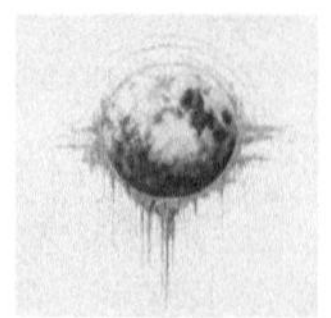

Davin no dudó, y Phyla tampoco. Desde detrás de Zoelie, Phyla se lanzó y agarró a la piloto de Eden, inmovilizándola con una llave de cabeza contra el respaldo de su propio asiento. Davin se inclinó sobre la consola de la piloto, esperando ver un ridículo temporizador de cuenta regresiva, una sobrecarga de energía dirigida a los motores o una trayectoria que enviaría la lanzadera hacia la atmósfera terrestre en un vector que se describiría mejor como "panza arriba".

—Escúpelo, ahora —estaba diciendo Phyla mientras Davin examinaba la consola sin encontrar indicadores inmediatos. Merc soltó unas cuantas maldiciones escogidas. La piloto tosió—. Habla. O te rompo el cuello y lo averiguaremos después.

—Es más difícil de lo que crees —jadeó Zoelie. Davin le dirigió a la piloto su mirada más decepcionada—. Romper un cuello no es fácil.

—Lo hemos hecho —dijo Davin—. Muchas veces. Explícate.

Phyla aflojó el brazo, aunque con un simple tirón lo apretaría de nuevo rápidamente.

—Va a disparar. Cuando estemos lejos de la prisión —dijo Zoelie—. Heath sabe que no hay Centuriones aquí. Al menos ninguno que le importe.

—¿Y accediste a pilotar esta misión suicida para salvar tu vida? —Davin se dio la vuelta, encontró la palanca de vuelo y dirigió la lanzadera a estribor, cruzando por delante de la prisión y alejándose de la fragata—. No me parece muy lógico.

—Porque eres un renegado. Un desconocido. Yo tengo familia. Amigos. Personas que Heath dijo que iría a buscar si no lo hacía.

—Ese hombre miente, Zoelie.

—Ese hombre tiene androides, Davin.

—Si no hay una bomba en la lanzadera —aventuró Merc —, entonces estamos bien, capitán.

Cruzando los brazos, Davin se apoyó en la consola, dando la espalda a las estrellas y mirando a la tripulación que había arrastrado consigo en esta pequeña misión de venganza.

—Digo que nos tienes a mí y a Phyla aquí. Los mejores pilotos del sistema solar, para ser justos —dijo Merc. Su sonrisa creció mientras hablaba—. Esa fragata estará tripulada con armas automáticas o algunos fracasados de Eden que no pudieron llegar a la primera línea. Incluso si estamos en una nave de mierda como esta, no nos tocarán.

—No lo permitiremos —afirmó Phyla—. No después de todo esto.

—Iba a sugerir volver, entrar en el *Jumper* —dijo Davin—. No puedo imaginar que Heath vaya a abrir sus bahías de atraque para nosotros.

—No tendrá que hacerlo —dijo Mox desde atrás—. Ya nos diste una apertura. Me aseguraré de que sea lo suficientemente grande.

Zoelie, mientras Phyla la sacaba de su asiento hacia el pasillo de la lanzadera, donde Mox se acercó para guiarla con toda la amable firmeza que indicaba que un movimiento en falso sería el último, negó con la cabeza y maldijo de nuevo.

—Heath va a... —comenzó Zoelie, pero Davin, cediendo su mitad a Merc, puso una pesada mano en su hombro.

—Heath no va a hacer una maldita cosa. Va a ver cómo esta lanzadera se estrella contra su nave, entrará en pánico y se olvidará de que alguna vez exististe. —Davin desplegó su encanto de canalla—. Y para cuando se acuerde, estará muerto.

—Exacto —añadió Merc—. Ahora, si todos os abrocharais, esto se va a poner un poco loco.

Davin encontró su sitio en la primera fila, se inclinó hacia delante con los codos en las rodillas para ver a sus dos pilotos favoritos dar un espectáculo. Merc tomó los controles principales, con Phyla ofreciéndose para bailar con los escudos y sistemas auxiliares de la lanzadera. La nave de Eden no era exactamente la caja de basura en la que habían volado desde la Tierra; su función en la fragata de Heath le otorgaba escudos más rígidos, un blindaje más pesado y una única torreta ligera en la parte superior.

Justo el suficiente poder de fuego para despejar a la chusma de una zona de aterrizaje caliente.

Merc mantuvo el rumbo improvisado de Davin hacia estribor, permitiendo que la lanzadera envolviera la mayor parte de la prisión antes de empujarla en un pronunciado descenso. La majestuosidad azul de la Tierra conquistó la oscuridad, exceptuando el borde afilado de la prisión en el lado de estribor. La lanzadera vibró mientras Merc aceleraba los motores casi al máximo.

—¿Vas a estrellarnos contra la Tierra? —preguntó Zoelie—. ¿Hacer el trabajo de Heath por él?

—Patada de delfín —respondió Merc sin mirar atrás. Phyla silbó—. Si alguna vez pilotaras una nave de verdad, quizás aprenderías algunas maniobras de verdad.

La maniobra que le daba nombre comenzó cuando

llegaron al punto inferior de la prisión, Merc empujando los motores más allá de su punto seguro durante una fracción de segundo. Empujó la palanca de vuelo hacia adelante, la lanzadera apartando la Tierra de la vista mientras la nave daba una vuelta de ciento ochenta grados.

—Disparando ahora —dijo Phyla, tecleando en la consola.

Destellos iluminaron el parabrisas de la lanzadera mientras completaba su giro, mirando ahora directamente hacia la masa de la prisión espacial. Resplandores ardientes en rojos, azules y blancos parpadearon y se disiparon, excepto el láser de la lanzadera, que rebotó en los escudos de la prisión espacial. Estos se sumaron a la luz cegadora mientras Merc mantenía la aceleración, con la lanzadera trabajando para matar su velocidad y volver a subir. La nave vibró, el exterior continuó chispeando, y se acercaron muy, muy cerca de la masa de la prisión espacial.

—¿Crees que hemos captado su atención? —preguntó Merc.

—Eso creo —respondió Phyla—. Ahora veamos qué hacen con ella.

Un chapoteo, una inversión y una carga repentina. La patada de delfín bien ejecutada distraía al objetivo, provocaba una respuesta, y la fragata de Heath no decepcionó. La gran nave había estado suspendida en órbita cerca de la prisión espacial, pero ahora sus motores añadían su resplandor a la brillante gloria de la Tierra. La proa de la fragata comenzó una lenta rotación hacia ellos, un movimiento que pondría las potentes baterías delanteras de la nave a tiro.

También puso una zona de impacto particular justo en su punto de mira.

—Aquí es donde se pone divertido —dijo Merc—. ¿Lista, Phy?

—Ha pasado demasiado tiempo desde que le di a alguien en la boca.

Si los pilotos de Heath sospechaban de la maniobra, desde

luego no hicieron nada para esquivarla. Davin, tomando otra ronda de pastillas analgésicas robadas de los botiquines de los Centuriones, intentó no parpadear mientras la lanzadera se dirigía hacia la fragata. Merc y Phyla hacían cabriolas con la pequeña nave, persiguiendo los disparos de la fragata para que cualquier corrección enviara los gruesos láseres lejos. Una estrategia que funcionaría hasta que los artilleros de la fragata descubrieran la jugada.

Lástima que no tuvieran tiempo.

—Mox, ven al frente —dijo Phyla, encargándose de las llamadas mientras Merc manejaba los esquives—. Vamos a entrar con la parte trasera primero.

—Brutal —murmuró la piloto de Eden.

Davin estuvo de acuerdo, y ese sentimiento se confirmó tres minutos después. Mox permaneció en el estrecho pasillo que dividía las filas de asientos, agarrándose a la silla detrás del cuello de Davin, y así ambos tuvieron una gran vista cuando el puente destrozado de la fragata, que aún mostraba los restos destrozados de la primera lanzadera robada por Davin, llenó el parabrisas. Un sellador improvisado inundaba el lugar del impacto, una sustancia similar a pegamento llenando todos los huecos. Podría no ser un sellado completo, pero lo suficiente para evitar una fuga grave.

Todo ese trabajo, esperando ser arruinado.

Los artilleros de Heath habían demostrado su ineptitud, sin conseguir ningún impacto significativo, lo que permitió a Merc deslizar los motores y voltear la lanzadera. Un giro nauseabundo seguido de un choque crujiente. La cabeza de Davin se agitó hacia adelante, hacia atrás, y su estómago amenazó con expulsar esas pastillas tan necesarias.

—Parece vacío —dijo Merc, apagando las diversas alarmas de mal agüero de la lanzadera—. Los motores están dañados, pero aún expulsarán calor.

—Dispara de todos modos —ordenó Phyla—. Quemamos la habitación.

—Estáis locos —espetó Zoelie—. ¡Podríais hacernos volar a todos!

—Los androides no necesitan aire para respirar. Heath podría haberlos enviado aquí. Te irá mejor si están todos derretidos primero, créeme.

Davin asintió, sintió vibrar la lanzadera mientras Merc aceleraba los motores principales a la vez que disparaba los propulsores de maniobra en reversa. La nave intentó liberarse temblando, podría haberlo logrado si Merc no hubiera seguido empujándola contra el casco más grueso de la fragata. Los sonidos de raspado desgarraban los oídos de Davin. Las llamas lamieron el parabrisas delantero antes de que el oxígeno menguante se las llevara todas.

—Creo que eso es toda la quemadura que vamos a conseguir —dijo Merc, matando el impulso antes de que la lanzadera forzara una salida brusca—. Aunque no veo nada ahí fuera.

—Entonces poneos las máscaras —dijo Davin—, y salgamos de esta nave.

Mox lideró el camino, saltando de la lanzadera hacia la gravedad cero. Todos los demás le siguieron, incluida la piloto de Eden, que llevaba el único traje de evacuación de emergencia de la lanzadera. Esas cosas voluminosas dificultaban la lucha, hacían más difícil un súbito cambio traicionero de opinión, así que Davin apresuró la puesta y le dijo que fuera detrás de Mox, con Davin pisándole los talones. Merc cerraría la marcha, rifle listo.

Las mismas puertas gruesas que Davin había atravesado con engaños la última vez lo miraban de nuevo, con el puente a su alrededor ahora completamente destruido. Los restos combinados de dos lanzaderas y varias docenas de terminales flotaban alrededor, iluminados por luces parpadeantes dejadas por los equipos de reparación. Si Davin hubiera estado preocupado por aplastar a algún ingeniero inocente en el aterrizaje, no encontró evidencia de que hubiera alguien allí. La única sangre que quedaba en el lugar estaba salpicada en el lado derecho, un vestigio de la propia colisión de Davin.

—Silencio —dijo Mox, saltando hacia la puerta.

La ausencia de gravedad fue una sorpresa: naves grandes como la fragata podían rotar cuando querían mantener las botas en el suelo. Imperfecto, pero más práctico que la otra solución principal dispersa por los viajes espaciales en ropas y zapatos magnetizados. El *Jumper* mantenía las cosas flotantes, por lo que Davin y los Nueves se adaptaron bastante bien a la deriva ingrávida, pero Zoelie se agitaba en su traje. Merc no pudo reprimir una carcajada.

—Concéntrate —dijo Phyla, su voz llegando a través de los comunicadores a sus oídos—. Mox hizo una buena observación. No hay alarmas. No viene tripulación, de rescate o de otro tipo, para dispararnos.

—Significa que Heath es lo bastante amable como para dejarnos salir del vacío —respondió Davin—. Ábrenos paso, Mox.

—Trabajando en ello.

Phyla le lanzó una mirada a Davin que, incluso con la máscara de oxígeno domando lo peor de su sospecha, tenía un tinte obvio. Esta emboscada ya era demasiado fácil. Los artilleros de la fragata no habían logrado perforar una estrategia predecible, y ahora, a pesar de tomarse tiempo para salir de la destrozada lanzadera, ¿nadie se molestaba en atacar a los Nueves en este puente flotante y sin cobertura?

Davin podría preocuparse por un plan nefasto, pero era más fácil suponer que Heath era un idiota demasiado confiado.

Mox prescindió de sus puños esta vez, optando por un trozo de metal de desecho, solo para que las gruesas puertas se deslizaran y abrieran. Miraron al rellano iluminado más allá, vacío y silbando mientras la presión estallaba.

—No penséis. Id —dijo Merc—. Si se cierran, podríamos morir aquí fuera.

Merc tenía razón, y Davin siguió a Mox a través de las puertas. Phyla y Merc saltaron con la piloto de Eden, el trío volando hacia las manos expectantes de Mox. El suelo liso no ofrecía mucha tracción en los confines de gravedad cero, un factor que Mox debería haber sopesado en su elección: se unió al trío y continuaron en una extraña bola hasta que Mox chocó contra la pared opuesta, de espaldas primero. Detrás de Davin, las puertas abiertas del puente se cerraron con un chasquido seco, seguido de estallidos mientras la fragata trabajaba para reemplazar el aire perdido.

En una nave más pequeña, abrir las puertas así podría provocar una descompresión tan violenta que desgarraría la nave, y a idiotas como Davin atrapados en ella. El tamaño de la fragata los dejó a todos vivos, aunque Davin supuso que cualquier duda sobre si Heath tenía un plan había desaparecido.

—Este es su juego ahora —dijo Davin mientras sus amigos se enderezaban en el rellano—. Él nos dirá adónde ir después.

—¿Y le escucharemos? —preguntó Phyla—. Suena como un mal plan, Davin.

El capitán de los Nueves evaluó el rellano. Dos ascensores, ambos cerrados con teclados rojos. El pasillo que recorría la longitud del nivel también estaba sellado por una puerta de emergencia. Otra habitación lateral se encontraba a la izquierda de Davin, la única abertura. Dentro, una rápida ojeada reveló una lamentable sala de descanso y los correspondientes lavabos.

—Bienvenidos —la voz de Heath llegó a través de la transmisión de la nave mientras Davin negaba con la cabeza ante el inventario de Eden. Todo papilla nutritiva y café barato—. De alguna manera, Davin, tú y tu tripulación seguís siendo un problema. Habéis trastocado lo que debería haber sido un plan simple, así que no me queda nada. Conseguiréis lo que parece que queréis, a mí y la destrucción de mis androides. Sin embargo, no dañaréis más a mi tripulación. Se están marchando ahora mismo. En cuanto a vosotros, venid a buscarme con los fantasmas de vuestras víctimas.

Davin asintió mientras escuchaba el pequeño discurso de Heath. Al hombre le gustaba escucharse hablar. Cuando terminó, el ascensor de la derecha se abrió, su teclado en verde.

—¿De verdad ha evacuado su nave para nosotros? —preguntó Merc.

—Podría haberme dejado ir con ellos —murmuró Zoelie.

—Lo hará —dijo Davin—. Heath nos quiere a nosotros. Nosotros bajamos por el ascensor, tú esperas aquí, y apuesto a que te dará la salida.

—¿Tú crees?

—Claro que sí —dijo Davin, señalando con un dedo el ascensor abierto—. Vamos, gente. Heath quiere facilitarnos las cosas y yo estoy dispuesto a permitírselo.

No merecía la pena preocuparse por trampas, emboscadas y otras mierdas. Los Nueves ya estaban más allá del tiempo prestado. Si algo esperaba al otro lado del viaje en ascensor, o lo harían pedazos o morirían intentándolo.

—¿Realmente crees que a Heath le importará ella? —preguntó Phyla después de que las puertas del ascensor se cerraran, la pequeña caja descendiendo.

—No —dijo Davin—, pero no quiero cubrirla. Nos ocupamos de Heath, podemos volver a por ella más tarde.

—Eso es cruel, tío —dijo Merc.

—Soy un tipo práctico, elimino los problemas uno a uno. Ahora, revisad vuestros rifles, porque el siguiente está casi aquí.

Viajar en un ascensor en Gravedad Cero y será mejor que estés listo para girar hacia el techo. Los Nueves ejecutaron el giro con una sincronización casi perfecta, excepto Mox, que simplemente puso una mano sobre su cabeza y dejó que ese lastre lo mantuviera nivelado, si no cómodo. Al menos fue un viaje corto.

El ascensor se abrió en un nivel oscuro y silencioso. Un suelo de literas y bloques, destinado al almacenamiento y al sueño de la tripulación no esencial. Tenues luces azules brillaban aquí y allá a lo largo del suelo, opciones de emergencia en caso de que fallara la energía. Teniendo en cuenta que el ascensor funcionaba perfectamente para traerlos aquí, Davin dudaba que la fragata hubiera sufrido un corte local.

—Heath tiene un toque dramático —señaló Phyla mientras salían del ascensor, rifles levantados y preparados.

Las linternas frontales saqueadas ofrecían a los Nueves buenas vistas mientras avanzaban hacia la popa, una patada flotante tras otra. Puertas y pasillos cerrados ofrecían objetivos, todos los cuales Davin ignoró, con los recuerdos borrosos volviéndose más nítidos.

—¿Recuerdas, Davin, cuando estuviste aquí por primera vez? —la voz de Heath crepitó de nuevo—. Veo que Phyla está contigo. Os ofrecí paz entonces, una oportunidad de terminar la guerra. Un compromiso limpio. No más muertes. Rechazasteis la oferta. En lugar de eso, heristeis a inocentes y huisteis para causar más carnicería. Fuiste un héroe una vez, Davin. Me rompió el corazón verte caer.

Merc contuvo una carcajada. —Este tipo está o borracho o con algo que me gustaría mucho probar.

—Un juego —dijo Mox, bajo y serio—. Está jugando con nosotros.

—¿Pero por qué? —preguntó Phyla.

La respuesta a su pregunta tendría que esperar. Habían llegado a la bodega de carga correcta, un hecho evidente no por el recuerdo de Davin sino porque era la única puerta hasta ahora desbloqueada y visible. Davin la miró fijamente. Luchó contra el agotamiento, el dolor en su pierna, y apretó el agarre en su rifle.

—Si a Heath le queda algún androide, estarán aquí —dijo Davin—. Entramos, nos desplegamos. Yo avanzaré de frente.

—No, capitán —dijo Mox—. Tú ve a la derecha. Yo tomaré el centro.

Mox palmeó el pesado cañón y Davin no pudo negar la lógica. Dio un paso con un impulso, dejó que Mox se pusiera en posición, luego apretó el gran botón del teclado. La puerta se abrió con un siseo, revelando más diodos azules oscuros, cajas apiladas y una única forma al fondo entre las pilas. Davin captó un vistazo cuando la linterna de Mox encontró la silueta, el destello revelando un uniforme de Eden y nada más. Demasiado rápido para captar cualquier otra cosa, pero después del inquietante vacío de la nave, fue agradable confirmar que no estaban solos.

Davin imitó labios sellados, agitó su mano izquierda hacia delante. Aire viciado y sonidos de nave espacial llenaron sus sentidos. Se deslizó hacia la derecha, su rodilla continuando con su protesta sorda. Cajas, contenedores y cajas fuertes llenaban estanterías metálicas atornilladas al suelo y al techo. Pequeños bordes mantenían los contenedores, cada sección etiquetada con un número y un nombre, en sus lugares. Las sombras permanecieron estables alrededor de la linterna de Davin mientras avanzaba, rifle levantado. Phyla lo seguía, mientras Merc vigilaba la salida, atento a cualquier retirada o ataque por detrás.

Miradas de reojo confirmaron que la obsesión de Heath con el primer intento de androide de Bosser había sido consumidora. Las cajas contenían piezas, desde extremidades extra hasta procesadores tempranos y moldes de plaskin. Los nombres, se dio cuenta Davin, no eran los propietarios, sino los modelos de android. TwoSix, OneThree, y así sucesivamente, una letanía de vida mecánica que planteaba preguntas inquietantes: ¿eran estas cajas todo lo que quedaba de los robots?

¿Y no era eso algo bueno?

Zancadas constantes finalmente llevaron a Davin al primer giro, una esquina pronunciada. Se estabilizó, esperó a que Phyla le tocara el hombro, y la pareja hizo lo que había hecho tan bien. Davin se balanceó hacia fuera en posición baja, inclinándose con el rifle arriba mientras Phyla venía detrás, apuntando alto. Los haces de las linternas iluminaron una longitud llena de cajas hasta la mancha gris de la pared trasera. Nada esperaba por ellos.

Destellos blanco-azulados iluminaron hacia la izquierda, rápidos durante dos segundos antes de apagarse. El metal se desgarró, un juramento hizo eco, luego un golpe sordo.

—Vuelve —susurró Davin—. Yo seguiré.

—Ni de coña. Estamos juntos.

El tono de Phyla no admitía discusión, así que Davin no la dio, avanzando mientras volvía a ponerse de pie. Dos zancadas lo llevaron al siguiente cruce, una intersección que atravesó con otro giro bajo, aunque esta vez Phyla mantuvo su objetivo apuntando por el largo pasaje. Nadie en el cruce, pero Davin vislumbró algo voluminoso en el suelo, muy al fondo en el centro. La inspección entrecerrada de un momento confirmó: el cañón láser de Mox, destrozado y arrojado al suelo.

¿Cómo no había habido más ruido?

De cualquier manera, Davin no había llegado hasta aquí para perder a Mox. Sin embargo, perseguir una emboscada era una forma segura de que te mataran, así que se retiró, indicando a Phyla que siguiera hacia el fondo. Sus pasos se aceleraron ahora, cada pisada reforzando su razonamiento seguro sobre la separación, la justificación de que Mox podría arreglárselas mejor que cualquiera de ellos. Que Merc vería venir a cualquiera y...

¿Hacer qué, exactamente?

Davin comenzó a correr, Phyla susurrando su nombre, frustrada, pero manteniéndose al día. Mientras pasaba las intersecciones, Davin giraba con el rifle, manteniéndose en movimiento. Nada para las tres primeras, y con una más hasta llegar a la parte trasera, la luz de Davin encontró un objetivo.

Heath Swane, de pie sobre un Mox inconsciente. El marco metálico del hombre yacía boca abajo en el suelo, la linterna frontal iluminando el suelo y rodeando a la pareja con un halo blanco. Heath se volvió, vio la mirada de Davin, y mientras el capitán de los Nueves apuntaba con el rifle, el hombre corrió hacia delante. Hacia la salida, por encima de Mox.

—Córtale el paso —espetó Davin, dirigiéndose hacia Mox.

Cabezas de androides, algunas con piel y otras sin ella, lo miraban con malicia desde sus contenedores. No era una adición bienvenida a sus pesadillas. Davin se agachó al acercarse a Mox, la linterna mostrando el vacío hasta el final del pasillo en el extremo lejano de la habitación. Giró cuando llegó junto al hombre grande, enviando luz por el medio hacia la salida.

Una salida vacía, sin rastro de Merc.

Manteniendo su mano izquierda en el gatillo, Davin buscó la cabeza de Mox, su respiración. Caliente, débil, vivo. Si Mox había recibido un fuerte golpe en la cabeza, había sido drogado o aturdido, Davin no podía decirlo. Cualquier alivio iba y venía, destellos naranjas a la izquierda de Davin sugiriendo que Phyla había encontrado a alguien a quien disparar.

—Aguanta —susurró Davin a Mox, comenzando a bajar por el pasaje central.

Un fuerte estruendo a la izquierda de Davin lo hizo girar mientras llegaba a la siguiente intersección. Lanzada en la gravedad suelta, Phyla voló con fuerza y golpeó la pared trasera. Él giró en dirección opuesta.

El cuerpo equivocado flotaba hacia él, despegando de las estanterías casi en silencio. Aya se catapultó a sí misma en una zambullida en línea recta hacia la cintura de Davin, un movimiento que podría haber funcionado si Davin no hubiera estado jugando este juego durante tanto tiempo, si no hubiera aprendido a confiar en el instinto. En cambio, tuvo dos largos segundos para apuntar, dos largos segundos para fijar y apretar el gatillo.

La gravedad cero podía ser divertida, pero si rebotabas en la dirección equivocada, no había una maldita cosa que pudieras hacer para cambiar tu trayectoria, y la trayectoria de Aya estaba justo en la mira de Davin.

El primer disparo naranja le dio en el hombro, el segundo en el pecho, y el tercero arruinó su cabeza. Davin se agachó mientras su cuerpo seguía flotando por encima, los láseres sin hacer nada para detener el impulso de Aya. Rebotó en la pared detrás de Davin, por donde Phyla acababa de volar, y se alejó con un estruendo.

Estruendo.

Davin maldijo de nuevo, giró de vuelta hacia Mox y rebotó hacia el hombre de metal. Giró mientras flotaba, apuntando de nuevo a lo largo del corredor central. Cargando tras él, pateando con demasiada precisión, estaba Heath Swane. O más bien, el androide del hombre. Más inteligente que la versión de Aya, o quizás con más suerte, el robot de Heath no se había lanzado a sí mismo en línea recta. Mientras Davin giraba, el androide pateó el lado derecho y se desvió hacia ese lado. Davin dejó que su espalda golpeara la pared trasera, no muy lejos de Mox. Miró a la izquierda, vio la forma arrugada de Phyla. Sangre brotaba de ella, flotando en el aire.

—Está viva —llegó la voz de Heath, por los altavoces de la fragata—. No soy brutal, como tú. Esto no es un juego, Davin. Es un ajuste de cuentas. Tu camino contra el mío. El acto final ha llegado. Es hora de que interpretes tu papel.

CAPÍTULO 22
CARRERA EN GRAVEDAD CERO

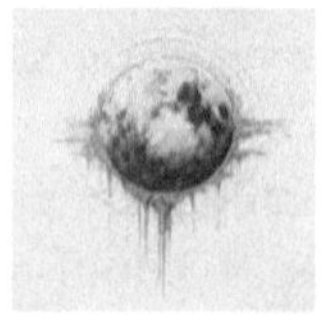

Davin no había abandonado Vagrant's Hollow para resolver misterios. Transportar carga, trabajar como seguridad o enfrentarse a chiflados maníacos no requería investigaciones detectivescas, pero había adquirido cierta perspicacia con los años, y la pequeña nota final de Heath, sobre que Davin interpretara su papel, cambió el panorama.

Seguía de pie cerca de un Mox inconsciente. A la izquierda de Davin, derrumbada contra una pared, yacía Phyla. Merc... ¿quién sabía dónde se había metido el piloto de combate? Además, en algún lugar de este oscuro laberinto había un androide. Uno que probablemente ya debería haber matado a Davin.

Las conexiones, el estrés y el prolongado torbellino desde que se puso en marcha el plan de la prisión se estrellaron contra su curiosidad. Davin apoyó la espalda contra la pared, mantuvo el rifle listo e intentó no ahogarse.

—Me aseguraré de que sobrevivan, Davin —volvió a oírse la voz de Heath—. Pero tú no puedes vivir. Un sacrificio, un precio a pagar por todo el dolor que has causado.

—¿Qué te pasa con tus declaraciones grandilocuentes,

Heath? —refunfuñó Davin, demasiado bajo para que alguien le oyera.

—Sal de aquí, Davin. Al pasillo. La iluminación es mejor allí.

Davin entrecerró los ojos mirando hacia la puerta al otro lado de la bahía. Respiró hondo y alzó la voz: —¿De qué demonios estás hablando, Heath?

—Pensé que tenía un sueño. El protector perfecto de la humanidad. Sin juicios, siempre preparado, nunca cometiendo errores —continuó Heath. Davin, quizás a su pesar, se despegó de la pared y comenzó a avanzar lentamente flotando—. Descubrimos que es mucho más difícil ocultar nuestros problemas. Los androides no son humanos, pero de alguna manera sí lo son. Reflejos de las personas que los construyeron. Tú demostraste que estábamos lejos de ese objetivo.

—Me alegro de haber sido útil.

Davin flotó por encima de Mox, vio que el grandullón seguía respirando. Sin embargo, ¿se movían las manos de Mox? ¿Se levantaba una rodilla? Si era así, mejor no detenerse ni delatar nada.

El androide de Heath no apareció, así que Davin se impulsó de nuevo hacia delante. El foco de su casco giró en la oscuridad, iluminando contenedores llenos de partes de cuerpos.

—El éxito en nuestros mundos viene de la adaptación, Davin. Cambiar para adaptarse a las circunstancias, y eso es lo que he hecho aquí. Ya has visto la mejor manera. Copias. De ti, de mí y de cada persona con algún valor. Eden se beneficiará, sí, pero más aún, la investigación continuará. Nunca tendré que parar de nuevo.

—Siempre se trata de ti, ¿verdad?

—Por supuesto que sí. Somos los protagonistas de nuestras propias vidas, ¿no es así? Tú ciertamente disfrutas del protagonismo, Davin. He decidido que me gustaría tener mi turno bajo los focos, aunque sea por un logro real. No por una celebridad accidental.

La puerta de salida estaba cada vez más cerca. El androide de Heath aún no había aparecido. Tampoco Merc. Los tenues diodos azules que marcaban la transición parecían una pobre puerta entre mundos.

—Pero entiendo que no te dedicas a la caridad. Así que te hago una proposición. He dejado de intentar matarte, de intentar sabotear a tu banda. Ya sea porque tienes alguna protección divina o demasiada habilidad, no parece que pueda ganar de esta manera. Es hora de probar algo nuevo.

Davin flotó a través de la puerta hacia el pasillo. A la izquierda, el corredor continuaba en una penumbra nocturna hacia la popa de la fragata, donde la tripulación de Heath estaría evacuando. A la derecha... Merc, colgando flácido en el aire. A la deriva sin gravedad, con los ojos vidriosos. Respirando.

Detrás del piloto estaba Heath. ¿Otro androide o el verdadero?

—¿Heath? —preguntó Davin, levantando el rifle.

—Dispárame y tus amigos mueren —respondió Heath, poniendo una mano en el hombro de Merc, tirando del piloto a la deriva para cubrir su cuerpo—. Dispararemos contra la prisión, destruyéndola también.

—Iniciarías una guerra con...

—No me importa, Davin. No me importa. Estaré muerto si haces eso de todos modos, y la gente de mi equipo cree en el mismo sueño que yo.

Los pelos de la nuca de Davin se erizaron. Los androides no tienen sueños. Si Heath estaba aquí, entonces su androide definitivamente esperaba en la cámara de carga. Posicionándose para hacer un movimiento.

—¿Entonces cuál es tu jugada?

—Dispárame —dijo Heath, solo que no el Heath que estaba junto a Merc, sino el androide. El que flotaba junto a

Davin en la entrada. El robot tenía las manos levantadas—. Haz eso, y tus amigos podrán vivir.

—Ahora —dijo el Heath real—. No más charla. Dispara, y tus Nueves sobrevivirán.

—¿Y yo?

—Serás acusado, condenado y ejecutado, Davin. Pero creo que ya lo sabías al venir aquí. Así que adelante. Aprieta el gatillo. Salva a tu tripulación, como siempre has hecho.

La petición más fácil de todas. Davin apretó el gatillo del rifle, lanzando otro brillante rayo naranja directamente al pecho del androide. Justo donde Heath había trasladado los procesadores. El androide no gritó, ni gimió, ni se estremeció. Esas conexiones se cortaron en un milisegundo, la falta de gravedad manteniendo la máquina a flote mientras sus articulaciones quedaban inertes.

—Y ahora —dijo Heath—, te tengo. Asesinato a sangre fría.

—Eso no lo fue —dijo Davin, girando y poniendo al verdadero Heath en su punto de mira—. Esto podría serlo.

Heath empujó a Merc hacia delante, el piloto inconsciente golpeó el arma de Davin y desvió su puntería. Davin apartó a Merc con el codo y levantó el rifle. Heath, impulsándose, voló rápidamente por el corredor de carga de la fragata. El hombre giró a la derecha, rebotó en la pared para cruzar hacia el ascensor, y Davin disparó de nuevo.

Acertó otra vez.

Difícil saber cuán grave había sido el impacto, si las entrañas de Heath eran papilla fundida o si Davin apenas lo había rozado, ya que el impulso de Heath lo mantuvo flotando directamente hacia los ascensores. Lanzando una mirada de lástima a Merc, Davin se impulsó tras Heath, avanzando por el pasillo, girando a la izquierda y viendo cómo se cerraba la puerta de un ascensor.

Y otra se abría.

Soldados de Eden. Armados, con armadura y armas

desenfundadas. Lo que podría haber sido una salida ordenada del ascensor se complicaba por la ausencia de gravedad, sus patadas e impulsos los amontonaban. Davin, volando hacia el vestíbulo, disparó al azar. El rifle escupió, acertando en el suelo, en las puertas del ascensor y en el techo mientras Davin intentaba enderezarse. Imaginó que debía parecer algo feo o hilarante, dependiendo de la perspectiva, pero para los soldados de Eden fue demasiado: retrocedieron hacia el ascensor, los soldados de atrás agarrando los uniformes de sus compañeros de delante para detener el impulso.

Davin golpeó con los pies la pared entre ambos ascensores, flexionó las piernas y se impulsó de vuelta hacia el corredor. Dio otra voltereta tras el salto, disparando más veces hacia el ascensor y los seis o más cuerpos apiñados en su interior. Si la primera ronda había fallado por casualidad, estas fallaban por elección.

La tripulación de Heath había estado mal entrenada, había sido manipulada y trabajaba por el sueldo. Si disparaban contra Davin, él haría lo que tuviera que hacer. Hasta entonces, como Zoelie, estos idiotas merecían volver a casa con sus familias y buscar otro trabajo.

—Soy todo un santo —murmuró Davin, calculando su impacto contra la pared del corredor para impulsarse de vuelta hacia la bodega de carga.

Saludándole, mirando el cadáver humeante del androide de Heath, estaba un aturdido Mox. Tenía a Phyla bajo un brazo y a Merc en el otro. Sus ojos cansados hacían la pregunta correcta.

—Todo fue una trampa —dijo Davin—. Tenemos que ir a popa, a los otros ascensores.

—¿No lo atrapaste?

—Tuve un tiro, lo tomé. Probablemente le arruiné el día.

—¿No su vida?

—Un hombre puede soñar, Mox.

El exoesqueleto le daba a Mox una ventaja considerable a

la hora de lanzarse por un largo pasillo. Las puertas servían como puntos de impulso, Davin siguiendo el ejemplo del hombre metálico mientras se deslizaban como un par de superhéroes de saldo hacia la popa de la fragata. Cada pocas respiraciones, Davin disparaba unos cuantos rayos por el corredor sin molestarse en mirar.

Si acertaba a alguien sin apuntar, su mala suerte era tan grande que se lo merecía. Por lo demás, el cauteloso grupo esperaba que se mantuviera alejado.

Esa estrategia no funcionó para los ascensores de popa de la fragata, cuyo propio grupo de dudosos reclutas apareció flotando en el corredor por delante, tan confusos como sus homólogos. Mox, volando hacia ellos como un temerario meteoro, provocó disparos de pánico. Davin vio cómo los rayos rebotaban por debajo, por encima y alrededor de su amigo, que se dedicó a rebotar como una bola de pinball contra ambas paredes, el suelo y el techo, cada rebote sirviendo para ganar velocidad.

—¡Te vas a pasar! —gritó Davin mientras se acercaban a los ascensores, los soldados de Eden retrocediendo para cubrirse.

—Mejor que recibir un disparo —rugió Mox en respuesta.

La popa absoluta de la fragata estaba más allá de esos ascensores, otra sala voluminosa probablemente dedicada a más carga. Comida, uniformes y cosas por el estilo. Los motores y el espacio abierto estarían más allá de esas paredes. A la velocidad de Mox, podría descubrir qué pasaría si él...

—¡Sigue adelante! —le gritó Davin a su amigo—. ¡No te detengas!

Davin tampoco lo hizo, avanzando sin freno. Los soldados de Eden debieron ver pasar a Mox, debieron pensar que el peligro había pasado, porque sus rifles asomaron por el corredor. Difícil hacer un giro rápido sin gravedad, más difícil aún con Davin disparando tiros de advertencia en su dirección. Esos tanteos tentativos se retiraron rápidamente, y Davin les hizo un corte de mangas mientras pasaba velozmente por el descansillo del ascensor.

Girándose para usar el exoesqueleto como un caparazón, Mox apretó a Phyla y a Merc contra sí mientras golpeaba de espaldas la puerta final del corredor. El portal se arrugó, saltó de sus bisagras chispeantes, los destellos brillantes entre los profundos diodos azules. Mox y sus protegidos desaparecieron en el interior, sonidos de equipos rompiéndose, metal retorciéndose y cristales haciéndose añicos señalando su progreso.

Calculando que no sobreviviría a una entrada similar, Davin comenzó a frenar a medida que se acercaba, inclinando los pies para apoyar los talones contra las paredes en lugar de las puntas. Una desaceleración lenta, un toque cada vez para que Davin no se reventara las rodillas—tanto la vieja como la herida—con una presión fuerte. Los láseres por fin comenzaron a seguirlo, fallando en la oscuridad y marcando las paredes.

Un poco como los clubes que había visitado en Deimos, excesos y recompensas por sus primeros trabajos en la tripulación del *Jumper*. Demasiado tiempo atrás, aquello, y mucho más divertido que esto.

La bodega de popa no tenía partes de androides, por lo que Davin estaba profundamente agradecido, pero sí tenía papilla nutritiva. Posos de café. Una amplia mezcla de alimentos y bebidas liofilizados. Todas estas adorables cosas recibieron a Davin en un remolino rebotante, liberadas junto con sus dispositivos refrigerantes por el golpe de Mox. Un paquete de salchichas congeladas rozó el hombro de Davin, girando hacia algún rincón oscuro.

—Qué desperdicio —murmuró Davin, impulsándose hacia la penumbra.

Mox no estaba exactamente oculto. Se había detenido estropeado en la parte trasera de la bodega, los diodos azules iluminando sus brazos protectores y sus ocupantes. Merc y

Phyla, maltrechos, parecían estar respirando cuando Davin los alcanzó. El propio Mox gemía, su exoesqueleto chispeaba en varias articulaciones alrededor de sus caderas. Todo ese glorioso metal negro mostraba arañazos y abolladuras, y un pequeño silbido se unía a esas chispas.

—¿Duele todo eso? —preguntó Davin, haciendo una mueca ante el daño.

—No es agradable —dijo Mox—. He perdido la mayor parte.

—¿Puedes moverte?

—Sin gravedad. Bien.

Mox empezó a enderezarse cuando un láser irrumpió en la habitación, quemando un surco sobre su cabeza. Davin giró torpemente y envió unos cuantos disparos hacia el atacante. Se agacharon detrás de unas cajas destrozadas, una elección fácil con refuerzos cerca.

—Sigue moviéndote, colega —dijo Davin, avanzando para proporcionar fuego de cobertura.

El hombre metálico producía ruidos que herían los oídos mientras se movía, su exoesqueleto chirriando contra el suelo, la pared posterior. Davin sintió a Mox lanzarse detrás de él, impulsándose hacia otro bosque de cajas. Mientras Mox avanzaba, Davin lo seguía, caminando hacia atrás.

Una única línea recta en cada nivel. Davin conocía ya la fragata de Heath, entendía que la bodega de carga en la que estaban tenía una única salida, una que estaría repleta del equipo de limpieza de Heath. Una carga a toda velocidad por parte de un solo hombre, aunque fuera temible e increíblemente hábil, no presentaba buenas probabilidades.

—Necesitamos otra salida —dijo Mox, expresando lo obvio mientras llegaban a la esquina de estribor de popa de la bodega.

—¿Recuerdas aquella fuga de la prisión?

—¿Cuál de ellas?

—Miner Prime —dijo Davin—. Aunque también escapamos de Eden Prime, ¿no? ¿Qué pasa con los nombres Prime y las prisiones? Parece una extraña coincidencia...

—Concéntrate, Davin.

—Lo siento, es la adrenalina.

El corazón de Davin latía a toda velocidad en ese momento, acelerándose mientras Davin perseguía sombras con la mira del rifle. Los soldados de Eden estaban empleando tácticas inteligentes. Avanzando lenta y fácilmente. El tipo de jugada que harías con tus objetivos acorralados.

Si tan solo.

—¿Cuánto confías en nuestros amigos? —preguntó Davin—. ¿Viola, Opal?

—Con mi vida.

—Buen hombre, Mox. Yo también. Digo que les demos la oportunidad de demostrarlo.

—¿Davin?

—Hora de ver si estos soldados de Eden tienen algo de agallas. Mi apuesta es que no.

—No te hagas matar, Davin.

El capitán le guiñó un ojo a su hombre, un gesto ensombrecido por varios anchos láseres naranjas. ¿Hacerse matar?

Ni hablar.

CAPÍTULO 23
VICTORIA IMPERFECTA

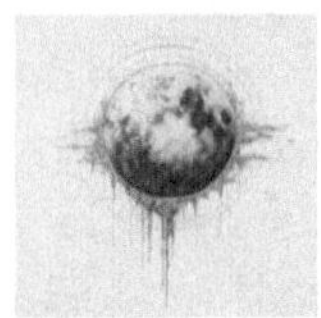

Si querías un espectáculo de luces espectacular, solo tenías que conseguir que te atacaran un par de escuadrones de inútiles soldados de Eden. Parecían pensar que sus mejores oportunidades residían en disparar a cada trozo de comida que flotaba en la bahía trasera de la fragata, los destellos pasaban lejos de Davin, Mox y los aún inconscientes Phyla y Merc.

Davin tenía su propio rifle preparado, apuntando hacia los soldados de Eden que se acercaban, y no encontró maldiciones que pronunciar. Tampoco comentarios sarcásticos. Mox se había estrellado aquí gracias al impulso de la gravedad, y Davin lo había seguido. La ausencia de otras salidas significaba que estaban atrapados.

Significaba que tendría que encontrar una nueva estratagema.

—¿Crees que todavía lo tengo? —preguntó a su amigo. Mox, haciendo una mueca por las continuas chispas que salían de su cadera rota y del exoesqueleto unido a ella, solo soltó una risa sombría—. Lo tomaré como un sí.

—Claro, Davin.

Cualquier conversación adicional, cualquier reminiscencia

sobre decisiones pasadas en sus largas vidas entrelazadas no iba a ocurrir aquí. Cada respiración venía con partículas ardientes mientras la carga fundida y las cenizas flotaban alrededor. Los asesinos de Eden se acercaban, y no seguirían fallando eternamente.

—Entonces deséame suerte.

Davin arrojó el rifle mientras daba el primer salto flotante lejos de Mox. El arma quedó a la deriva, flotando hacia arriba, una bandera blanca moderna. Los soldados le dispararon, uno con suerte. Partido en dos por el disparo, el rifle de Davin estalló como una pequeña estrella, tan buena señal como cualquiera para que el capitán se anunciara.

—Nos rendimos —gritó Davin en la bahía marcada por rayos láser—. Estamos desarmados.

Su voz, como una luz para los insectos, atrajo a los soldados de Eden a su alrededor. Casi una docena de cañones, algunos brillando por el calor de disparos recientes, apuntaban hacia la cara de Davin, su pecho, sus piernas. Algunos soldados flotaban en el aire, sujetándose a compañeros o a estanterías destrozadas. Era, consideró Davin, la situación más rodeada en la que jamás había estado.

—Matadlo —fueron las palabras antes de que Davin pudiera encontrar un líder a quien dirigirse. La voz de Heath salió del intercomunicador de la fragata, con la certeza insulsa de alguien aburrido por una victoria aparente—. Es un peligro para mí, para vosotros, para esta compañía.

—¿Un pequeño asesinato, Heath? —Davin interrumpió las palabras del capitán de Eden, tratando de adelantarse a cualquier instinto letal—. Todavía es un crimen tan cerca de la Tierra, por lo que sé, y habría muchos testigos.

Cuando Heath no respondió, Davin se dio cuenta de que los altavoces no funcionaban en ambas direcciones. No sin que Davin se acercara al micrófono, cerca de la puerta de la bahía.

—Las órdenes son órdenes —dijo un soldado—. Yo digo que lo liquidemos.

—¿Sabéis quién es este tipo? Detuvo a Bosser —dijo otro, consiguiendo un asentimiento de Davin y un dedo señalando—. Ha pasado tiempo, pero estaríamos en problemas si esto se hiciera público.

—Eden tampoco os ayudará —dijo Davin. Un buen capitán sentía el impulso cambiando, y lo empujaba—. Son una gran empresa. Vosotros sois unos pocos soldados. Lo presentarán como una manzana podrida, os dejarán pudriros en esa prisión espacial de la que acabo de salir, y ese lugar no es ninguna maravilla, os lo aseguro.

Más movimientos nerviosos. Demasiados dedos estaban demasiado cerca de sus rifles, sin embargo. Davin necesitaba terminar con esto, acabarlo antes de que alguien hiciera algo estúpido.

—Llevadme con Heath —dijo Davin—. El hombre me quiere muerto, dejad que lo haga él. Entonces será él quien asuma el riesgo.

Ilustrar el peligro y ofrecer una solución, los métodos probados y verdaderos de un hombre inteligente como él.

Los soldados de Eden estaban más que felices de aceptar su propuesta.

La escolta hasta Heath no se hizo en silencio. Mox, Phyla y Merc fueron conducidos detrás de Davin, mientras Heath narraba la procesión flotante con exigencia tras exigencia de simplemente disparar a los Nueves y acabar con ello.

Si tan solo hubiera conservado esos androides.

El comandante de Eden esperaba en el puente secundario de la fragata, el mismo pequeño que Davin había visitado antes durante su temerario asalto en solitario. En aquel entonces, la fragata se apresuraba a lidiar con el accidente de la lanzadera. Ahora, la mayor parte del puente estaba vacío, y Davin estaba aún más exhausto.

Heath no estaba solo, acompañado ahora por su mano

derecha y otra de sus copias androide. La versión robótica de Aya mantenía una postura más rígida, carecía de la constante curiosidad de su contraparte biológica.

Esos ojos amplios y estudiosos llevaron a Aya a negar con la cabeza y esbozar una pequeña sonrisa mientras observaba al cuarteto flotante, respaldado por soldados de Eden y sus omnipresentes rifles.

Detrás de ella, el pequeño puente imitaba a su hermano mayor con una plataforma central y varios escritorios dominados por terminales y sus brillantes pantallas. Todas ellas, dejadas vacías por los esfuerzos de evacuación de Heath, mostraban el logo de la *E* verde forestal de Eden.

Davin prefería la vista fuera de la vidriera que se extendía por la pared frontal del puente. La gran nave miraba hacia la Tierra, siempre una visión hermosa.

—Siempre con trucos —dijo Heath a modo de saludo. El hombre sostenía un enorme vendaje en su costado—. No esperaba que ese disparo acertara, Davin.

—Todo el mundo parece pensar que soy terrible en una pelea, pero oye, este viejo perro todavía lo conserva.

—Puedo dar fe de eso —murmuró Aya—. Ganímedes vivirá para siempre en mis pesadillas, Davin.

—Aww, ¿estás soñando conmigo?

La sonrisa de Aya solo creció. —Pronto, solo serás sueños. —Sus ojos volvieron a los soldados de Eden—. Podéis dejarnos. Es mejor si no sois testigos.

Esta, al menos, era una orden que los soldados de Eden estaban dispuestos a obedecer. Retrocedieron, se deslizaron por las puertas, que se cerraron dejando a Davin, con un Mox caído y dos colegas heridos a su espalda. Tanto Merc como Phyla estaban despertando, un hecho que no pasó desapercibido.

—Hazlo rápido —dijo Heath, señalando hacia el androide de Aya—. Esto ya ha durado demasiado.

—Todavía no ha terminado —respondió Davin—. Aún tengo algunas preguntas, Heath.

—Los muertos no necesitan respuestas.

—Todavía no estás muerto.

La respuesta provocó miradas hacia atrás tanto de Aya como de su robot, que había dado un paso letal hacia Davin.

—No planeo estar muerto por algún tiempo —dijo Heath—. A diferencia de...

—Mira detrás de ti, amigo.

Verás, la Tierra siempre era hermosa, pero colgando contra esa gran bola azul había algo aún mejor. La nave más bonita que Davin había visto jamás apareció a la vista, una gran sombra oscura contra el planeta.

—Mira, el Jumper está cargado con armas y más de unas pocas personas que adorarían vaporizarte, Heath —dijo Davin—. Lo que significa que tienes una elección que hacer.

—¿Y cuál es?

—Cómo quieres morir. Puedes hacer que tu androide me mate aquí, y te unirás a mí un minuto después, o puedes renunciar a todo esto ahora. Rendirte. Apuesto a que, si acabas con el proyecto de los androides, Alissa podría conseguirte un cómodo paquete de jubilación.

Difícil leer la cara de un hombre desde su espalda, pero los hombros de Heath contaban suficientemente la historia. Su hundimiento gradual marcaba la evaluación de opciones, decisiones difíciles, y...

—Ya estás muerto, Heath —dijo Aya, en voz baja—. Davin te mató, ¿recuerdas? Este era el plan.

—No el verdadero yo —murmuró Heath, su mano presionando el vendaje—. El vídeo perjudica a Davin, tú tomas las riendas públicamente, y yo...

Heath giró la cabeza, dirigiendo una mirada afilada hacia Aya. Cualquier palabra que pudiera haber dicho a continuación se convirtió en un gorgoteo cuando el androide de Aya agarró la garganta de Heath, apretó su agarre y le rompió el cuello.

—Qué tragedia —dijo Aya—. Heath Swane era un visionario.

El androide soltó a Heath, el cuerpo del hombre flotando. La gravedad realmente mejoraba las cosas. Davin cruzó los brazos.

—Bueno, no es lo que esperaba —dijo Davin—. No puedo decir que esté muy afectado.

—¿Entonces tu oferta sigue en pie? —preguntó Aya, volviéndose hacia Davin.

—¿Tú te alejas hacia el atardecer y Heath carga con la culpa?

—La culpa, el foco. Ya me has costado bastante. —Aya extendió los brazos, como para mostrar un cuerpo marcado por cicatrices, aunque el uniforme de Eden lo cubría. Todo salvo su cara y sus reparaciones de plaskin—. Éramos científicos, Davin. En busca de la perfección. Heath perdió el camino. Yo no.

Antes de que Davin pudiera responder, Aya dio otra orden, una que fue recogida por su androide y ejecutada. La máquina se volvió hacia el terminal de pie, siempre una característica de estos puentes de plataforma central, y tecleó.

—¿Qué estás haciendo? —preguntó Davin, bastante aliviado de alejarse de las divagaciones de Aya.

—Mostrándote que esto no es un truco.

Una cara apareció en la pantalla, un paisaje urbano visible en el fondo. Alyssa, con un aspecto alejado de la tortura. Brillante, saludable y exhibiendo una sonrisa plácida.

—Davin —dijo Alyssa—. He estado esperando esta llamada.

Las palabras deformaron al capitán de los Nueves. Pensaba que Alyssa había sido capturada, asesinada o, en el mejor de los casos, escapado a un escondite miserable en los restos que quedaban de la selva tropical. Sin embargo, ninguna de esas cosas parecía ser cierta. Parecía estar bien, cómoda, en un lugar donde...

—¿Por qué? —preguntó Davin, su voz casi quebrándose con la pregunta—. ¿Qué es todo esto, por qué está pasando todo esto si tú estás ahí, si estás bien?

—Aya me lo contó —respondió Alyssa sin vacilar, como si la pregunta de Davin hubiera sido esperada, planeada—. Después de que aterrizaras en su fragata la primera vez. No pensaba que Heath tendría éxito y quería encontrar una salida.

Davin entrecerró los ojos hacia la pantalla, Aya y su androide permanecían a un lado. Detrás de él, apoyado contra la pared, Mox maldijo. Phyla y Merc seguían inconscientes.

—¿Cuántos androides destruiste? —preguntó Aya—. ¿Prisioneros? ¿Realmente crees que un grupo de prisioneros podría acabar con tantas de nuestras máquinas?

—Aya envió la actualización, Davin. Lo hemos confirmado aquí. Neutralizó sus reflejos, sus instintos asesinos. No tanto como para que fuera obvio, pero lo suficiente para darte una oportunidad.

—Sois unos capullos los dos —gruñó Davin—. La gente murió por vuestro juego.

—Más habrían muerto si Heath hubiera ganado —replicó Alyssa—. He visto morir a tantos en esta lucha, Davin. Aya nos ha dado una salida. El fin de todo esto. Prueba de que Eden ha perdido su camino. Que necesita un nuevo liderazgo, alguien dispuesto a hacer las paces con nosotros y hacer avanzar el sistema solar.

—No hace una mierda por mi tripulación.

—Vivirán, Davin. También te pagarán. Tus Nueves serán atendidos. Nunca más tendrás que luchar. —Alyssa inclinó la cabeza—. Esta es la única opción ahora. La guerra ha terminado. Di que sí, Davin. Y tómate una copa.

El impulso de levantar la mano, enviar una señal al

Jumper para aniquilar el puente surgió, un espectro tentador retorciéndose detrás de sus ojos, pero un gemido alejó el pensamiento. Phyla, despertando, volviendo al dolor.

Se lo debía. Le debía a su tripulación. Se debía, si Davin era perfectamente honesto, a sí mismo.

—¿Qué va a pasar? —preguntó Davin.

—Dejaré que Aya te lo explique. Hay mucho que hacer ahora. Gracias, Davin. La Tierra ya te debía, y ahora también Marte, Ganímedes, y todos nosotros.

Aya explicó, solo después de llamar a la tripulación de la fragata a sus puestos. Para que el personal médico viniera al puente y atendiera a Phyla, Merc y Mox.

La muerte grabada de Heath sería transmitida, junto con sus muchas amenazas. Alyssa, con el respaldo de los gobiernos de la Tierra, reduciría los programas militares de Eden. La compañía volvería a construir, expandir y apoyar la colonización humana del sistema solar.

Aya, por supuesto, se haría cargo de las cuentas de Heath. El trabajo con androides, estrictamente pacífico, continuaría. No habría juicios, ni tiempo en prisión, ni inocentes arrojados por las esclusas de aire. Los últimos belicistas de Eden serían descartados, y la humanidad recibiría un brillante nuevo amanecer.

—¿Realmente dijo eso? —preguntó Phyla, días después, con un cóctel plateado burbujeante en la mano. Se apoyaba en una mesa con Davin, que daba buena cuenta de su propia bebida.

Neal's se veía como siempre, el fondo psicodélico giratorio tan bueno como cualquiera para dar la bienvenida a Phyla de vuelta a la vida normal.

—Más de una vez —dijo Davin—. Alyssa también lo repitió. Es como si una oportunidad de paz convirtiera a todos en clichés andantes.

—Pero a ti no.

—Único en mi especie —dijo Davin—. Igual que nuestra tripulación.

Los Nueves también estaban allí, ensuciando la pista de baile. Opal y Merc se balanceaban con precisión mientras planetas y estrellas giraban bajo sus pies. Viola y Riley interpretaban los primeros compases de un romance floreciente, con Puk, reconstruido, flotando sobre ellos. Mox llegaría en cualquier momento, con su exoesqueleto de nuevo en funcionamiento, con Latrice a remolque.

—No les creo —dijo Phyla—. La guerra puede terminar, pero la lucha no. Hay demasiado dinero en ello.

Davin asintió, haciendo girar su vaso vacío sobre la mesa.

—Hay algo que no puedo ubicar exactamente, ¿sabes?

—¿Qué cosa?

—Alyssa nos arrastró hasta Quito, solo para que nos atraparan. Ella escapa, organiza sus piezas, y justo cuando estamos listos para mandarlo todo al infierno, reaparece. Sin un maldito rasguño.

—Davin —advirtió Phyla—, si excavas demasiado profundo en esa dirección, podrías encontrar cosas que no quieres saber.

—Como que ciertas personas no son quienes, o qué...

La puerta de Neal's se abrió de golpe, el hombre de metal llenando su volumen con una amplia y radiante sonrisa en su rostro. Su exoesqueleto brillaba, y Mox gritó una orden para otra ronda, una petición que los camareros aceptaron con imperturbable serenidad.

—Nos pagaron, hicimos el trabajo —dijo Phyla—. Cassidy está bien. Incluso mantuviste tu promesa a Zoelie. Nos hemos ganado un descanso, Davin, y necesito volver a las balas, o mi clasificación va a bajar.

—¿Dejar las cosas y disfrutar de la vida, es eso lo que estás diciendo?

—Sí, Davin. —Phyla extendió una mano a través de la mesa, tirando hacia ella—. Estoy diciendo que tenemos algo bueno aquí. Planeo disfrutarlo. —Lo besó con fiereza—. ¿Te vas a unir a mí?

¿Cómo podía decir que no?

Entrar rápido. Rescatar al VIP. Salir. El Escuadrón Sever está en inferioridad numérica, superado en armamento, y cada segundo que pasan en Dynas los acerca más a un final abrasador.

Cuando llega una extraña señal de rescate, el Escuadrón Sever recibe la llamada. Son duros, temerarios, y uno lleva un martillo gigante. Excepto que esta misión es diferente: la señal pide ayuda, pero el planeta está desierto.

Ah, y la nave nodriza de Sever no puede esperarlos. Si quieren salir del planeta con su rescate, tendrán que encontrar su propia forma de volar.

Comienza una nueva aventura de ciencia ficción llena de acción con *Punto de Ataque*:

SOBRE EL AUTOR

A.R. Knight teje historias desde una gélida casa en Madison, Wisconsin, principalmente propiedad de un par de gatos. Tras verse atrapado en la rutina laboral durante la crisis económica de 2008, comenzó a pasar las aburridas reuniones surcando el espacio y viviendo grandes aventuras.

Con el tiempo, dedicándose a podcasts, guiones, relatos cortos y otras novelas, encontró una historia en la que sumergirse y un elenco de personajes tan entretenidos como llenos de corazón.

A.R. Knight planea saltar a otros mundos y descubrir nuevas historias que contar en los límites infinitos de nuestra imaginación.

¡Gracias, como siempre, por leer!

Para Angela

www.ingramcontent.com/pod-product-compliance
Lightning Source LLC
Chambersburg PA
CBHW032336310726
48973CB00007B/1741